U0136444

JLPT
Japanese-Language Proficiency Test

満点

文法

N1

日本語能力試験

友松悦子・福島佐知・中村かおり　著

大新書局　印行

はじめに

　日本語能力試験は、1984 年に始まった、日本語を母語としない人の日本語能力を測定し認定する試験です。受験者が年々増加し、現在では世界でも大規模の外国語の試験の一つとなっています。試験開始から 20 年以上経過する間に、学習者が多様化し、日本語学習の目的も変化してきました。そのため、2010 年に新しい「日本語能力試験」として内容が大きく変わりました。新しい試験では知識だけでなく、実際に運用できる日本語能力が問われます。本書はこの試験の N1 レベルの問題集として作成されたものです。

　まず「問題紹介」で、問題の形式とその解法を概観します。次に「実力養成編」で、三つの問題形式別に、必要な言語知識を身につけるための学習をします。最後に「模擬試験」で、実際の試験と同じ形式の問題を解いてみることによって、どのくらい力がついたかを確認します。

■本書の特徴

　①旧出題基準1級の文法形式に加え、N1 レベルで必要だと思われるものも網羅

　②文法形式の全体を概観できるように、主観を含む度合いによって大きく三つに分類

　③やみくもに暗記するのではなく、効率的に整理して学習することを示唆

　④丁寧な解説と豊富な練習問題（小説、エッセイ等多様な文章から作成）で「文章の文法」を充実

　言語を必要とする課題を遂行するためには、言いたいことが伝わる文を、そして、意味のあるまとまりを持った文章を作るための文法的知識が必要です。私たちは日ごろの授業で、試験のためだけではなく、実際の言語生活で役に立つような文法学習はどうあるべきかを考え続けてきました。本書が日本語能力試験の受験に役立つと同時に、日本語を使って学習・生活・仕事をする際にも役立つことを願っています。

　本書を作成するにあたり、第一出版部の田中綾子さん、佐野智子さんには鋭いご指摘とご助言を頂きました上、原稿を丁寧に見ていただきました。心よりお礼申し上げます。

2011 年 6 月　著者

目次
もく　じ

本書をお使いになる方へ

■本書の目的

本書は以下の２点を大きな目的としています。

①日本語能力試験Ｎ１対策：Ｎ１の試験に合格できる力をつける。

②「文法」能力の向上：試験対策にとどまらない全般的な「文法」の力をつける。

■日本語能力試験Ｎ１文法問題とは

日本語能力試験Ｎ１は、「言語知識・読解」（試験時間 110 分）と「聴解」（試験時間 60 分）の二つ

に分かれており、文法問題は「言語知識・読解」の一部です。

文法問題はさらに以下の三つの部分に分かれます。

    Ⅰ　文の文法１（文法形式の判断）

    Ⅱ　文の文法２（文の組み立て）

    Ⅲ　文章の文法

■本書の構成

本書は、以下のような構成になっています。

    問題紹介

    実力養成編　第１部　文の文法１

        Ⅰ　ことがらを説明する☆

        Ⅱ　主観を含めて説明する☆☆

        Ⅲ　主観を述べる☆☆☆

        Ⅳ　文法形式の整理

        第２部　文の文法２

        第３部　文章の文法

    模擬試験

以下に詳細を説明します。

    問題紹介　試験の概要と形式別の簡単な解法を知り、全体像をつかんでから学習を始めます。

    実力養成編　**第１部　文の文法１**

    Ｎ１レベルの文法形式を意味機能別に学習します。どんな文脈でどのように使

うか、どんな文法的性質を持っているか、どのように整理して覚えるのが効率的

かなどを例文と解説を通して学びます。各課に確認の練習問題（ａ〜ｃの中から

最も良いものを選ぶ）があります。また、４課ごとに学習した課までの確認問題

があります。

第2部　文の文法2

文を組み立てるために必要な知識を学習します。決まった接続のし方をする文法形式、決まった言葉と一緒に使われる文法形式、名詞を説明するときの決まった形などの観点から整理して学習します。

第3部　文章の文法

視点を統一したり接続表現や指示表現などの助けを借りたりすることで、文章は意味のあるまとまりを持ちます。このような文章にまとまりを持たせるための方法を学習します。

模擬試験　実際の試験と同じ形式の問題です。Ｎ2のレベルも含め、実力養成編で学習した広い範囲から問題を作ってありますから、総合的にどのぐらい力がついたかを確認することができます。

■凡例

文を作るときは、それぞれの文型に合うように前に来る語の形を整えなければなりません。本書では接続の形を次のように表示しました。

品詞	接続する形	例
動詞	動 ない形	言わない　＋までも （第1部15課）
	動 ない	言わ　＋んばかりだ （第1部6課）
	動 ます	つけ　＋っぱなしだ （第1部16課）
	動 辞書形	飲む　＋なり （第1部1課）
	動 ば形	愛していれば　＋こそ （第1部12課）
	動 う・よう形	起ころう　＋と （第1部10課）
	動 て形	生まれて　＋からというもの（は） （第1部1課）
	動 た形	説明した　＋ところで （第1部10課）
	動 ている形	手伝ってもらっている　＋手前 （第1部12課）
イ形容詞	イ形 い	だらしない　＋といったらない （第1部19課）
	イ形 ければ	苦しければ　＋こそ （第1部12課）
ナ形容詞	ナ形	残念　＋極まる （第1部19課）
	ナ形 な	残念な　＋かぎりだ （第1部19課）
	ナ形 だ－である	慎重である＋の　＋にひきかえ （第1部15課）

	ナ形 – であれば	健康であれば　＋こそ (第1部12課)	
名詞	名 – の	子供たちの　＋手前 (第1部12課)	
	名だ – である	親である　＋ゆえ(に) (第1部12課)	
	名 – であれば	母親であれば　＋こそ (第1部12課)	
	名する(注)	見学　＋かたがた (第1部7課)	
その他	普通形	取れた・静かになるだろう・静かな人だ ＋と思いきや (第1部8課)	

(注) 名する：名詞に「する」がつく動詞(報告する、普及するなど)の名詞部分　報告、普及

接続のし方は次のように表示しました。

例 「～にひきかえ」(第1部15課)

> ✎ 名・普通形(ナ形だ – な / – である・名だ – な / – である)＋の　＋にひきかえ

① 名詞 に接続します。(名詞 に直接接続します。)

　例・この本の**主人公**にひきかえ、わたしはなんとだらしないのだろう。

②「普通形＋の」に接続します。

　例・この本の主人公が人生について真剣に**考えているの**にひきかえ、わたしはなんとだらしな
　　いのだろう。

③ただし、ナ形容詞 と 名詞 の現在肯定形は「～だ」の形ではなく、「～な」の形に「の」をつけて、
　または「～である」の形に「の」をつけて接続します。

　例・姉が**きれい好きなの**にひきかえ、妹はいつも部屋を散らかしている。
　　・会長が**自己中心的であるの**にひきかえ、副会長はだれとでも協調する好人物だ。
　　・父が買ってくれるものはいつも**安物なの**にひきかえ、母が買ってくれるものはいいものが
　　　多い。
　　・先方が**有名企業であるの**にひきかえ、当方は弱小企業だが、対等に話し合いたい。

＊「～な」を使うか「～である」を使うかは、その文の硬さによって決まることが多いです。硬い
　　文では「～である」の方がよく使われます。
＊ナ形容詞 と 名詞 の現在肯定形の「～だ」を省略することがある場合は、(だ)で示してあります。

＊本書では、あまり使われない接続のし方は載せていません。

■解説で使われている記号と言葉

⇒ ：意味機能やどんな使い方をするかなどの説明

✎ ：接続のし方

⚠ ：文法的性質などの解説

硬い言い方 ：日常の場面ではなく、公式の場で使う言い方

話し言葉 ：文書ではなく、主に会話に表れる言い方

〈書き言葉〉 ：会話ではなく、主に文書に表れる言い方

→第11課-③ ：「同じ形の文法形式が11課の③にあります」という意味

⚠ の中の次の言葉は文法的な性質を学習する上での大切な言葉です。

働きかけの文：

「〜てください・〜ましょう・〜ませんか」など、話者が相手に何かをするように言う文

話者の希望・意向を表す文：

「〜たい・〜 （よ）うと思う・〜つもりだ」など、話者があることをする気持ちを持っている

ことを表す文

■表記

基本的に常用漢字(1981年10月内閣告示)にあるものは漢字表記にしました。ただし、著者の判断でひらがな表記の方が良いと思われるものは例外としてひらがな表記にしてあります。例文は、このレベルで必要と思われる漢字に振り仮名を振りました。解説部分はすべての漢字に振り仮名を振っています。「文章の文法」の問題は、原典に従って振り仮名を振っています。

■学習時間

1課あたりの学習時間の目安は以下の通りです。ただし、丁寧にゆっくり進むかスピードアップするかによって時間数を加減することはできるでしょう。

第1部1課〜20課	1課につき	50分授業×2コマ
第1部A〜G	1課につき	50分授業×1コマ
第2部	1課につき	50分授業×1コマ
第3部	1課につき	50分授業×2コマ

給使用本書的讀者

■本書的目的

本書的主要目的有以下２點：

①日本語能力試驗N1應試對策：掌握通過N1考試的能力。

②提升「文法」能力：掌握不限於應試目的之全面性「文法」能力。

■日本語能力試驗 N1 文法問題內容為何

日本語能力試驗N1考試分為「言語知識、讀解」（考試時間110分鐘）和「聽解」（考試時間60分鐘）兩個科目。文法問題是「言語知識、讀解」中的一部分。

文法問題又分為以下三個部分：

  Ⅰ 句子的文法１（判斷文法的形式）

  Ⅱ 句子的文法２（重組句子）

  Ⅲ 文章的文法

■本書結構

本書結構如下所示：

 題目介紹

 實力培養篇 第１部 句子的文法１

       Ⅰ 說明事情☆

       Ⅱ 含有主觀想法進行說明☆☆

       Ⅲ 陳述主觀想法☆☆☆

       Ⅳ 文法形式的統整

     第２部 句子的文法２

     第３部 文章的文法

 模擬測驗

以下說明詳細內容。

 題目介紹 了解考試的概要及不同題型簡單的解題方法，掌握整體情況後再開始學習。

 實力培養篇 **第１部 句子的文法１**

    將N1等級的文法形式依據意思功能的不同分別學習。透過例句和解說，學習文法項目應使用在何種文脈且應如何使用、該文法具有何種文法性質、如何統整才能有效率地記憶等。各課皆附有確認學習成效的練習題（從a～c中選出最好的答案）。此外，每４課更附有目前進度的確認複習題。

    第２部 句子的文法２

    學習重組句子時必備的知識。依據各種觀點統整學習文法，例如：具有固定接續方式的文法形式、總是和固定詞語一起使用的文法形式、說明名詞時的固定形式等。

第3部　文章的文法

一篇文章藉由統一視點、借助接續用語或指示用語等方法，就能具備某種有意義架構。在此學習這種讓文章具備合理架構的方法。

模擬測驗　這是和正式考試相同形式的題目。內容也包含N2等級的題目，從實力培養篇學習的大範圍知識中設計出題，因此考生能夠確認自己具備何種程度的綜合性能力。

■標示符號說明

實際造句時，必須變更前面詞語的形式來符合各種句型。

本書的接續形式如下所示：

詞性	接續形式	範例
動詞	動 ない形	言わない　＋までも（第1部15課）
	動 ~~ない~~	言わ　＋んばかりだ（第1部6課）
	動 ~~ます~~	つけ　＋っぱなしだ（第1部16課）
	動 辞書形	飲む　＋なり（第1部1課）
	動 ば形	愛していれば　＋こそ（第1部12課）
	動 う・よう形	起ころう　＋と（第1部10課）
	動 て形	生まれて　＋からというもの(は)（第1部1課）
	動 た形	説明した　＋ところで（第1部10課）
	動 ている形	手伝ってもらっている　＋手前（第1部12課）
イ形容詞	イ形 い	だらしない　＋といったらない（第1部19課）
	イ形 ければ	苦しければ　＋こそ（第1部12課）
ナ形容詞	ナ形	残念　＋極まる（第1部19課）
	ナ形 な	残念な　＋かぎりだ（第1部19課）
	ナ形 ~~だ~~ －である	慎重である＋の　＋にひきかえ（第1部15課）
	ナ形 －であれば	健康であれば　＋こそ（第1部12課）
名詞	名 －の	子供たちの　＋手前（第1部12課）
	名 ~~だ~~ －である	親である　＋ゆえ(に)（第1部12課）
	名 －であれば	母親であれば　＋こそ（第1部12課）
	名 ~~する~~(注)	見学　＋かたがた（第1部7課）
其他	普通形	取れた・静かになるだろう・静かな人だ　＋と思いきや（第1部8課）

（注）名する：在名詞附加「する」的動詞（「報告する」、「普及する」等）的名詞部分　「報告」、「普及」

接續方法如下所示：

例 「～にひきかえ」（第1部15課）

> ✎ 名・普通形（ナ形 <del>だ</del>－な /－である・名 <del>だ</del>－な /－である）＋の ＋にひきかえ

①接續 名詞 。（直接接續 名詞 。）

例・この本の**主人公**にひきかえ、わたしはなんとだらしないのだろう。
　　　　　ほん　しゅじんこう

②接續「普通形＋の」。

例・この本の主人公が人生について真剣に**考えているの**にひきかえ、わたしはなんとだらし
　　　　　ほん　しゅじんこう　じんせい　　　　　　しんけん　かんが
　　ないのだろう。

③不過， ナ形容詞 和 名詞 的現在肯定形並非使用「～だ」的形式，應該以「～な」附上
「の」，或以「～である」附上「の」後接續句型。

例・姉が**きれい好きなの**にひきかえ、妹はいつも部屋を散らかしている。
　　あね　　　　　ず　　　　　　　いもうと　　　　　へや　　ち

　・会長が**自己中心的であるの**にひきかえ、副会長はだれとでも協調する好人物だ。
　　かいちょう　じ　こ ちゅうしんてき　　　　　　ふくかいちょう　　　　　　きょうちょう　　こうじんぶつ

　・父が買ってくれるものはいつも**安物なの**にひきかえ、母が買ってくれるものはいいもの
　　ちち　か　　　　　　　　　　やすもの　　　　　　　はは　か
　　が多い。
　　おお

　・先方が**有名企業であるの**にひきかえ、当方は弱小企業だが、対等に話し合いたい。
　　せんぽう　ゆうめい き ぎょう　　　　　　とうほう　じゃくしょう き ぎょう　　たいとう　はな　あ

＊要使用「～な」還是「～である」，通常是依據文章的生硬程度來決定。生硬的文章經常使
　用「～である」。

＊可以省略 ナ形容詞 和 名詞 的現在肯定形「～だ」的情況，會以（だ）來表示。

＊本書中不會收錄不常使用的接續方式。

■使用在解說中的符號及詞語

⇒ ：說明意思功能或如何使用等

✐ ：接續方式

⚠ ：解說文法性質等

硬い言い方：非日常生活情境，而是在正式場合使用的說法

話し言葉：非書寫用語，主要是在會話時表達的說法

〈書き言葉〉：非會話用語，主要是在書寫時表達的說法

→第11課-③：意為「相同類型的文法形式在第11課之③」

⚠ 中的下列用語，是在學習文法性質上非常重要的詞語。

促使他人行動的句子：

「～てください・～ましょう・～ませんか」等，說話者要求對方做某事的句子

表達說話者希望、意向的句子：

「～たい・～（よ）うと思う・～つもりだ」等，表示說話者內心想做某事的句子

■文字標示方式

基本上，屬於常用漢字（1981年10月內閣公告）的字是以漢字表示。不過，依據作者判斷較適合以平假名標示的字，則例外以平假名表示。例句方面，在該程度判斷必須標音的漢字會附上標音假名注音。解說部分中，全部的漢字皆附有假名注音。「文章的文法」題目則會根據原文情況進行標注。

■學習時間

粗略估計1課的學習時間如下所示。不過，你可以藉由仔細悠閒地進行或加速進行等不同的使用方式，來調整實際的學習時間。

第1部第1～20課	每課	50分鐘授課×2堂課
第1部第A～G	每課	50分鐘授課×1堂課
第2部	每課	50分鐘授課×1堂課
第3部	每課	50分鐘授課×2堂課

問題紹介

日本語能力試験の「文法」では
<ruby>日本語能力試験<rt>に ほん ご のうりょく し けん</rt></ruby>の「<ruby>文法<rt>ぶんぽう</rt></ruby>」では

Ⅰ 文の文法1（文法形式の判断）
　　<ruby>文<rt>ぶん</rt></ruby>の<ruby>文法<rt>ぶんぽう</rt></ruby>　（<ruby>文法形式<rt>ぶんぽうけいしき</rt></ruby>の<ruby>判断<rt>はんだん</rt></ruby>）

Ⅱ 文の文法2（文の組み立て）
　　<ruby>文<rt>ぶん</rt></ruby>の<ruby>文法<rt>ぶんぽう</rt></ruby>　（<ruby>文<rt>ぶん</rt></ruby>の<ruby>組<rt>く</rt></ruby>み<ruby>立<rt>た</rt></ruby>て）

Ⅲ 文章の文法
　　<ruby>文章<rt>ぶんしょう</rt></ruby>の<ruby>文法<rt>ぶんぽう</rt></ruby>

の三つの形式の問題が出題されます。それぞれの問題形式の特徴を見て
の<ruby>三<rt>みっ</rt></ruby>つの<ruby>形式<rt>けいしき</rt></ruby>の<ruby>問題<rt>もんだい</rt></ruby>が<ruby>出題<rt>しゅつだい</rt></ruby>されます。それぞれの<ruby>問題形式<rt>もんだいけいしき</rt></ruby>の<ruby>特徴<rt>とくちょう</rt></ruby>を<ruby>見<rt>み</rt></ruby>て

いきましょう。

文の意味を考え、それに合う文法形式を判断する問題です。
ぶん　いみ　かんが　　　　　　　　　あ　ぶんぽうけいしき　はんだん　もんだい

問題のタイプは、
もんだい

・文の内容に合う文法形式を選ぶ問題【例題１】
　ぶん　ないよう　あ　ぶんぽうけいしき　えら　もんだい　れいだい

・文の内容に合う使い方をしているものを選ぶ問題【例題２】
　ぶん　ないよう　あ　つか　かた　　　　　　　　　えら　もんだい　れいだい

があります。例題を見てみましょう。
　　　　　　　れいだい　み

次の文の（　　　　）に入れるのに最もよいものを、１・２・３・４から一つ選びなさい。

【例題１】

今度の選挙に落選した（　　　　）、二度と政界には戻れないだろう。
せんきょ　らくせん　　　　　　　　　　　せいかい

　　１　が最後　　　　　　２　が早いか　　　　　３　ものなら　　　　　４　とたんに

【例題２】

会社に入ってからというもの、（　　　　　　）。

　　１　ゆっくり釣りに行く時間もない　　　２　ゆっくり釣りに行く時間がほしい
　　　　　　　つ

　　３　一度課長と釣りに行こうと思っている　４　一度課長と釣りに行ったことがある

　【例題１】では、まず（　　　　）の前後のことがら（「落選した」と「政界に戻れない」）の関係
　れいだい　　　　　　　　　　　　ぜんご　　　　　　　らくせん　　　　　せいかい　もど　　　　　かんけい
を考え、さらに文末の「～だろう」から、未来の予測を表している文だと考えます。「落選した」
かんが　　　　　　ぶんまつ　　　　　　　　　みらい　よそく　あらわ　　　　ぶん　　かんが　　　　　らくせん
という動詞の形につく文法形式であることも重要です。正しい答えは「１　が最後」です。
　　　どうし　かたち　　ぶんぽうけいしき　　　　　　じゅうよう　ただ　こた　　　　　さいご

　【例題２】の文法形式「～からというもの」は「何かをしてからずっと同じ状態が続いている」
　れいだい　ぶんぽうけいしき　　　　　　　　　　　　なに　　　　　　　　おな　じょうたい　つづ
ことを表します。正しい答えは、「１　ゆっくり釣りに行く時間もない」です。
　　　あらわ　　　ただ　こた　　　　　　　　　　　つ　　い　じかん

　このタイプの問題では、文法形式の意味機能や接続の形、文法的性質とともに、文の内容が
　　　　　　もんだい　ぶんぽうけいしき　いみきのう　せつぞく　かたち　ぶんぽうてきせいしつ　　　　ぶん　ないよう
・未来の予測なのか、１度だけの過去の出来事なのか、または続いている状態なのか
　みらい　よそく　　　　ど　　　かこ　できごと　　　　　　　　つづ　　　じょうたい
・話し手の主観を述べているのか、ことがらを説明しているのか
　はな　て　しゅかん　の　　　　　　　　　　　せつめい
などを考える必要があります。一つの文法形式ではなく、文法形式が組み合わさった形で出
　　　かんが　ひつよう　　　　　　　ひと　　ぶんぽうけいしき　　　　　ぶんぽうけいしき　く　あ　　　かたち　しゅつ
題されることもあります。
だい

　この部分については「実力養成編　第１部　文の文法１」で詳しく学習します。
　　ぶぶん　　　　　　じつりょくようせいへん　だい　ぶ　ぶん　ぶんぽう　　くわ　がくしゅう

複数の語句を並べ替えて、文法的に正しく、意味の通る文を作る問題です。四つの選択肢のうち
★の位置に当たるものがどれかを選びます。例題を見てみましょう。

次の文の ___★___ に入る最もよいものを、１・２・３・４から一つ選びなさい。

【例題３】

明日の＿＿＿＿ ＿＿＿＿ ＿★＿＿ ＿＿＿＿はございません。

　　１　発車時刻の　　　２　線路の点検　　３　変更　　　　　　４　に伴う
　　　　　　　　　　　　　　　　　　　　　　　　　　　　　　　　　とも な

【例題４】

困ったときに＿＿＿＿ ＿＿＿＿ ＿★＿＿ ＿＿＿＿力になりたいと思います。

　　１　あなたの頼み　　２　ぜひ　　　　３　とあれば　　　　　４　助けてくれた

　【例題３】では「～に伴う」という文法形式を手がかりに、その前後にどんな言葉が来るかを考え
ます。「～に伴う」の前には名詞の２か３が来ますが、どちらになるかは文の意味を考えて判断します。
論理的な文は「明日の線路点検に伴う発車時刻の変更はございません」なので、★に当たるのは
「１　発車時刻の」です。

　【例題４】では「～とあれば」という文法形式を手がかりに判断します。この形式の前には名詞の
１と動詞の普通形の４のどちらも来る可能性があります。文の意味を考えると、「困ったときに助け
てくれたあなたの頼みとあればぜひ力になりたいと思います」が最も適切です。ですから、★に当
たるのは「３　とあれば」です。

　このように、このタイプの問題では「実力養成編　第１部　文の文法１」で学ぶ表現の意味機能
はもちろん、

　・その文法形式につく品詞

　・接続の形
などの知識が重要です。

　この部分については「実力養成編　第２部　文の文法２」で詳しく学習します。

まとまった長さの文章の中で、その文脈に合う文法形式などを選ぶ問題です。

・文法的に正しい文にするにはどうすればいいかを文章の中で判断する問題
・文章としてのまとまりを持たせるにはどうすればいいかを判断する問題

があります。例題を見てみましょう。

【例題5】 次の文章を読んで、文章全体の趣旨を踏まえて、 1 から 5 の中に入る最もよいものを1・2・3・4から一つ選びなさい。

ぼくは、言語には二種類あると考えています。

ひとつは他人に何かを伝えるための言語。もうひとつは、伝達ということは二の次で、自分だけに 1 言語です。

たとえば、美しい風景を目で見て「きれいだね」と誰かに 2 。これは、自分の視覚が感じた内容を指し示し、ほかの人に伝える言葉です。自分の心が感じた内容を表現してはいるのですが、それを他人と共有するという要素も同じくらい大きい。これが第一の言語です。

3 、たとえば胃がキリキリ痛んで、思わず「痛い！」と口に出してしまったとする。この時の言葉は、他人に伝えることは二の次です。 4 、意味を指し示して他者とコミュニケートするためではなく、自分が自分にもたらすために発した言葉である要素が強いのです。 5 と考えます。

（吉本隆明『ひきこもれ　ひとりの時間をもつということ』大和書房による）

1 　1　通じればいい 　　　　　　　2　通じてもいい
　　　3　通じてほしい 　　　　　　　4　通じたがる

2 　1　言ったものです 　　　　　　2　言ったとします
　　　3　言ったことです 　　　　　　4　言ったわけです

3 　1　それに対して 　　　　　　　2　それにもまして
　　　3　それに反して 　　　　　　　4　それ以上に

4 　1　さらに 　　　2　とはいえ 　　　3　つまり 　　　4　もしくは

5 　1　第二の言語がこれである 　　　2　これはぼくが、第二の言語である
　　　3　第二の言語ならこれである 　　4　これをぼくは、第二の言語である

【例題5】の　1　は、「自分だけに　1　」が「伝達ということは二の次」と似た内容を表すにはどんな文法形式を選べばいいかを考えます。正しい答えは「1　通じればいい」です。　2　は「たとえば」を手がかりにします。ここでの例は仮定の話と考えるのが自然なので、正しい答えは「2　言ったとします」になります。　3　と　4　はそれ以前の部分との内容のつながりを考え、適切な接続表現を選ぶ問題です。　3　は対比を表す「1　それに対して」、　4　は言い換えを表す「3　つまり」が正しい答えです。　5　はこの段落の内容をまとめる文として適当なものを考えます。ここでは特に伝えたい情報は何なのかを反映する「は」「が」の使い方が重要になっています。正しい答えは「4　これをぼくは、第二の言語である」です。

　この問題形式で問われる文脈における文法の使い方とは、例えば次のようなものです。
・ある表現と一緒に使われる表現がわかる

　例　この問題は難しくないはずだ。{ そんなに / × たとえ }時間がかかるようでは困るよ。

　たとえみんなに変な目で{ 見られようと、わたしは平気だ。 / × 見られたとすると、わたしは恥ずかしい。 }

・その文脈での条件に合う形式がわかる

　例　今ではとても後悔している。本当のことを{ 言えばよかったのだ。 / × 言えばいいだろう。 }

・その文脈での書き手の表現意図に合う形式がわかる

　例　駅からは歩いて5分ぐらいだ。タクシーに{ 乗るまでもないよ。 / × 乗るしかないよ。 }

・その文脈に合う視点を選ぶことができる

　例　荷物を{ 送った / × 送られた }人から、届いたという連絡が来た。

・文と文のつながりを正しく判断することができる

　例　CDが売れない時代だ。{ にもかかわらず / × それゆえに }このCDは100万枚も売れた。

　これらの項目については「実力養成編　第3部　文章の文法」で詳しく学習します。

実力養成編　第1部　文の文法1
だい　ぶ　ぶん　ぶんぽう

　文法形式の意味と用法を知ることは、言いたいことを正確に伝える文
ぶんぽうけいしき　い み　ようほう　し　　　　　　　　　　　　　　　　い　　　　　　　　　　せいかく　つた　　　ぶん
を作るための基本です。また、ある文章を読んで正確に理解するために
つく　　　　　　　き ほん　　　　　　　　　　　　　　ぶんしょう　よ　　　せいかく　り かい
も役に立ちます。その文法形式を使って意味の通る文を作るためには、
やく　た　　　　　　　　　ぶんぽうけいしき　つか　　　い み　とお　ぶん　つく
意味だけでなく、どんな語、どんな活用形に結びつくのか、また、文を
い み　　　　　　　　　　　　　　ご　　　　　　かつようけい　むす　　　　　　　　　　　ぶん
作るときにどんな規則を守らなければならないかなどについて学習する
つく　　　　　　　　　　き そく　まも　　　　　　　　　　　　　　　　　　がくしゅう
必要があります。
ひつよう

〔復習〕・玄関のドアを開けたとたん、犬が飛び出してきた。

・空が急に暗くなったかと思うと、大粒の雨が降ってきた。

・この町に引っ越してきて以来、毎日駅まで20分歩いています。

1 〜が早いか

⇒〜するとすぐ続いて次のことが起こる。

①海外旅行に出発の日、山田さんは空港に着くが早いか、コンビニに駆け込んだ。

②うちの子はいつも学校から帰ってきて、かばんを放り出すが早いか、遊びに行ってしまう。

③今朝、寝坊した夫は、朝ご飯を口に押し込むが早いか、玄関を出ていった。

④話題のその本は、店頭に並べられたが早いか、飛ぶように売れていった。

🩹 動 辞書形/た形　＋が早いか

⚠ 瞬間的なことを表す動詞につく。後には、少し意外感がある事実を表す文が来る。話者の希望・意向を表す文や働きかけの文は来ない。

2 〜や・〜や否や

⇒〜とほとんど同時に次のことが起こる。

①わたしはその人の顔を一目見るや、30年前に別れた恋人だと気がついた。

②子供たちは唐揚げが大好物で、食卓に出すや、あっという間になくなってしまう。

③選挙戦が始まるや否や、あちこちからにぎやかな声が聞こえてきた。

④この病気の新しい治療法が発表されるや否や、全国の病院から問い合わせが殺到した。

🩹 動 辞書形　＋や・や否や

⚠ 瞬間的なことを表す動詞につく。後には、事実を表す文が来る。話者の希望・意向を表す文や働きかけの文は来ない。

3 〜なり

⇒〜という動作にすぐ連続して次のことをする。

①彼はコーヒーを一口飲むなり、吐き出してしまった。

②課長は部屋に入ってくるなり、大声でどなった。

③田中さんは携帯電話を切るなり、わたしを呼びつけた。

🩹 動 辞書形　＋なり

⚠ 後には、少し意外感がある意志的な動作を表す文が来る。主語はふつう三人称で、前後の主語は同じ。

4 〜そばから

⇒〜をしても、すぐにそれに対抗するような動きがあり、それを何度も繰り返す。

①毎日返事を書くそばから次々に新しいメールが来る。

②このテキストは漢字が多くて大変だ。調べたそばから新しい漢字が出てくる。

③月末になると、払ったそばからまた別の請求書が来る。

📎 動 辞書形/た形 ＋そばから

⚠ 良くないことに使うことが多い。

5 〜てからというもの（は）

⇒〜してからある変化が起こり、その後ずっと同じ状態が続いている。

①娘が大学に入り家を出ていってからというもの、家の中が寂しくなった。

②子供が生まれてからというものは、子供のおもちゃばかり見て歩いています。

③日本に来てからというもの、国の家族のことを思わない日はない。

📎 動 て形 ＋からというもの（は）

⚠ あまり近い過去からの期間には使わない。後には、変化後の状態が継続していることを表す文が来る。

6 〜にあって

⇒〜のような特別な状況だからこそあることが起こる・〜のような特別な状況でもあることが起こる。 硬い言い方

①らくだは乾燥地にあって、こぶに栄養を蓄えることによって生き延びているのである。

②明治時代の初め、日本はまさに発展途上期にあって、みな生き生きとしていた。

③最近の不況下にあっても、この会社の製品は売れ行きが落ちていない。

📎 名 ＋にあって

⚠ 状況・時期・場所などを表す名詞につく。後には、①②のようにその状況でないと起こらないようなことを言う文、または③のようにその状況に反することを言う文が来る。その場合「〜にあっても」という形になることもある。

1

1 落書きをしていた子供たちは、わたしの顔を（　　　　）が早いか、逃げていった。
　　a 見て　　　　　　　　　　　　b 見る　　　　　　　　　　　　c 見るの

2 新しい化粧品が発売されるが早いか、（　　　　）。
　　a 若い女性たちが殺到した　　　b 多くの女性に買ってほしい　　c すぐに買ってください

3 新幹線が走り出すが早いか、（　　　　）。
　　a みんなでお弁当を食べよう　　b みんなとても楽しそうだった
　　c 彼はビールを飲み始めた

2

1 本格的に絵の勉強を（　　　　）や、彼のデッサン力はみるみる上がった。
　　a している　　　　　　　　　　b 始める　　　　　　　　　　　c 続ける

2 サイレンが鳴るや、（　　　　）。
　　a すぐ飛び出そう　　　　　　　b 消防車が出動した　　　　　　c 校庭に集合しなさい

3 太郎はアニメを1本見終わるや否や、（　　　　）。
　　a 将来はアニメの仕事をしたいらしい　　　b 今ではアニメがとても好きだ
　　c 別のアニメを借りにレンタルショップに行った

3

1 （　　　　）は食卓に着くなり、ものすごい勢いで食べ始めた。
　　a わたし　　　　　　　　　　　b わたしたち　　　　　　　　　c 山川さん

2 （　　　　）なり、みんなその場から逃げ出した。
　　a 大きな物音がする　　　　　　b その動物を一目見る　　　　　c だれかが大声で叫ぶ

3 ゆき子は駅に着くなり、（　　　　）。
　　a 切符を買った　　　　　　　　b 電車の時刻表を見た　　　　　c 駅員室に駆け込んだ

4

1 あの店のパンは評判が良く、焼き上がるそばから（　　　　）売れていく。
　　a どんどん　　　　　　　　　　b 次第に　　　　　　　　　　　c そのうち

2 わたしは（　　　　）そばから人の名前を忘れてしまう。
　　a わかった　　　　　　　　　　b 聞いた　　　　　　　　　　　c 知っている

3 （　　　　）そばから新しいのが欲しくなる。
　　a 家を建てた　　　　　　　　　b 服を買った　　　　　　　　　c テレビが壊れた

5

1　（　　　　）というもの、体の調子がいい。

　a 朝起きてから　　　　　　　　b たばこをやめてから　　　　　c さっき薬を飲んでから

2　あの先生の話を聞いてからというもの、（　　　　　）。

　a 人生についていろいろ考えている　　　　b 先生の著書を３冊買った
　　　　　　　　　　　　　　　　　　　　　　　ちょしょ
　c 先生の考えに同感した
　　　　　どうかん

3　会社を辞めてからというもの、（　　　　　）。

　a 新しい仕事を始めた　　　　　b 初めて外国旅行をした　　　　c 毎日のように釣りをしている
　　　つ

6

1　木村氏は（　　　　　）にあって、日々多忙なスケジュールをこなしている。
　　　　　し　　　　　　　　　　　　　　　　ひ び た ぼう
　a 一国の指導者　　　　　　　　b 一国の指導者という立場　　　c 二つの仕事
　　いっこく

2　母は（　　　　　）にあって、子供たちのことを心配している。

　a 病床　　　　　　　　　　　b 仕事中　　　　　　　　　c 多忙な日常
　　びょうしょう

3　このような緊急時にあっても、（　　　　　）。
　　　　　　　きんきゅうじ
　a 彼は驚いている　　　　　　b わたしは彼を探した　　　c 彼は落ちついている
　　　おどろ

1～6

1　彼は不正が（　　　　　）退職した。
　　　　　　　　　　　たいしょく
　a ばれるが早いか　　　　　　b ばれてからというもの　　　c ばれるそばから

2　父はわたしの顔を一目（　　　　　）笑い出した。
　　　　　　　　　ひと め
　a 見てからというもの　　　　b 見るなり　　　　　　　　c 見たそばから

3　片付ける（　　　　　）、子供たちがまた部屋を散らかす。

　a が早いか　　　　　　　　　b そばから　　　　　　　　c なり

4　サッカーのワールドカップを一度（　　　　　）、僕はサッカーに夢中になっている。
　　　　　　　　　　　　　　　　　　　　　　　　　ぼく
　a 見るや否や　　　　　　　　b 見るなり　　　　　　　　c 見てからというもの
　　　　いな

5　入場の受け付けが（　　　　　）、係の人たちは急に忙しくなった。

　a 始まるや否や　　　　　　　b 始まってからというもの　　c 始まるそばから

6　行方不明の子が見つかったという知らせが（　　　　　）、家族は泣き出した。
　　ふ めい
　a 入るや　　　　　　　　　　b 入るそばから　　　　　　　c 入ってからというもの

2課 範囲の始まり・限度
か　　はんい　はじ　　　げんど

〔復習〕 ・春になると、桜をはじめとしていろいろな花が咲く。
　　　　　　　　　　　　さくら

　　　　・チームのためにできるかぎりのことをしたいと思います。

　　　　・今年限りでこの仕事を辞めます。

1　～を皮切りに（して）・～を皮切りとして
　　　　かわ き　　　　　　　　　　　かわ き

⇒～から始まって次々に何かをする。
　　　はじ　　　つぎつぎ　なに

①この作家は自分の父親のことを書いた小説を皮切りに、次々に話題作を発表している。
　　　　　　　　　　　　　　　　　　　　　　　　　　　　　　　　わ だいさく

②わたしたちのバンドは来月3日の東京公演を皮切りにして、全国ツアーを予定しています。
　　　　　　　　　　　　　　とうきょうこうえん

③K銀行とM銀行の合併を皮切りとして、ここ数年企業の合併・統合が相次いで行われている。
　　　　　　　　がっぺい　　　　　　　　　　　きぎょう　　がっぺい　とうごう　あいつ

✎ 名　＋を皮切りに（して）・を皮切りとして

⚠ 後には、同じような行動や出来事が次々に起こり、発展していくという意味の文が来る。一続きで
　　あと　　おな　　　こうどう でき ごと つぎつぎ お　　　はってん　　　　　い み ぶん く　ひとつづ
　　あることがはっきりしている場合に使う。自然現象や良くないことにはあまり使わない。
　　　　　　　　　　　　ば あい つか　し ぜんげんしょう よ　　　　　　　　　　つか

2　～に至るまで
　　　　いた

⇒～という意外なことにまで、あることの範囲が及ぶ。
　　　　　い がい　　　　　　　　　　　　　　はん い　およ

①わたしの学校は服装に厳しい。制服の着方はもちろん、ヘアスタイルやスカートの長さに至る
　　　　　　　　　　ふくそう きび　　せいふく き かた
まで注意される。

②今度の旅行のスケジュール表は綿密だ。起床時間から飛行機内の食事開始時間に至るまで書い
　　　　　　　　　　　　　めんみつ
てある。

③父の趣味は料理です。食材も自家製でないと気が済まないらしく、みそ、豆腐に至るまで自分
　しゅみ　　　　　　しょくざい じ かせい　　　　　　　　　　　　　　とうふ
で作ります。

✎ 名　＋に至るまで

⚠ 普通ならあまり取り上げられない意外なことを表す言葉につき、範囲が広く及んでいることを強調
　　ふつう　　　と あ　　　　い がい　　　あらわ こと ば　　　はん い ひろ およ　　　　　きょうちょう
　　する。範囲の広さを表すため、①のようにまず取り上げられそうな例を「～はもちろん」で示したり、
　　　　　はん い ひろ あらわ　　　　　　　　と あ　　　　　れい　　　　　　　　　　し め
　　②のように全く別の種類の例を「～から」で示したりすることも多い。
　　　　　　まった べつ しゅるい れい　　　　　　　　　し め　　　　　　　おお

3 〜を限りに(かぎ)

→〜の時までで、それまで続いていたことを終わりにする、と宣言する。

①本年度(ほんねんど)を限りにこの講座(こうざ)の受講生募集(じゅこうせい)を行わないことになりました。

②今日を限りにたばこをやめるぞ！

③これを限りにお前(まえ)とは親子(おやこ)の縁(えん)を切る。以後親でもなく、子でもない。

名 ＋を限りに

⚠ 時(とき)を表す言葉(あらわ ことば)(今日(きょう)・今回(こんかい)・本年度(ほんねんど)など)につくことが多い(おお)。

4 〜をもって

→11課-3

⇒〜の時(とき)までで、ある行事(ぎょうじ)やそれまで続(つづ)いていたことを終(お)わりにする、と宣言(せんげん)する。

硬い言い方

①これをもって第35回卒業証書授与式(しょうしょじゅよしき)を終わります。

②2月20日をもって願書(がんしょ)受け付けを締(し)め切ります。遅れないように出してください。

③当店(とうてん)は9月末日(まつじつ)をもちまして閉店(へいてん)させていただきました。長い間のご利用ありがとうございました。

名 ＋をもって

⚠ 時(とき)・期日(きじつ)を表す言葉(あらわ ことば)につく。公式的(こうしきてき)な硬い言い方(かた い かた)で、日常(にちじょう)のことには使わない(つか)。

5 〜といったところだ

⇒程度(ていど)は最高(さいこう)でも〜で、あまり高くない(たか)。

①当地(とうち)は夏もそれほど暑くありません。最高(さいこう)に暑い日でも26、7度といったところです。

②この山歩き会(やまある)では毎月山歩きを行っていますが、参加者は毎回せいぜい6、7人といったところです。

③休みがあってもほとんど遠出(とおで)はしません。せいぜい1泊で温泉に行くといったところでしょうか。

名 ・動 辞書形 ＋といったところだ

⚠ あまり多くない(おお)数字(すうじ)や少ない(すく)ことを表す言葉(あらわ ことば)につく。

1

1 その宇宙飛行士の講演会は（　　　　）を皮切りに、130か所で行われた。

　　a 北海道　　　　　　　　　　b 外国　　　　　　　　　　c 全国

2 この選手は昨年の地区大会入賞を皮切りに、（　　　　）。

　　a ますます練習に励んでいる　　b 今年も入賞が期待される

　　c いくつもの大会で好成績を残している

3 山田さんの発言を皮切りにして、（　　　　）。

　　a 皆さんが意見を言ってください　　　　b みんなが次々に意見を言った

　　c 川田さんも意見を言った

4 中川さんは10年前の個展を皮切りとして、（　　　　）。

　　a いろいろなところで個展を開いている　　b その後2度個展を開いた

　　c 1度も個展を開いていない

5 わたしは退職の記念旅行を皮切りとして、（　　　　）。

　　a 旅行が老後の趣味になった　　b 国内、国外をあちこち旅行している

　　c 旅行会社に勤め始めた

2

1 小林先生には卒業後の進路はもちろん、（　　　　）に至るまで何でも相談している。

　　a 勉強　　　　　　　　　　b 宿題のやり方　　　　　　　　　　c 恋愛の悩み

2 外国で暮らすことになったので、（　　　　）に至るまでみんなリサイクルショップに売った。

　　a ベッドからスプーン　　　　b 皿からカップ　　　　　　　c 雑誌から本

3 ゆみさんは天気はもちろん、（　　　　）に至るまで日記に書き留めているそうだ。

　　a その日の自分の行動　　　b その日の朝、昼、晩の気温　　c その日の出来事

3

1 この店は（　　　　）を限りに閉店するそうだ。

　　a 今月　　　　　　　　　　b 今月まで　　　　　　　　　　c あと一月

2 わたしは今日を限りに（　　　　）。

　　a この会社の社員です　　　b この会社を辞めます　　　c 新しい会社に入社します

3 この高校は今年を限りに（　　　　）ことになっている。

　　a 開校される　　　　　　　b 生徒数が増加する　　　　　c 生徒を募集しない

4

1 （　　　　）をもちまして本日の演説会は終了いたします。
　　a 以上　　　　　　　　　　b 以下　　　　　　　　　　c 以後

2 ３月末日をもって（　　　　）。
　　a このサービスを開始いたします　　　　b このサービスは停止させていただきます
　　c このサービスはございません

3 これをもって本日の役員会は（　　　　）したいと思います。
　　a 休憩　　　　　　　　　　b 開会　　　　　　　　　　c 閉会

4 今期をもって私は（　　　　）。
　　a この職に転職します　　　b この職を引退します　　　c この職を続けます

5

1 わたしの睡眠時間は（　　　　）といったところです。
　　a 十分　　　　　　　　　　b もう少し欲しい　　　　　c ５時間

2 毎日の運動といえば、近所を走るといったところなので、（　　　　）。
　　a とても疲れる　　　　　　b 40分もかかる　　　　　　c 無理なく続けられる

3 このクラスのテストの平均点は、毎回（　　　　）67、8点といったところです。
　　a せめて　　　　　　　　　b せいぜい　　　　　　　　c 最低でも

1～5

1 全国高校野球大会は、一昨日の第１試合（　　　　）連日熱戦が繰り広げられている。
　　a を皮切りに　　　　　　　b に至るまで　　　　　　　c をもって

2 今日（　　　　）もう車は運転しないことにしたんです。
　　a を限りに　　　　　　　　b をもって　　　　　　　　c に至るまで

3 ただ今（　　　　）チケットの販売を打ち切らせていただきます。
　　a を皮切りに　　　　　　　b に至るまで　　　　　　　c をもって

4 日常のおかずから高級料理の食材（　　　　）、この店にないものはない。
　　a をもって　　　　　　　　b といったところで　　　　c に至るまで

5 ３歳の息子がやってくれる手伝いは、洗濯物をかごに入れるとか新聞を運ぶ（　　　　）、
　　あまり役に立ちません。
　　a に至るまで　　　　　　　b といったところで　　　　c 限りで

3課 限定・非限定・付加
げんてい　ひげんてい　ふか

〔復習〕 ・70歳以上の方に限り、入場は無料。

・この商品リストを見る限りでは、この製品は今はもう販売されていません。

・彼はストレスのため、心ばかりか体も不健康になってしまった。

・ひろ子さんは誠実な上に、よく気配りをする人だ。
せいじつ　　　　きくば

1 ～をおいて

⇒～のほかに、同じぐらい高く評価できるものはいない・ない。
おな　　たか　ひょうか

①今、こんな素晴らしい色使いの染色ができる人は、彼をおいてほかにいない。
すば　　いろづか　せんしょく

②日本で世界的な平和会議を行うなら、広島か長崎をおいてほかに候補地は考えられない。
ひろしま　ながさき　　　　　　こうほち

③毎年夏にはこのホテルに来ている。心からくつろげる場所はここをおいてほかにない。

🖎 名 ＋をおいて

⚠ 話者が高く評価しているものを表す言葉につく。後には、「いない・～ない」という言葉が来る。
わしゃ　たか　ひょうか　　　　　あらわ　ことば　　　　あと　　　　　　　　　　　　　　　ことば　く

2 ～ならでは

⇒～だけがそのような素晴らしいことを実現できる。
すば　　　　　じつげん

①さすが歌舞伎俳優の一之助さんならではの演技だ。ほれぼれするほどリアリティーがある。
かぶきはいゆう　いちのすけ

②ぜひ一度ヨットに乗ってみてはいかがですか。この体験はハワイならではですよ。
たいけん

③この布製の袋にはぬくもりが感じられる。手作りならではだと思う。
てづく

④100年続いた老舗ならでは出せないこの味の良さ！　店主が変わっても全く味が落ちていない。
しにせ　　　　　　　　　　　　　てんしゅ

🖎 名 ＋ならでは

⚠ 話者が高く評価しているものを表す言葉につく。「～でなければ実現できない」と言いたいときに使う。
わしゃ　たか　ひょうか　　　　　あらわ　ことば　　　　　　　　　　　じつげん　　　　　　い　　　　つか
ふつう、「～ならではの…だ・～ならではだ」という形で使う。
かたち　つか

3 ～にとどまらず

⇒～の範囲に収まらないで、もっと広く及ぶ。
はんい　おさ　　　　　　　　ひろ　およ

①マスメディアによる情報というものは、今や一国にとどまらず、世界中に伝わる。
いっこく

②農作物は、台風に襲われた直後にとどまらず、一年中その影響を受ける。
のうさくぶつ　　　　おそ　　　ちょくご　　　　　　　　　　　　　えいきょう

③一人の人間の明るさは、場を明るくするにとどまらず、周囲の人々に心身の活力をも与える。
ひとびと

🖎 名 ・ 動 辞書形 ＋にとどまらず

⚠ 限られた範囲やある現象を表す言葉につく。後には、それを含むより広い範囲を表す文が来る。
かぎ　　　はんい　　　げんしょう　あらわ　ことば　　　　あと　　　　　　　　ふく　　　ひろ　はんい　あらわ　ぶん　く

4 ～はおろか～

⇒～はもちろん、程度が違うほかのことにも同じことが言える。

① 手間がかかる料理はおろか、日常の簡単な料理を作るのさえ面倒だ。

② 小売店を取り巻く状況は厳しい。町の専門店はおろか、有名デパートの閉店も相次いでいる。

③ わたしは花粉症がひどくて、外ではおろか、家の中でさえマスクがはずせない。

名 (＋助詞)　＋はおろか

⚠ 「～」を当然のこととして取り上げ、それよりも程度が上の場合の状態を強調する。全体としてマイナスイメージの文になりやすい。後の文には、程度が上であることを強調する言葉(も・さえ・までなど)が使われることが多い。

5 ～もさることながら～

⇒～もそうだが、それに追加して、もっと強調したいことがある。

① この作家が書くものは、鋭い感性もさることながら、注意深く選ばれた語彙と文の運び方が素晴らしい。

② 彼は人柄もさることながら、その頭の働きの良さで周囲の人をぐいぐい引っ張っていく。

③ 若者の政治的無関心もさることながら、社会全体に政治に対する無力感が広がっているような気がする。

名　＋もさることながら

⚠ 後には、「～」よりも強調したいことを表す文が来る。

1

1 これほど多種多様な機能を持ったものは、わが社の（　　　　）をおいてほかにないと自負しております。

 a この製品だけ   b 製品の素晴らしさ   c この製品

2 この力仕事を任せられる人は、（　　　　）をおいてほかにいない。

 a 山口さん   b 男性   c わたし

3 わたしがやっていけそうな仕事は、教師をおいて（　　　　）。

 a ほかにもあるだろうか   b ほかにあるまい   c わからない

2

1 この絵には、（　　　　）ならではの純真さがあると思う。

 a 子供   b 大人   c わたし

2 こんな（　　　　）字は、林さんならではだ。

 a 間違っている   b 下手な   c 素晴らしい

3 会の最後に木村さんが詩を読んだ。この道のプロならではの朗読に、わたしは（　　　　）。

 a 少し不満だった   b あまり期待していなかった   c とても感動した

3

1 母のケーキ作りは単なる趣味にとどまらず、（　　　　）までになった。

 a おいしくできる   b 自分の店を開く

 c いろいろな店のケーキを食べる

2 鈴木氏の研究成果は（　　　　）にとどまらず、広く産業界でも注目されている。

 a 専門の学会内   b 日本国内   c 世界中の研究機関

3 今、この服は（　　　　）大人気だそうだ。

 a 女性にとどまらず男性には   b わたしにとどまらず母にも

 c 一部の女性にとどまらず多くの人に

4

1 うちの父は（　　　）母に任せている。

　a 家事はおろか自分の着る物のことさえ　　b 身の回りのことはおろか家の掃除さえ

　c 自分の仕事はおろか子供の教育さえ

2 当時はお金がなかったので、（　　　）はおろか学費もぎりぎりだった。

　a 遊ぶお金　　　　　　　　　b 食費　　　　　　　　　c アルバイト代

3 わたしは外国旅行はおろか（　　　）。

　a 国内では何度も旅行した　　b 住んでいる県から出たこともない

　c 県外にはあまり行かない

5

1 その国では、（　　　）もさることながら、伝統的な工芸品の買い物が楽しめる。

　a 偽物の商品　　　　　　　　b 観光　　　　　　　　　c 治安の悪さ

2 試合に勝つには選手の実力もさることながら、（　　　）。

　a 運も必要なのだ　　　　　b 運は関係ないのだ　　　c 運が良かったのだ

1〜5

1 彼の趣味は広い。料理を（　　　）、料理に合う食器を作ることも趣味だと言う。

　a 作るにとどまらず　　　　b 作るに限らず　　　　　c 作るとは限らず

2 この景色は富士山の頂上（　　　）のものだろう。よく見ておこう。

　a 限り　　　　　　　　　　b ならでは　　　　　　　c をおいて

3 この病気を治す方法は、今のところ手術（　　　）ほかにないのです。

　a をおいて　　　　　　　　b ならでは　　　　　　　c はおろか

4 わたしはスペイン語では会話（　　　）簡単なあいさつもできない。

　a をおいて　　　　　　　　b はおろか　　　　　　　c にとどまらず

5 年金の問題（　　　）、少子化対策は政府の大きな課題である。

　a はおろか　　　　　　　　b をおいて　　　　　　　c もさることながら

〔復習〕　・パーティーの後の部屋には、ビールびん<u>やら</u>お菓子の箱<u>やら</u>が散らかっていた。

　　　　　・彼の考えはまじめすぎる<u>というか</u>ものを知らなすぎる<u>というか</u>、とにかく現実的では

　　　　　　ない。

　　　　　・動物<u>にしても</u>植物<u>にしても</u>、子孫を残すための仕組みには感心する。
　　　　　　　　　　　　　　　　　　　　　　　　　　　　　　しく

1　〜なり…なり

　⇒〜でもいいし…でもいいから、何かをする。
　　　　　　　　　　　　　　　　なに

①昼休みは40分しかないんだから、おにぎり<u>なり</u>サンドイッチ<u>なり</u>何か買って早く食べたほう

　がいい。

②お手伝いできることはいたしますよ。わたし<u>になり</u>兄<u>になり</u>言ってください。

③言葉の意味がわからなかったらわからないままにしないで、辞書で調べる<u>なり</u>インターネット

　で探してみる<u>なり</u>してみたらどうですか。

④この魚、僕が釣ったんだ。焼く<u>なり</u>煮る<u>なり</u>して食べてみて。
　　　　　ぼく　つ　　　　　　　　　　　に

　🔗　名 (＋助詞)・動 辞書形　＋なり

　⚠　同じ意味のグループに入る例を並べる。「何でもいい」と特定を避けて提案を示す言い方。後には、
　　　おな　いみ　　　　　　　　　　はい　れい　なら　　　なん　　　　　　とくてい　さ　　ていあん　しめ　い　かた　　あと
　　　過去形の文は来ない。話者の希望・意向を表す文や働きかけの文が来る。
　　　かこけい　ぶん　こ　　わしゃ　きぼう　いこう　あらわ　ぶん　はたら　　　ぶん　く

2　〜であれ…であれ・〜であろうと…であろうと
→10課-3

　⇒〜でも…でも関係なく、同じ種類のものにはみんな同じことが言える。
　　　　　　　　かんけい　　おな　しゅるい　　　　　　　　おな　　　　　い

①地震であれ火事であれ、緊急の場合に冷静になれる人は少ないだろう。
　　　　　　　　　　　きんきゅう

②文学であれ音楽であれ、芸術には才能が必要なのだ。努力だけではだめなのだ。

③禁煙であれ禁酒であれ、周りの人の協力が大切だと思う。
　　　　　きんしゅ

④ビールであろうとワインであろうと、酒は酒だ。運転前に絶対飲んではいけない。

　🔗　名　＋であれ

　⚠　関係ないばらばらの例ではなく、同じ意味のグループに入る例を並べる。
　　　かんけい　　　　　　　れい　　　　　　おな　いみ　　　　　　はい　れい　なら

---

3 ～といい…といい

⇒～を見ても…を見ても同じような状態だ。

①この映画は映像の美しさ<u>といい</u>音楽の素晴らしさ<u>といい</u>、最高の作品だ。

②中島さん<u>といい</u>松本さん<u>といい</u>、うちの課の人はみんな話が面白い。

③この虫は色<u>といい</u>形<u>といい</u>、木の葉にそっくりだ。

✏ 名 ＋といい

⚠ 同じ意味のグループに入る例を並べる。後には、状態を述べる文（話者の評価を述べる形容詞文など）が来る。話者の希望・意向を表す文や働きかけの文は来ない。

4 ～といわず…といわず

⇒～も…も区別なく全部・あらゆる所・いつも、同じようだ。

①砂浜で遊んでいた子供たちは、手<u>といわず</u>足<u>といわず</u>全身砂だらけだ。

②室内で犬を飼っているので、廊下<u>といわず</u>部屋の中<u>といわず</u>家中犬の毛が落ちている。

③営業マンの島田さんは平日<u>といわず</u>週末<u>といわず</u>休む暇なく社外に出て働いている。

✏ 名 ＋といわず

⚠ 同じ意味のグループに入る例を並べるが、時間的・空間的につながりがある言葉の組み合わせ（昼と夜・手と足など）が多い。後には、状態を表す文だけでなく、③のように動詞の文も来る。マイナスイメージの文が多い。否定文や働きかけの文は来ない。

1　あの部屋はかなり寒いから、長い時間いるなら上着なり（　　　）なりが必要だろう。

　　a　暖房をつける　　　　　　　b　ひざ掛け　　　　　　　c　防寒
　　　　だんぼう　　　　　　　　　　　　　　か　　　　　　　　　　ぼうかん

2　着ない服は人にあげるなりフリーマーケットに出すなりして、（　　　）。

　　a　整理した　　　　　　　　　b　整理したことがある　　　c　整理しよう

3　1年に2、3度、ハイキングなりキャンプなり遊びに（　　　）。

　　a　行きませんか　　　　　　　b　行きました　　　　　　　c　行くことに決まった

4　電話なりメールなり（　　　）。

　　a　どちらで知らせますか　　　b　知らせる方法はあるはずですよ

　　c　知らせる方法が何もない

1　社長であろうと（　　　）であろうと、自分の会社を大切に思っているはずだ。

　　a　正社員　　　　　　　　　　b　平社員　　　　　　　　　c　サラリーマン
　　　　せいしゃいん　　　　　　　　　ひらしゃいん

2　検査の結果、ある病気が見つかった。これから先、通院であれ入院であれ（　　　）。
　　　　　　　　　　　　　　　　　　　　　　　　　　　　つういん

　　a　心配ごとが増える　　　　　b　することになった　　　c　選ばなければならない

3　与党であれ野党であれ、（　　　）。
　　よとう　　　やとう

　　a　わたしは選挙の結果に関心がある　　　　b　選挙でどちらが勝つだろうか
　　　　　　　せんきょ

　　c　選挙戦をしっかり頑張ってほしい
　　　　　　　　　　　　がんば

1　（　　　）、このパソコンは最高だ。

　　a　機能といい大きさといい　　b　簡単だといい値段といい　　c　便利だといい安いといい

2　庭といい玄関といい、（　　　）。
　　　　げんかん

　　a　きれいに掃いてください　　b　ごみだらけだ

　　c　掃除しなければきれいにならない

3　この地方は山といい川といい、（　　　）。いつか行ってみたい。

　　a　たくさんある　　　　　　　b　今の季節はとてもきれいだ　　c　テレビで紹介された

4　水泳といいテニスといい、（　　　）。

　　a　スポーツはみな楽しい　　　b　わたしは子供に習わせている　　c　わたしはやったことがない

4

1　うちの娘は壁といわず（　　　　）といわず、あちこちに好きなアイドルの写真をはっている。

　　a　かばん　　　　　　　　　　b　天井
てんじょう　　　　　　　　　　c　ノート

2　あの通りは昼といわず夜といわず（　　　　）。

　　a　車は通れない　　　　　　　b　行ってみてください　　　　c　にぎわっている

3　虫といわず魚といわず、（　　　　）。

　　a　うちの子は何でも捕まえたがる　　　　b　何でも早く捨てなさい

　　c　何も飼いたくない
か

1〜4

1　（　　　　）、この店の料理は素晴らしい。
す

　　a　味なり盛り付けなり　　　b　味といい盛り付けといい　　　c　味といわず盛り付けといわず
も　つ

2　（　　　　）、何か筆記用具をここに置いておいたほうがいいです。
ひっ き ようぐ

　　a　鉛筆なりボールペンなり　　　b　鉛筆といいボールペンといい
えんぴつ

　　c　鉛筆といわずボールペンといわず

3　（　　　　）、人との接し方が大切なのだ。

　　a　レストランの店員なり会社員なり　　　b　レストランの店員であれ会社員であれ

　　c　レストランの店員といわず会社員といわず

4　この名所には（　　　　）、一年中観光客が訪れる。
おとず

　　a　春なり秋なり　　　　　　　b　春といい秋といい　　　　　c　春といわず秋といわず

5　（　　　　）、フォークで食べるのは変だ。

　　a　すしなりさしみなり　　　b　すしであれさしみであれ　　　c　すしといわずさしみといわず

次の文の（　　　　）に入れるのに最もよいものを、1・2・3・4から一つ選びなさい。

1 　行方不明の子が見つかったという知らせが（　　　　）、家族は泣き出した。
　ふめい
　　1　入るや　　　　　　　　　　　　　　　2　入ったばかりで
　　3　入って以来　　　　　　　　　　　　　4　入ってからは

2 　本年（　　　　）本社の通信販売は終了させていただきます。長い間ありがとうございました。
　　1　をもって　　　　　　　　　　　　　　2　をおいて
　　3　限りでは　　　　　　　　　　　　　　4　に限り

3 　どんな困難な状況（　　　　）、彼は希望を捨てなかった。
　　1　といっても　　　　　　　　　　　　　2　にとっても
　　3　にあっても　　　　　　　　　　　　　4　としても

4 　うちの子は自分の好きなお菓子を（　　　　）、さっとつかんで口の中に入れた。
　　1　見つけ次第　　　　　　　　　　　　　2　見つけるが早いか
　　3　見つけた際に　　　　　　　　　　　　4　見つけた上で

5 　今世紀に（　　　　）、地球の各地で大規模災害が相次いで起きている。
　こんせいき　　　　　　　　　　　　　　　　　　だいきぼさいがい　あいつ
　　1　入りつつ　　　　　　　　　　　　　　2　入り次第
　　3　入ってはじめて　　　　　　　　　　　4　入ってからというもの

6 　今日は1件（　　　　）次の仕事を頼まれて、一日中本当に忙しかった。
　　　　　けん
　　1　処理するなり　　　　　　　　　　　　2　処理しつつ
　　3　処理してこのかた　　　　　　　　　　4　処理したそばから

7 　父は1月の（　　　　）、次々に各地の大会に出場している。
　　　　　　　　　　　　　　　つぎつぎ
　　1　ゴルフ大会からして　　　　　　　　　2　ゴルフ大会をもって
　　3　ゴルフ大会を皮切りに　　　　　　　　4　ゴルフ大会に出てはじめて
　　　　　　　　かわき

8 　旅行先が国外（　　　　）国内（　　　　）、健康には十分注意したほうがいい。
　　1　といわず・といわず　　　　　　　　　2　とか・とか
　　3　なり・なり　　　　　　　　　　　　　4　であれ・であれ

9 このばら園は種類の多さ（　　　　　）、1年中美しいばらを咲かせていると評判だ。
1　はおろか
2　のこととなると
3　にとどまらず
4　もさることながら

10 その男は警官の姿を（　　　　　）、逃げていった。
1　見たきり
2　見ているうちに
3　見るなり
4　見ないうちに

11 掃除（　　　　　）洗い物（　　　　　）、あなたができることを何か手伝ってよ。
1　といい・といい
2　というか・というか
3　なり・なり
4　やら・やら

12 わたしは勉強といっても家で1、2時間教科書を読む（　　　　　）、たいしたことはしていないんです。
1　というわけで
2　ということで
3　といったもので
4　といったところで

13 田中さんの仕事ぶりにはいつも感心させられる。大きな仕事を安心して任せられる人は田中さん（　　　　　）いない。
1　ばかりかほかに
2　をおいてほかに
3　に限ってだれも
4　ならではだれも

14 彼女はよほど花が好きらしい。家の（　　　　　）花でいっぱいだ。
1　中といわず外といわず
2　中といっても外といっても
3　中はともかく外も
4　中外もかまわず

15 その年のインフルエンザは関東地方（　　　　　）、全国に及んだ。
1　にわたって
2　には限らず
3　にはもとより
4　にとどまらず

5課 関連・無関係
かんれん むかんけい

〔復習〕 ・わたしはその日の体調によって散歩のコースを変えています。
たいちょう

　　　　・ご予算に応じてパーティーのメニューを考えます。

　　　　・明日は天候にかかわらず、外で実験をします。

　　　　・あの人たちはほかの人が聞いているのもかまわず、部長の悪口を言っている。

1　〜いかんだ

　⇒〜がどうであるかによって事態が変わる・事態が決まる。
　　　　　　　　　　　じたい か　　じたい き

①世界選手権大会をこの国で開催できるかどうかは、国民の協力いかんだ。
せんしゅけん　　　　　　かいさい

②筆記試験はパスした。あしたの面接の結果いかんで採用が決まるそうだ。
　　　　　　　　　　　　　　　　　　　　さいよう

③申し込み者数いかんでは、ツアーを中止しなければならないかもしれない。
もうこ

④支持率いかんでは、今の政権も長くは続かないだろう。
しじりつ　　　　　　せいけん

✎ 名 ＋いかんだ

⚠ いろいろな違いや幅がある意味の言葉(考え方・成績・態度など)につく。後には、いろいろに変わ
　　ちが　はば　　いみ ことば かんが かた せいせき たいど　　　あと　　　　　　　か
　　る可能性がある・決まるなどの意味の文が来る。「〜いかんでは」の後には、いろいろな事態のう
　　かのうせい　き　　　　いみ ぶんく　　　　　　　　　　あと　　　　　　　じたい
　　ち可能性があるものが来る。
　　かのうせい　く

2　〜いかんにかかわらず・〜いかんによらず・〜いかんを問わず
と

　⇒あることの成立に〜は関係ない・影響はない。 硬い言い方
　　せいりつ　かんけい えいきょう

①内容のいかんにかかわらず、個人情報の問い合わせにはお答えしておりません。
　　　　　　　　　　　　　　　　　とあ

②明日の試合の結果いかんによらず、優勝できないことは決まってしまった。

③当社は学歴・年齢・過去の実績のいかんを問わず、初任給は一律です。
とうしゃ がくれき　　　　　　　　　　　　しょにんきゅう いちりつ

✎ 名 (-の)　＋いかんにかかわらず・いかんによらず

　名 -の　＋いかんを問わず

⚠ いろいろな違いや幅がある意味の言葉につく。後には、「〜」に影響されないことを表す文が来る。
　　ちが はば　　いみ ことば　　あと　　　　　　　えいきょう　　あらわ ぶんく

---

3 ～をものともせず（に）

⇒普通なら～という障害に気持ちが負けてしまうのに、それを乗り越えて行動する。

①彼は体の障害をものともせずに、精力的に活動している。

②母は強かった。がんの宣告をものともせず、最期まで明るくふるまった。

③隊員たちは危険をものともせずに、行方不明の人の捜索を続けた。

🔗 名 ＋をものともせず（に）

⚠ 大きな障害になるような状況を表す言葉（台風・病気・危険など）につく。全体として人などの勇敢さを褒める文になる。話者自身のことには使わない。

4 ～をよそに

⇒～は自分とは無関係であるかのように、少しも気にしないで行動する。

①家族の心配をよそに、子供は退院したその日から友達と遊びに出かけた。

②住民たちの抗議行動をよそに、ダムの建設計画が進められている。

③彼は周囲の人たちの不安をよそに、再び戦地の取材に出発していった。

🔗 名 ＋をよそに

⚠ 周りの状況を表す言葉につく。後には、その状況を無視したような行動を表す文が来る。主語は主に人だが、話者自身のことには使わない。全体としてあきれた・感嘆したという気持ちを表す。

5 ～ならいざしらず

⇒～ならそうかもしれないが、全く違う状況なのだから結果も違う。

①安いホテルならいざしらず、一流ホテルでこんなにサービスが悪いなんて許せない。

②祖父母の代ならいざしらず、今の時代に「手ぬぐい」なんてあまり使わないよ。

③ヒマラヤ登山をするのならいざしらず、その辺の山へ行くのにそんなに重装備でなければいけないのか。

④治療が難しいのならいざしらず、よくある病気ですから、そんなに心配することはありませんよ。

🔗 名・普通形(-の)（ ナ形 だ -なの・ 名 だ -なの） ＋ならいざしらず

⚠ 極端な例を表す言葉（神・赤ん坊・大昔など）につくことが多い。後には、それと対極にある例について、あきれたり不満を述べたりする文が来る。

1

1　(　　　　)いかんで入院するかしないかを決めるのだそうです。
　　a　本人の承諾
　　　しょうだく
　　　　　　　　　　　b　空きベッドの有無
　　　　　　　　　　　　　　　　　　　　c　今日の検査の結果

2　父は、体調いかんでは、(　　　　)。
　　たいちょう
　　a　役職を続けるかどうか迷っているらしい　b　その日の仕事の量を変えているようだ
　　　やくしょく
　　c　会社を辞めるかもしれない

3　宣伝方法いかんで(　　　　)。
　　せんでん
　　a　商品が売れた
　　　　　　　　　　　b　売り上げが左右される
　　　　　　　　　　　　　　　　　　　c　売り上げ数が減った

4　党首のやる気いかんで(　　　　)。
　　とうしゅ
　　a　選挙の結果が決まる
　　　せんきょ
　　　　　　　　　　　b　選挙に負けた
　　　　　　　　　　　　　　　　　　　c　選挙に勝ちたい

2

1　(　　　　)のいかんによらず、一度購入されたチケットの払い戻しはいたしません。
　　　　　　　　　　　　　　　　　　　　　　　　　　　　はら　もど
　　a　理由
　　　　　　　　　　　b　不当な理由
　　　　　　　　　　　　ふとう
　　　　　　　　　　　　　　　　　　　c　正当な理由
　　　　　　　　　　　　　　　　　　　　せいとう

2　(　　　　)のいかんを問わず、優秀な社員を募集している。
　　　　　　　　　　　　　　　　ゆうしゅう　しゃいん
　　a　男女
　　　だんじょ
　　　　　　　　　　　b　学歴
　　　　　　　　　　　　がくれき
　　　　　　　　　　　　　　　　　　　c　国内か国外か

3　スピーチ大会では、内容のいかんにかかわらず、(　　　　)。
　　a　みんな上手だった
　　　　　　　　　　　b　みんな時間オーバーだった
　　　　　　　　　　　　　　　　　　　c　全員に参加賞が与えられる

4　借りたお金は金額いかんにかかわらず、(　　　　)。
　　a　早く返すべきだ
　　　　　　　　　　　b　かなり高額だ
　　　　　　　　　　　　こうがく
　　　　　　　　　　　　　　　　　　　c　先週返したはずだ

3

1　中川選手は(　　　　)をものともせずに、終始冷静にプレーした。
　　　　　　　　　　　　　　　　　　しゅうし
　　a　プレッシャー
　　　　　　　　　　　b　味方チームの選手
　　　　　　　　　　　　　　　　　　　c　会場の応援の声
　　　　　　　　　　　　　　　　　　　　　　　おうえん

2　この会社は(　　　　)をものともせずに、順調に売り上げを伸ばしている。
　　a　商品
　　　　　　　　　　　b　不況
　　　　　　　　　　　　ふきょう
　　　　　　　　　　　　　　　　　　　c　仕事

3　今年90歳になる高橋さんは、足腰の痛みをものともせず、(　　　　)。
　　　　　　　　　　　　　あしこし
　　a　病院に行こうとしない
　　　　　　　　　　　b　かなり我慢している
　　　　　　　　　　　　　　がまん
　　　　　　　　　　　　　　　　　　　c　若い人の指導に励んでいる
　　　　　　　　　　　　　　　　　　　　　　　　　　はげ

4　兄は事業の失敗をものともせず、(　　　　)。
　　　　じぎょう
　　a　相変わらず借金を繰り返した　b　会社を辞めてしまった
　　　　　　　　　　くかえ
　　c　新しい仕事に取り組んでいる
　　　　　　　　　とく

4

1 彼は（　　　　）をよそに、危険な仕事を続けた。

　　a 周囲の反対　　　　　　　　b 足のけが　　　　　　　　c 体力
　　　　　　　　　　　　　　　　　　　　　　　　　　　　　　　たいりょく

2 （　　　　）をよそに、彼はまた早朝からサーフィンに出かけて行った。

　　a 資金不足　　　　　　　　　b 親の心配　　　　　　　　c 体の疲れ
　　　し きん

3 国民の期待をよそに、（　　　　）。

　　a 新政府は新しいことをやろうとしている　b 新政府の政策は新しくない
　　　　　　　　　　　　　　　　　　　　　　　　　　　　　　せいさく
　　c 新政府は従来の政策を続けた
　　　　　じゅうらい

5

1 （　　　　）ならいざしらず、普通の人は自分の経験をそんなに簡単に文章化できない。

　　a 小説を書く　　　　　　　　b 小説　　　　　　　　　　c 小説家

2 5歳の子供ならいざしらず、（　　　　）がこんなことを知らないなんておかしい。

　　a 大人　　　　　　　　　　　b 6歳の子　　　　　　　　c 3歳の子

3 （　　　　）ならいざしらず、普通の人間が国民を自由に動かせるはずはない。

　　a わたし　　　　　　　　　　b 大統領　　　　　　　　　c 一市民

4 世界一周旅行をするのならいざしらず、日帰り旅行には（　　　　）。

　　a そんな大きなかばんは要らない　　　b 一人1万円ぐらいかかる
　　c わたしは行きたくない

1〜5

1 本人の頑張り（　　　　）素晴らしい結果が出るかもしれない。
　　　　　がん ば　　　　　　　　す ば

　　a いかんでは　　　　　　　　b いかんにかかわらず　　　c ならいざしらず

2 田中さんは周囲の反対（　　　　）、その実験を続けている。

　　a いかんにかかわらず　　　　b をものともせずに　　　　c ならいざしらず

3 明さんは周囲の非難（　　　　）、就職しないで家でぶらぶらしている。
　　あきら　　　　　ひ なん　　　　　　　　しゅうしょく

　　a いかんで　　　　　　　　　b をものともせずに　　　　c をよそに

4 （　　　　）、普通の人は一日中資料を調べるなんてできない。

　　a 学者いかんで　　　　　　　b 学者のいかんによらず　　c 学者ならいざしらず

〔復習〕　・彼はけがをしたのか、足を引きずる<u>ように</u>して歩いている。

　　　　　・今日はちょっと<u>風邪気味</u>なので、早く帰りたいです。
　　　　　　　　　　　かぜ

1　〜んばかりだ

　⇒まるで〜しそうなほどの状態だ。
　　　　　　　　　　　　　　じょうたい

①彼は力強くうなずいた。任せろと<u>言わんばかりだった</u>。

②頭を畳につけ<u>んばかりに</u>してわびたのに、父は許してくれなかった。

③演奏が終わったとき、会場には割れ<u>んばかりの</u>拍手が起こった。
　えんそう

④かごいっぱい、あふれ<u>んばかりの</u>さくらんぼをいただいた。

✍ 動 ~~ない~~　＋んばかりだ　　＊例外　する→せん
　　　　　　　　　　　　　　　れいがい

⚠ 実際にはそこまでではないがそれに近いくらいの状態を表す言い方（頭を畳につける・会場が割れ
　じっさい　　　　　　　　　　　　　　　じょうたい　あらわ　い　かた　あたま　たたみ　　　　　かいじょう　わ
　るなど）につく。全体として程度が普通ではないことを表す。
　　　　　　　ぜんたい　　　　ていど　ふつう　　　　　あらわ

2　〜とばかり（に）

　⇒実際に声は出さないが、〜と言うような態度・行動をとる。
　　じっさい　こえ　だ　　　　　　　　い　　　　　たいど　こうどう

①ケーキを買って帰ったら、「待ってました」<u>とばかり</u>、みんながテーブルに集まった。

②子供はもう歩けない<u>とばかりに</u>、その場にしゃがみ込んでしまった。

③開発計画について意見交換会が行われた。住民たちはこの時<u>とばかり</u>、いろいろな意見を言った。
　かいはつ

✍ 発話文　＋とばかり
　はつわぶん

⚠ 発話の形（「帰れ」・「だめだ」など）にそのままつく。（「　」はつけないこともある。）ほかの人の様子
　はつわ　かたち　かえ　　　　　　　　　　　　　　　　　　　　　　　　　　　　　　　　　　　　ひと　ようす
　を言う場合に使い、話者自身のことには使わない。③の「この時とばかり」は慣用的な言い方。
　い　ばあい　つか　わしゃじしん　　　　つか　　　　　とき　　　　　　　かんようてき　い　かた

3　〜ともなく・〜ともなしに

A⇒自分で〜しようとはっきり意識しないまま、ある動作を行う。
　じぶん　　　　　　　　　　いしき　　　　　　　どうさ　おこな

①テレビを見る<u>ともなく</u>見ていたら、友達がテレビに出ていてびっくりした。

②朝起きて、何をする<u>ともなく</u>しばらくぼんやりしていた。

③カーラジオの音楽を聞く<u>ともなしに</u>聞いていたら、眠くなってしまった。

✍ 動 辞書形　＋ともなく・ともなしに

⚠ 限られた意志動詞（見る・聞く・待つなど）につくが、目的がなく無意識的に動作を行っているこ
　かぎ　　　　いしどうし　み　き　ま　　　　　　　もくてき　　　　　むいしきてき　どうさ　おこな
　とを表す。前後に同じ動詞を使うことが多い。
　　あらわ　ぜんご　おな　どうし　つか　　　　おお

B⇒はっきり～と特定できない。

④どこから<u>ともなく</u>、おいしそうなカレーのにおいがしてくる。

⑤だれ<u>ともなく</u>、熊田さんのことをクマちゃんとあだ名で呼び始めた。

⑥いつから<u>ともなしに</u>、わたしはモーツァルトの音楽が大好きになった。

疑問詞（＋助詞）　＋ともなく・ともなしに

時間・場所・人などを表す疑問詞（だれなど）・疑問詞と助詞の組み合わせ（いつから・どこへなど）につく。

4　～ながらに（して）

⇒～のまま変わらない状態だ。

①この子は生まれ<u>ながらに</u>優れた音感を持っていた。

②インターネットのおかげで、今は家にい<u>ながらにして</u>世界中の人と交流できる。

③この辺りは昔<u>ながらの</u>田舎の雰囲気が残っている。

④その女性は母親との死別を涙<u>ながらに</u>語った。

動 ます・名　＋ながらに（して）

限られた言葉にしかつかない。④の「涙ながらに」は慣用的な言い方で「泣きながら」という意味。

5　～きらいがある

⇒～という良くない傾向・性質・くせがある。

①彼はどうも物事を悲観的に考える<u>きらいがある</u>。

②うちの部長は自分と違う考え方を認めようとしない<u>きらいがある</u>。

③松本さんは一度言い出したら人の意見に耳を傾けない。少し独断の<u>きらいがある</u>。

動 辞書形/ない形・名 −の　＋きらいがある

主に人を批判して言う。ふつう話者自身のことには使わない。全体的に強い言い方はせず、強さを抑える副詞（どうも・少し・ともすればなど）を一緒に使うことが多い。

1

1　うちの犬は、自分もこの家の家族の一人だと（　　　　）の顔をしてテレビを見ている。
　　a 言うばかり　　　　　　　　b 言わんばかり　　　　　　　c 言わないばかり

2　ニュースを聞いて、彼は（　　　　）驚いた。
　　a 飛び上がらんばかりに　　　b 飛び上がると言わんばかりに　c 飛び上がれんばかりに

3　今にも（　　　）子を置いて、母親はどこへ行ってしまったのだろう。
　　a 泣き出さんばかりに　　　　b 泣き出さんばかりの　　　　　c 泣き出さんばかりな

4　彼女はその人の死を知って、（　　　）声を上げて泣いた。
　　a みんなに聞こえんばかりの　b 涙があふれんばかりの　　　　c のどが張り裂けんばかりの

2

1　息子は「入るな」とばかりに、（　　　　）。
　　a 大声で言った　　　　　　　b 部屋を出ていってしまった
　　c 部屋にかぎをかけてしまった

2　彼女は平凡なのはつまらないとばかりに、（　　　　）。
　　a 変わった服を着ている　　　b 楽しそうにしている　　　　　c 面白い人だ

3　その女の子は皿の上の野菜を見て、（　　　）とばかり、横を向いた。
　　a「おいしそう」　　　　　　　b「食べたくない」　　　　　　c「わあ、いっぱい」

3

1　（　　　）ともなく空を見ていたら、珍しい鳥が目に入った。
　　a 見る　　　　　　　　　　　b 見よう　　　　　　　　　　　c 見ている

2　（　　　）ともなしにラジオをつけておくのが好きだ。
　　a 何でも聞く　　　　　　　　b 何を聞く　　　　　　　　　　c ピアノ曲を聞く

3　父は日曜日、どこへ行くともなしに（　　　）。
　　a うちにいた　　　　　　　　b 一人で出かけた　　　　　　　c 考えた

4　（　　　）わたしは彼を尊敬するようになった。
　　a 何ともなく　　　　　　　　b だれともなく　　　　　　　　c いつからともなく

5　さっきまであの木の枝に鳥が数羽いたが、（　　　）飛んでいってしまった。
　　a どこへともなく　　　　　　b どこともなく　　　　　　　　c 何羽ともなく

4

1 大川選手は走るのも速いしボールの扱いもうまい。(　　　)サッカー選手だ。
　a 生まれるながらの　　　　　b 生まれながらの　　　　　c 生まれたながらの

2 祖母は(　　　)戦争中の思い出話を語った。
　a 涙ながらの　　　　　　　　b 涙ながらで　　　　　　　c 涙ながらに

3 久しぶりにふるさとを訪れた。(　　　)古い家がわたしを迎えてくれた。
　a 昔ながらの　　　　　　　　b 昔ながらで　　　　　　　c 昔ながらに

4 立ち食いそば屋は、座らないで(　　　)そばを食べる店です。
　a 立って　　　　　　　　　　b 立ちながらにして　　　　c 立ちながら

5

1 今度の議長はどうも甘い言い方をするきらいがあると、みんなに(　　　)。
　a 批判されている　　　　　　b 褒められている　　　　　c 喜ばれている

2 うちの子は(　　　)きらいがある。
　a 動物をかわいがる　　　　　b 部屋を片付ける　　　　　c 物事を大げさに言う

3 (　　　)頭で考えるだけで行動に移さないきらいがある。
　a わたしは　　　　　　　　　b 弟は　　　　　　　　　　c 日本では

4 うちの夫は(　　　)きらいがある。
　a 趣味が多い　　　　　　　　b 趣味がない　　　　　　　c 趣味を広げすぎる

1〜5

1 彼女は、周りを(　　　)の行動力の持ち主だ。
　a 圧倒せんばかり　　　　　　b 圧倒するとばかり　　　　c 圧倒したとばかり

2 試験中ちょっと横を(　　　)、カンニングと間違われた。
　a 見んばかりに　　　　　　　b 見たとばかりに　　　　　c 見たばかりに

3 だれに(　　　)「春だなあ」とつぶやいた。
　a 言いながらにして　　　　　b 言うともなく　　　　　　c 言うとばかりに

4 失敗して落ち込んでいたら、(　　　)みんなに肩をたたかれた。
　a 元気を出さんばかりに　　　b 元気を出したばかりに　　c 元気を出せとばかりに

〔復習〕　・スーパーへ買い物に行くついでに、クリーニング屋にも寄った。

1 ～がてら

　⇒～のついでに、その機会(きかい)を利用(りよう)してあることをする。

①散歩がてらちょっとパンを買いに行ってきます。

②花火の見物がてら一度うちへもおいでください。

③友達を駅まで送りがてらDVDを返してきた。

　✍ 名 ~~する~~・ 動 ~~ます~~　＋がてら

　⚠ 主(おも)に移動(いどう)を含(ふく)む動作(どうさ)を表(あらわ)す名詞(めいし)(散歩(さんぽ)・買(か)い物(もの)など)につく。

2 ～かたがた

　⇒～という別(べつ)の目的(もくてき)も持(も)って、あることをする。

①部長のお宅へお礼かたがたごあいさつに行こうと思っています。

②ご報告かたがた一度伺いたいのですが……。

③見学かたがた祖父が入所(にゅうしょ)している老人ホームを訪ねた。

　✍ 名 ~~する~~　＋かたがた

　⚠ 後(あと)には、移動(いどう)に関係(かんけい)のある動詞(どうし)(行(い)く・訪(たず)ねるなど)がよく使(つか)われる。

3 ～かたわら

　⇒～という本業(ほんぎょう)をしながら、別(べつ)の活動(かつどう)もしている。

①彼は教師の仕事をするかたわら小説を書いている。

②わたしは会社勤務(きんむ)のかたわら子供たちにサッカーを教えています。

③母は主婦としての仕事のかたわら日本語を教えるボランティアをしている。

　✍ 名 –の・ 動 辞書形　＋かたわら

　⚠ 本業(ほんぎょう)となる仕事(しごと)を表(あらわ)す言葉(ことば)につく。後(あと)には、本業(ほんぎょう)とは別(べつ)の社会的活動(しゃかいてきかつどう)を表(あらわ)す文(ぶん)が来(く)る。

1

1　運動がてら（　　　　）。

　　a 運動場まで行ってきた　　　b 犬の散歩に出かけた　　　c 毎日３キロ走っている

2　（　　　　）図書館に行った。

　　a 買い物がてら　　　　　　　b 本を借りがてら　　　　　c 本を探しがてら

3　（　　　　）車の展示場をのぞいた。

　　a いい車を見つけがてら　　　b 急ぎがてら　　　　　　　c 遊びがてら

2

1　（　　　　）かたがた近いうちに恩師を訪ねようと思っている。

　　a 訪問　　　　　　　　　　　b 食事　　　　　　　　　　c 就職の報告

2　（　　　　）かたがた、お宅に伺います。

　　a ごあいさつ　　　　　　　　b 休日　　　　　　　　　　c おじゃま

3　叔母が体調を崩したと聞いたので、見舞いかたがた（　　　　）。

　　a 手伝った　　　　　　　　　b 手伝いに行った　　　　　c 果物を贈った

3

1　彼は（　　　　）のかたわらNPOの活動をしている。

　　a 一人暮らし　　　　　　　　b 創作活動　　　　　　　　c 趣味

2　母は（　　　　）かたわら翻訳の仕事もしている。

　　a 数学を教える　　　　　　　b 夕飯を作る　　　　　　　c 音楽を聞く

3　山中さんは市役所に勤めるかたわら（　　　　）。

　　a 歌手としても活躍している　　b いつも忙しくしている

　　c 家では年を取った親の世話をしている

1〜3

1　母は（　　　　）よく音楽を聞いている。

　　a 庭仕事かたがた　　　　　　b 庭仕事をするかたわら　　c 庭仕事をしながら

2　今回のことでは取引先に迷惑をかけてしまった。（　　　　）あいさつに行ってこよう。

　　a おわびがてら　　　　　　　b おわびのかたわら　　　　c おわびかたがた

3　（　　　　）神社にお参りしてきた。

　　a 花見がてら　　　　　　　　b 花見かたがた　　　　　　c 花見のかたわら

〔復習〕　・年末にもかかわらず、多数お集まりくださいましてありがとうございました。
　　　　　　　たすう

　　　　　・高い健康器具を買ったものの、あまり使っていない。

　　　　　・祖父は高齢ながら、毎日元気で働いています。
　　　　　　　こうれい

1 　～ところを

　　⇒～の時なのに・～という事情があるのに、迷惑をかけて恐縮だ。 硬い言い方
　　　　　　とき　　　　　　　　　　じじょう　　　　　　　　　めいわく　　　きょうしゅく

①すぐにご報告しなければいけないところを遅くなってしまって申し訳ありません。
　　　　　　　　　　　　　　　　　　　　　　　　　　　　もう　わけ

②お急ぎのところをすみません。ちょっと伺ってもよろしいでしょうか。

③こちらからお願いに伺うべきところを先方からおいでいただき、恐縮した。
　　　　　　　　　　　　　　　　　　せんぽう

🔗 普通形（ ナ形 だ－な・ 名 だ－の）　＋ところを

⚠ ある継続的な状況を表す言葉につく。相手に迷惑がかかることを気遣う儀礼的な言い方で、後には、
　　けいぞくてき　じょうきょう　あらわ　ことば　　　　あいて　めいわく　　　　　　きづか　ぎれいてき　い　かた　　あと
　おわびや感謝の表現が来ることが多い。③のように「～べきところを」の例もある。
　　　　　かんしゃ　ひょうげん　く　　おお　　　　　　　　　　　　　　れい

2 　～ものを

　　⇒～が順当に成立していれば良かったのに、実際はそうではなかった。
　　　　　じゅんとう　せいりつ　　　　　　　　　　じっさい

①安静にしていれば治るものを、田中さんはすぐに働き始めて、また病気を悪化させてしまった。
　　あんせい　　　　　　　　　　　　　　　　　　　　　　　　　　　　　　　　あっか

②もっと慎重にやれば誤解されないものを、彼の強引なやり方がいつも誤解を招く。
　　　　　しんちょう

③よせばいいものを、彼は社長に大声で文句を言った。そのため会社を首になった。
　　　　　　　　　　　　　　　　　　　　　もんく

④一言声をかけてくれれば手伝ったものを。

🔗 動 ・ 形 普通形（ ナ形 だ－な）　＋ものを

⚠ 文全体として話者の不満や残念な気持ちを表す。事実とは異なることを仮定した文につく。後には、
　　ぶんぜんたい　わしゃ　ふまん　ざんねん　きも　あらわ　じじつ　　こと　　　かてい　ぶん　　　あと
　事実を説明する文が来る。④のように後の文が省略されることもある。
　　じじつ　せつめい　ぶん　く　　　　　　　あと　ぶん　しょうりゃく

3 　～とはいえ

　　⇒～というのは事実かもしれないが、それでもやはり状況は同じだ。
　　　　　　　　じじつ　　　　　　　　　　　　　　じょうきょう　おな

①ダイエット中とはいえ、出されたごちそうに手をつけないなんて失礼だと思う。

②まだ締め切りまで時間があるとはいえ、早めに完成させておいたほうがいい。
　　　し　き

③12月に入ったとはいえ、まだ年末という気がしない。

④あの時は仕方がなかったとはいえ、ご迷惑をおかけしました。
　　　　　　　　　　　　　　　　　　　　めいわく

🔗 名 ・普通形　＋とはいえ

⚠ 事実、または話者が事実だと考えていることを表す文につく。後には、単なる事実ではなく、「〜」の持つ意味に反する、話者の評価を表す文が来る。

---

4 〜といえども

⇒〜は事実ではあるが・事実であっても・〜の立場の人であっても、実際はそこから普通に予想されることとは違う。 硬い言い方

①未成年者といえども、公共の場で勝手なことをしてはならない。

②いかに困難な状況にあったといえども、罪を犯したことは許されない。

③人間は自然災害に対して無力だといえども、国を挙げての対策を強化する必要がある。

④この不況下では、たとえ経営の神様といえども、この会社の立て直しは難しいだろう。

⑤どんな大富豪といえども、この有名な絵を買うことはできない。

🔗 名・普通形 ＋といえども

⚠ ①②③のように事実のことにも、④⑤のように仮定のことにもつく。後には、主に義務・覚悟・話者の主張を表す文が来る。また、「たとえ・いかに・どんな」などの言葉を一緒に使うことも多い。

---

5 〜と思いきや

⇒〜と思ったが、実際はそうではなかった。

①試験問題は簡単だったので、満点を取れたと思いきや、名前を書くのを忘れて0点にされてしまった。

②あの政党は選挙で圧勝したので、長く政権が続くかと思いきや、たちまち支持率が落ち、1年ともたなかった。

③やっと道路工事が終わったので、これからは静かになるだろうと思いきや、別の工事が始まった。

🔗 普通形 ＋と思いきや

⚠ 文全体として予想に反した事実に対する話者の驚き・意外感などを表す。話者の予想を表す文につく。②のように「と思いきや」の前に「か」が入る例もある。後には、その予想とは違う結果を表す文が来る。

1

1 （　　　　）ところをおじゃましました。

   a お休み　　　　　　　　　　b お休みな　　　　　　　　　c お休みの

2 すぐに（　　　　）ところを遅くなってしまいまして、申し訳ありません。

   a お知らせする　　　　　　b お知らせするべき　　　　c お知らせした

3 お忙しいところを（　　　　）。

   a 頑張ってくださいね　　　b 手伝ってくださってありがとうございました

   c 何かお手伝いしましょうか

2

1 （　　　　）事故は起こらなかったものを、本当に残念なことになってしまった。

   a 気をつけていれば　　　　b 気をつけていると　　　　c 気をつけていて

2 会いたいと言っているんだから会ってあげればいいものを。どうして（　　　　）の。

   a 会う　　　　　　　　　　b 会った　　　　　　　　　c 会わない

3 行きたくないのなら、（　　　　）ものを。

   a 行かなければいけなかった　　b 行けばよかった　　　　c 行かなければよかった

4 （　　　　）ものを、何も言わなければわかってもらえないよ。

   a 話せばわかる　　　　　　b 話してもわからない　　　c 話せばわからなくなる

3

1 試験の結果は予想していた通りだとはいえ、（　　　　）。

   a あまりショックではなかった　b 不合格だった　　　　　c やはりショックだった

2 あの党は支持率が落ちたとはいえ、（　　　　）。

   a まだ政権を奪われるほどではないだろう　b 反省する態度が見られない

   c また新しい政策を打ち出した

3 有給休暇があるとはいえ、（　　　　）。

   a 昨年は休みを取らなかった　　b 休みはなかなか取れないものだ

   c 1か月ぐらい休みを取りたい

4 このテーブルは高いとはいえ、（　　　　）。

   a 一生使えるものだ　　　　b わたしは思い切って買った　　c すぐ壊れた

4

1 (　　　　)といえども、勉強していなければいい点はとれないだろう。

　　a 初めての試験　　　　　　　b 簡単な試験　　　　　　　c 入学試験

2 失業したといえども、(　　　　)。

　　a 家賃を滞納してはいけない　　b 彼はまた高い車を買った　　c 高いものを買うな
　　　　たいのう

3 犯人でない証拠があるといえども、彼のことを(　　　　)。
　　　　　しょうこ

　　a 教えてください　　　　　　b 気にするのですか　　　　c 調べてみる必要がある

5

1 彼女のお母さんだから、きっと静かな人だと思いきや、(　　　　)。

　　a とてもにぎやかな人だった　　b やはりとても静かな人だった　c とてもきれいな人だった

2 お酒好きの松本さんは甘い物なんか好きじゃないと思いきや、(　　　　)。
　　　さけず　まつもと

　　a 辛いものばかり食べた　　　　b ケーキは食べないと言った　c ケーキを三つも食べた

3 あの弱小チーム、1回戦で負けると思いきや(　　　　)。
　　　　じゃくしょう　　かいせん

　　a やはり1回戦で負けた　　　　b だれも勝つとは思わなかった　c 決勝戦まで進んだ
　　　　　　　　　　　　　　　　　　　　　　　　　　　　　　　けっしょうせん

1～5

1 いくつか間違いがある(　　　　)、トム君の日本語の文章は素晴らしい。
　　　　　　　　　　　　　　　　　　　　　　　　　　　　　すば

　　a とはいえ　　　　　　　　　b ものを　　　　　　　　　c と思いきや

2 今日は一日中晴れる(　　　　)、午後からざあざあ降りになった。

　　a とはいえ　　　　　　　　　b といっても　　　　　　　c と思いきや

3 事情を知らなかった(　　　　)、失礼な質問をしてしまいました。

　　a ところを　　　　　　　　　b ものを　　　　　　　　　c とはいえ

4 もっとちゃんと薬を飲めば早く(　　　　)。

　　a 治ったとはいえ　　　　　　b 治ったものを　　　　　　c 治ったといえども

5 その計画は意義がある(　　　　)、多くの人の支持は得られないだろう。
　　　　　　　　いぎ　　　　　　　　　　　　　　　　　しじ

　　a ものを　　　　　　　　　　b といえども　　　　　　　c と思いきや

6 (　　　　)よく来てくださいました。

　　a 遠いところを　　　　　　　b 遠いといえども　　　　　c 遠いものを

7 わたしは、その仕事を引き受けるとは(　　　　)、結局やれなかった。

　　a 言ったとはいえ　　　　　　b 言ったものの　　　　　　c 言ったものを

次の文の（　　　）に入れるのに最もよいものを、1・2・3・4から一つ選びなさい。

1　駅には時間通りに着いた（　　　　　）、駅からの道がわからず、会場に到着するまで時間がかかってしまった。

　　1　ものの　　　　　　　　　　　　2　ものを

　　3　もので　　　　　　　　　　　　4　ものでも

2　この店にはスプーン（　　　　　　）大型家具に至るまで、生活用品は何でもそろっている。
いた　　　　　　　　　ようひん

　　1　から　　　　　　　　　　　　　2　からして

　　3　を皮切りに　　　　　　　　　　4　をはじめに
かわ き

3　仕事（　　　　　）、徹夜続きでは体に悪いですよ。
てつや

　　1　といって　　　　　　　　　　　2　とはいえ

　　3　といったら　　　　　　　　　　4　といえば

4　山川さんは運転席に（　　　　　）、勢いよくエンジンをかけた。

　　1　座った上で　　　　　　　　　　2　座らんばかりに

　　3　座りがてら　　　　　　　　　　4　座るなり

5　頼み方（　　　　）相手の気持ちが変わると思う。

　　1　にしたがって　　　　　　　　　2　に伴って
とも な

　　3　かぎりで　　　　　　　　　　　4　いかんで

6　魚が豊富なこの地方（　　　　）この料理。大いに楽しみたい。

　　1　だけではの　　　　　　　　　　2　ならではの

　　3　ながらの　　　　　　　　　　　4　に限っての

7　山中さんは日本語の教師をする（　　　　　）小説を書いているそうだ。

　　1　かたわら　　　　　　　　　　　2　ついでに

　　3　がてら　　　　　　　　　　　　4　そばで

8　値段のいかん（　　　　）、物をもらったら必ず感謝の気持ちを伝えるべきだ。

　　1　もかまわず　　　　　　　　　　2　はともかく

　　3　にもかかわらず　　　　　　　　4　にかかわらず

9 長期入院中（　　　　　）、わたしにも選挙権があるのだ。

　1　だからといって　　　　　　　　2　にかかわらず

　3　と思いきや　　　　　　　　　　4　といえども

10 先生にはもっと早くお礼を（　　　　　）、今ごろになってしまって申し訳ありません。

　1　言うはずのところを　　　　　　2　言うべきところを

　3　言うはずのことで　　　　　　　4　言うべきもので

11 佐藤君は足のけがを（　　　　　）、20キロもの距離を最後まで走り抜いた。

　1　問わず　　　　　　　　　　　　2　よそに

　3　おいて　　　　　　　　　　　　4　ものともせずに

12 昔（　　　　　）、今は男女平等の時代なんですよ。同じ権利が与えられるべきです。

　1　ならいざしらず　　　　　　　　2　もさることながら

　3　はさておき　　　　　　　　　　4　はおろか

13 風が強く、木々が今にも（　　　　　）揺れている。

　1　倒れるとばかりに　　　　　　　2　倒れんばかりに

　3　倒れるともなく　　　　　　　　4　倒れつつ

14 （　　　　　）昔聞いたことがある歌が聞こえてきた。

　1　どこからともいえず　　　　　　2　どこともいえず

　3　どこからともなしに　　　　　　4　どこともなしに

15 川口先生はどうも授業に関係ない話をする（　　　　　）。でも、そこがまた面白い。

　1　きらいがある　　　　　　　　　2　ものがある

　3　わけがある　　　　　　　　　　4　ならいがある

〔復習〕　・もし子供時代に戻れる<u>としたら</u>、どんなことをしたいですか。

　　　　　・実物を見て<u>みないことには</u>、買うかどうか決められない。

　　　　　・ああ、やり直せる<u>ものなら</u>やり直したい。
_{なお}

1　～とあれば

　⇒～という特別な条件_{とくべつ　じょうけん}なら、あることをする・ある状態_{じょうたい}だろう。

①子供のため<u>とあれば</u>、わたしはどんなことでも我慢しますよ。
_{が　まん}

②小さい島での一人暮らし<u>とあれば</u>、不自由なことも多いだろう。
_{ひとり　ぐ}

③入院のためにお金が必要だ<u>とあれば</u>、なんとかしてお金を用意しなければならない。

📎 名・普通形　＋とあれば

⚠ 後には、主に話者の希望・意向・判断を表す文などが来る。
_{あと　　おも　わしゃ　きぼう　いこう　はんだん　あらわ　ぶん　　く}

2　～たら最後・～たが最後
_{さい　ご　　　　　さい　ご}

　⇒～たら、必ずひどいことになる。
_{かなら}

①兄は大酒飲みだから、飲み始め<u>たら最後</u>、酔いつぶれるまで飲んでしまう。
_{おおざけ の　　　　　　　　　　　　　　　　　　　よ}

②うちの娘はパソコンの前に座っ<u>たが最後</u>、声をかけても返事もしない。

③彼にお金を持たせ<u>たら最後</u>、何に使われるかわからない。

📎 動 た形　＋ら最後・が最後

⚠ ①②のように実際に起こることがわかっている内容につく場合も、③のように仮定した内容につく
_{じっさい　お　　　　　　　　　　　　　　ないよう　　ばあい　　　　　　　　　　　　　　かてい　　　ないよう}
　場合もある。後には、話者が非常に悪いと考えている事態を表す文が来る。
_{ばあい　　　　あと　　わしゃ　ひじょう　わる　かんが　　　　　じたい　あらわ　ぶん　く}

3　～ようでは

　⇒～のような良くない状態では、良くない結果になるだろう。
_{よ　　　　　じょうたい　　よ　　　　けっか}

①小さな失敗をいちいち気にする<u>ようでは</u>、この会社ではやっていけないよ。

②ああ、僕は忘れっぽくて困る。こんなにすぐ忘れる<u>ようでは</u>、この先のことが心配だ。
_{ぼく}

③報告書にこんなにミスが多い<u>ようでは</u>、安心して仕事を任せられない。
_{ほうこくしょ　　　　　　　　　　　　　　　　　　　　　　　　　　　　まか}

📎 普通形（ナ形だ－な/－である・名だ－である）　＋ようでは

⚠ 望ましくない事実を表す文につく。後には、望ましくないことになるだろうという推測の文が来る。
_{のぞ　　　　　じじつ　あらわ　ぶん　　　　　あと　　　のぞ　　　　　　　　　　　　　　　　　すいそく　ぶん　く}

4 〜なしに（は）・〜なしでは・〜なくして（は）

⇒もし〜がなかったら、あることが成立しない。
せいりつ

①資金を確保することなしにはどんな計画も実行できない。
しきん　かくほ

②あのころのことは涙なしに語ることはできない。

③祖母はもう高齢で、周りの人たちの助けなしでは暮らせない。
こうれい

④十分な話し合いなくしてはダム建設の問題は解決しないだろう。

⑤先生方のご指導なくしてわたしの大学合格はあり得ませんでした。

📎 名・動辞書形＋こと　＋なしに（は）・なしでは・なくして（は）

⚠ あることの成立のために、「〜」が絶対に必要であると話者が評価していることを表す。話者が絶対
せいりつ　　　　　　　　　　　　ぜったい　ひつよう　　　　わしゃ　ひょうか　　　　　　　あらわ　わしゃ　ぜったい
に必要だと考えていることを表す言葉につく。後には、否定表現が来る。
ひつよう　かんが　　　　　　　　あらわ　ことば　　　あと　　ひていひょうげん　く

5 〜くらいなら

⇒〜という望ましくない状況になるよりは、そのほうがましだ。
のぞ　　　　　　　じょうきょう

①満員のバスに乗るくらいなら、駅まで20分歩くほうがいい。
のぞ

②その服、捨てるんですか。捨てるくらいなら、わたしにください。わたしが着ます。

③途中でやめるくらいなら、初めからやらなければいいのに。

📎 動辞書形　＋くらいなら

⚠ 話者が最悪だと考えている事態を表す文につく。後には、それよりはいいと考えていることを表す
わしゃ　さいあく　かんが　　　　　　じたい　あらわ　ぶん　　　あと　　　　　　　　　かんが　　　　　　　あらわ
文が来る。
ぶん　く

1　必要な学費とあれば、（　　　　）。

　　a　どうか払ってください　　　　b　父は払ってくれるだろう　　　c　だれが払うんですか

2　（　　　　）とあれば、精いっぱい頑張ります。

　　a　日常の家事　　　　　　　　b　車の運転　　　　　　　　　c　あなたの頼み

3　家族のためとあれば、（　　　　）。

　　a　どんなことをするんですか　　b　わたしに何ができますか

　　c　彼はどんなことでもするだろう

1　あんな人が委員長に（　　　　）最後、この会はだめになる。

　　a　なると　　　　　　　　　　b　なれば　　　　　　　　　　c　なったら

2　彼は怒ったら最後、（　　　　）。

　　a　次の日にはもう忘れている　　b　怖い顔をする　　　　　　　c　絶対に許してくれない

3　麻薬は恐ろしいものだ。一度使ったが最後（　　　　）。

　　a　意志があればやめられる　　　b　自分の意志ではやめられなくなる

　　c　医者に相談したほうがいい

4　わたしは卵アレルギーなので、卵が入っている食品をうっかり口にしたら最後、（　　　　）。

　　a　すぐに水を飲む　　　　　　b　顔中に赤いぶつぶつができる　　c　絶対食べたくない

1　サラリーマンが毎日会社に（　　　　）ではだめだ。

　　a　遅刻するよう　　　　　　　b　遅刻しよう　　　　　　　　c　遅刻していよう

2　寄付の手続きがこんなに（　　　　）ようでは、寄付をする人が少なくなってしまう。

　　a　面倒　　　　　　　　　　　b　面倒な　　　　　　　　　　c　面倒だ

3　仕事がそんなに忙しいようでは、（　　　　）。

　　a　体を壊しますよ　　　　　　b　うらやましいです　　　　　c　毎日充実しているでしょう

4　敬語がちゃんと使えないようでは、（　　　　）。

　　a　しっかり勉強しなさい　　　　b　接客の仕事はできない　　　c　日本人に聞いたほうがいい

5　一日中アニメばかり見ているようでは、（　　　　）。

　　a　アニメの専門家になれますよ　b　勉強する時間がないでしょう

　　c　アニメの学校に行くといいですよ

4

1　住民の理解と協力なしには（　　　　）。

　a　この計画は実行できない　　　　b　不満が多くなる　　　　　　　c　わたしが説得しよう
　　　　　　　　　　　　　　　　　　　　　　　　　　　　　　　　　　　　せっとく

2　国の援助なしでは（　　　　）。
　　　えんじょ

　a　民間の企業から寄付をしてもらおう　　　b　わたしはこの研究班を辞める
　　　　　き ぎょう　　　　　　　　　　　　　　　　　　　　けんきゅうはん

　c　この研究は続けられない

3　しっかり準備することなくしては（　　　　）。

　a　いい発表はできない　　　　　　b　いい発表ができるんですか　　　c　発表するのはやめよう

5

1　結婚して（　　　　）くらいなら、一人で暮らすほうがましだ。

　a　自由が欲しい　　　　　　　　　b　自由がなくなる　　　　　　　c　自由がなくなった

2　わたしは料理が苦手なんです。自分で作るくらいなら、（　　　　）。

　a　おいしくできるわけがありません　　　b　料理教室に行って料理を習います

　c　毎日パンだけでもいいです

3　わたしはエアコンが嫌いだ。エアコンを入れるくらいなら、（　　　　）。
　　　　　　　　　　きら

　a　暑くても我慢する　　　　　b　電気代がかさむ　　　　　　　c　部屋が涼しすぎる
　　　　　　が まん

4　あんな人に頭を下げて頼むくらいなら、（　　　　）。

　a　彼はいい気分になるだろう　　　b　自分でやろう

　c　だれもやってくれないだろう

1〜5

1　おいしいものを（　　　　）、わたしはダイエットなんかしなくてもいい。

　a　我慢するとあれば　　　　　b　我慢するようでは　　　　　c　我慢するくらいなら
　　　が まん

2　ここでやる気を（　　　　）、彼は再び立ち上がれなくなるだろう。

　a　なくしたら最後　　　　　　b　なくすとあれば　　　　　c　なくすくらいなら

3　（　　　　）、どんなことでもするんですか。

　a　金もうけするくらいなら　　　b　金もうけとあれば　　　　c　金をもうけたら最後
　　　かね

4　患者の気持ちを（　　　　）いい医者にはなれないだろう。

　a　理解しないといえば　　　　b　理解しなかったら最後　　　c　理解することなくして

5　生まれたばかりなのに、今から子育てが大変なんて（　　　　）この先やっていけませんよ。
　　　　　　　　　　　　　　　こ そだ

　a　言うようでは　　　　　　　b　言うことなくして　　　　　c　言うくらいなら

〔復習〕　・もし野球部に入っていた<u>としても</u>、きつい練習についていけなかっただろう。

　　　　　・どんなに忙しい<u>にしても</u>、メールの返事ぐらいは書けるはずだ。

　　　　　・たとえ国会議員<u>であっても</u>、悪いことをすれば新聞に名前が出てしまう。

1	～（よ）うと（も）・～（よ）うが

⇒～ても、それに関係ない・影響されない。

①たとえ大地震が起ころ<u>うと</u>、このビルは安全なはずだ。

②社長は何を言われ<u>ようが</u>、自分のやり方を押し通した。

③目標までどんなに遠かろ<u>うと</u>、僕は夢を捨てないぞ。

④いかに困難だろ<u>うと</u>、戦争のない世界を目指して闘いたい。

⑤たとえ有名な政治家であろ<u>うとも</u>、家庭では普通の親でしかない。

🔗 動 う・よう形・イ形 かろう・ナ形 –だろう／–であろう・名 –だろう／–であろう　＋と（も）・が

⚠ 後には、前の条件に影響されないことを表す文が来る。話者の判断・決意などを表す文が来ることが多い。また、「たとえ・いかに・どんなに」などの言葉を一緒に使うことも多い。

2	～（よ）うと～まいと・～（よ）うが～まいが

⇒～しても～しなくても、どちらでも関係ない・影響されない。

①田中先生は、学生たちが理解し<u>ようと</u>する<u>まいと</u>、どんどん難しい話を続けた。

②雨が降ろ<u>うが</u>降る<u>まいが</u>、サッカーの練習に休みはない。

③合格の見込みがあろ<u>うが</u>ある<u>まいが</u>、今はただ頑張るだけだ。

🔗 動 う・よう形　＋と・が＋動 辞書形　＋まい＋と・が

　　　　　　　　　　　　＊動Ⅱ・Ⅲ→動 辞書形/ます　＋まい　　する→するまい・すまい

⚠ 同じ動詞を繰り返して使う。後には、前の条件のどちらにも影響されないことを表す文が来る。話者の判断・決意などを表す文が来ることが多い。

3	～であれ・～であろうと	→4課-2

⇒たとえ～でも、それに関係ない・影響されない。

①たとえあらしの夜<u>であれ</u>、わたしは仕事のためなら外出する。

②どんな権力者<u>であれ</u>、いつかは命の終わりが来る。

③理由が何<u>であれ</u>、無断欠席は許されない。

④君に会うためなら、たとえ火の中、水の中<u>であろうと</u>、僕は平気だ。

名・疑問詞　＋であれ・であろうと

⚠ 後には、前の条件に影響されないことを表す文が来る。話者の判断・決意などを表す文が来ることが多い。また、「たとえ・どんな」などの言葉と一緒に使うことも多い。

4　～たところで

⇒～をやってみても・～という状態になっても、無意味だ・無駄だ。

①今さら駆けつけた<u>ところで</u>、もう会議は終わっているだろう。

②どんなに説明した<u>ところで</u>、わたしの気持ちはわかってもらえないだろう。

③フリーマーケットでは品物が全部売れた<u>ところで</u>、もうけはあまりない。

④いくら謝った<u>ところで</u>、彼女との関係は元には戻らないと思う。

動 た形　＋ところで

⚠ 後には、否定的な判断を表す文が来る。話者の希望・意向を表す文や働きかけ、過去の文などは来ない。「いくら・どんなに・今さら」などの言葉を一緒に使うことが多い。

5　～ば～で・～なら～で・～たら～たで

⇒状況が～であっても、想像しているようには良くない・悪くない。

①家は広い方がいいが、広ければ<u>広いで</u>、掃除が大変だろう。

②退職前は毎日忙しくて大変でしたが、暇になってみると、暇なら<u>暇で</u>悩みも出てくるものです。

③食材がなかっ<u>たら</u>なかった<u>で</u>、簡単な料理で済ませましょう。

④引っ越しの前も大変だったが、引っ越し<u>たら</u>引っ越した<u>で</u>、またやらなければならないことがたくさんある。

動 ば形/たら＋動 た形　＋で

　イ形 ければ＋イ形 い　＋で　　イ形 かったら＋イ形 かった　＋で

　ナ形 －なら＋ナ形　＋で

⚠ 同じ言葉を繰り返して使う。後には、①②④のように問題があるという意味の文、または③のように問題はないという意味の文が来る。

1

1 この仕事はだれが（　　　）と、大差ない。

a するよう　　　　　　　　b しよう　　　　　　　　c するだろう

2 母は、どんなに（　　　）が、払うべき金は払ってくれた。

a 高いだろう　　　　　　　b 高かろう　　　　　　　c 高かったろう

3 母がどんなに説得しようが、父は（　　　）。

a 考えをよく説明した　　　b その都度考え直した　　　c 考えを変えなかった

4 どんなに便利なものだろうと、（　　　）。

a 要らないものは買いたくない　b 要らないものも買ってしまう　c 要るものは買う

5 この先何があろうと、（　　　）。

a わたしは心配だ　　　　　b 心配するな　　　　　　　c 心配ではないのか

2

1 わたしがあしたの会に参加しようとするまいと、（　　　）。

a あなたはどうしますか　　　b あなたもまだ決めていないのですか

c あなたには関係ないことでしょう

2 信じようが（　　　）、これは事実なのです。しっかり聞いてください。

a 聞くまいが　　　　　　　b わかるまいが　　　　　　c 信じまいが

3 あの人はそばで人が聞いていようがいるまいが、（　　　）。

a 大きい声でしゃべり続ける　　b 声の大きさを時々変えて話す　c とても気にする

4 わたしは自分の小説が入賞しようとすまいと、（　　　）。

a 運命の分かれ道だ　　　　　b どちらなのか心配で緊張している

c とにかく書き続ける

3

1 たとえ（　　　）であれ、勉強が必要なときはするべきだ。

a 偉い教授　　　　　　　　b 学生　　　　　　　　　c 子供

2 たとえ（　　　）であろうと、展示品をただで差し上げるわけにはいきません。

a プロの作品　　　　　　　b 一流の品物　　　　　　　c 素人の作品

3 どんな小さい企業であれ、（　　　）。

a 給料は安いだろう　　　　b 今年は採用予定はない　　　c 就職できればラッキーだ

4 たとえ仲のいい友達であれ、今は（　　　）。

a だれも信じることができない　b だれでも信じようと思う　c だれでも信じられるのだ

4

1 このまま（　　　　）ところで、これ以上いいアイディアは出てこないだろう。
　　a 考えなかった　　　　　　　b 考え続けた　　　　　　　c 考えるのをやめた

2 今さら真実を知ったところで、（　　　　）。
　　a もうどうにもならない　　　b ぜひ話してください　　　c 方法はいくらでもある

3 反抗期の息子に何を説教したところで、（　　　　）。
　　a 困ったことになる　　　　　b どうしたらいいでしょうか　c 聞く耳を持たない

4 こんなに給料が安くては、どんなに働いたところで、お金は（　　　　）。
　　a たまらない　　　　　　　　b たまらなかった　　　　　c すぐなくなった

5

1 財産があれば（　　　　）、面倒なこともある。
　　a ないで　　　　　　　　　　b あって　　　　　　　　　c あったで

2 大学に合格したら（　　　　）入学金と学費の心配をしなければならない。
　　a するで　　　　　　　　　　b したで　　　　　　　　　c したので

3 料理が余ったら余ったで、（　　　　）。
　　a どうしたらいいでしょうね　b 後で食べますから気にしないでください
　　c 捨ててしまったほうがいいです

4 斉藤さんが来なかったら来なかったで、（　　　　）。
　　a 電話してみましょう　　　　b しばらく待ってみましょう
　　c この５人で話し合って結論を出しましょう

1〜5

1 今さら（　　　　）、もう遅い。
　　a 後悔したところで　　　　　b 後悔すればしたで　　　　c 後悔しようがするまいが

2 彼は相手が（　　　　）、敬語を使わない。
　　a だれであれ　　　　　　　　b だれであろうとあるまいと　c だれであったところで

3 たとえ（　　　　）、判断ミスには謝罪するべきだ。
　　a 社長だったら社長だったで　b 社長だったところで　　　　c 社長であろうとも

〔復習〕　・首相は主要国首脳会議に出席する<u>ため</u>、今朝10時に日本を発った。
　　　　　　　　　　　しゅのう

　　　　　・今日、情報はさまざまな通信手段<u>によって</u>伝達されている。
　　　　　　こんにち　　　　　　　　　　　　　　　　　　　　でんたつ

1　〜べく

⇒〜ようと思ってある行為をする。〈書き言葉〉
　　　　　おも　　　こうい

①彼はサッカー選手になる<u>べく</u>、毎日厳しい練習をしている。
　　　　　　　　　　　　　　　　きび

②新型の機械を購入する<u>べく</u>、社長はいろいろ調べている。
　しんがた　　　こうにゅう

③介護ロボットを開発す<u>べく</u>、わたしたちは今日も実験を続ける。
　かいご　　　かいはつ

🖉 動 辞書形　＋べく　　＊例外　する→するべく・すべく
　　　　　　　　　　　　　れいがい

⚠ 意志動詞につく。後にも意志的行為を表す文が来る。働きかけを表す文は来ない。前後の主語は同じ。
　　いしどうし　　　あと　　いしてきこうい　あらわ　ぶん　く　　はたら　　　　あらわ　ぶん　こ　　ぜんご　しゅご　おな

2　〜んがため（に）

⇒〜という目的を持ってある行為をする。〈書き言葉〉
　　　　　　もくてき　も　　　　こうい

①彼女は歌手になりたいという夢を実現さ<u>せんがため</u>、上京した。

②ライオンがしまうまを食べるのは残酷に見えるが、ライオンは生き<u>んがために</u>、そうするので
　　　　　　　　　　　　　　ざんこく
　ある。

③自分の利益を得<u>んがため</u>の発言では、人の心を動かせない。
　　　りえき　　　　　　　はつげん

🖉 動 ~~ない~~　＋んがため（に）　　＊例外　する→せん
　　　　　　　　　　　　　　　　　　れいがい

⚠ 重大な目的を表す言葉（意志動詞）につく。後にも意志的行為を表す表現が来る。働きかけを表す文
　じゅうだい　もくてき　あらわ　ことば　いしどうし　　　あと　　いしてきこうい　あらわ　ひょうげん　く　　はたら　　　　あらわ　ぶん
　は来ない。前後の主語は同じ。日常的な場面では使わない。
　こ　　　ぜんご　しゅご　おな　にちじょうてき　ばめん　　つか

3　〜をもって　　　　　　　　　　　　　　　　　　　　　→2課-4

⇒〜を手段としてある行為をする。硬い言い方
　　　しゅだん　　　　　こうい

①本日の採用試験の結果は後日書面<u>をもって</u>ご連絡いたします。
　ほんじつ　さいよう　　　　　ごじつしょめん

②何<u>をもって</u>人の価値を評価するかは難しい問題だ。

③最新の医療技術<u>をもって</u>すれば、人はさらに寿命を延ばせるだろう。
　さいしん　　　　　　　　　　　　　　　　　　じゅみょう　の

🖉 名 ＋をもって

⚠ 日常的・具体的な道具や方法などには使わない。③の「〜をもってすれば」は慣用的な言い方で、「〜」
　にちじょうてき　ぐたいてき　どうぐ　ほうほう　　　つか　　　　　　　　　　　　　　　　　かんようてき　いいかた
　の力を高く評価することを表す。
　ちから　たか　ひょうか　　　　　あらわ

1

1　中学校の同窓会に（　　　　）べく、わたしはふるさとに帰った。
　　a　参加し　　　　　　　　　b　参加する　　　　　　　　c　参加したい

2　アルバイトを始めるべく、（　　　　）。
　　a　彼は必要な書類をそろえた　b　必要な書類がそろった　　c　必要な書類は何ですか

3　これを田中さんに知らせるべく、メールを（　　　　）。
　　a　書いた　　　　　　　　　b　書いておいてください　　c　書いたほうがいいです

4　小林氏は今度の選挙に立候補するべく、（　　　　）。
　　a　党がそれを認めた　　　　b　手続きを済ませた　　　　c　党の応援が必要だった

2

1　わが子の無罪を（　　　　）がため、母親は必死で証拠を探した。
　　a　証明せん　　　　　　　　b　証明する　　　　　　　　c　証明しよう

2　戦争反対という思いを示さんがために、（　　　　）。
　　a　どんな方法があるのか　　b　さまざまな方法がある　　c　彼はあらゆる方法を試みた

3　権力を保たんがために、彼は（　　　　）。
　　a　強硬手段を取った　　　　b　実力があった　　　　　　c　何もできなかった

3

1　当選者には５日以内に賞品をお送りします。（　　　　）をもって当選発表といたします。
　　a　宅配便　　　　　　　　　b　賞品の発送　　　　　　　c　賞品

2　森田さんは（　　　　）をもって病気を克服したのである。
　　a　人一倍の努力　　　　　　b　新開発の薬　　　　　　　c　健康的な食事

3　彼の実力をもってすれば、（　　　　）。
　　a　今大会での優勝は無理だろう　b　成功は間違いないだろう　c　やはり不安が残る

1～3

1　だれもがこのイベントに（　　　　）、配慮がなされている。
　　a　参加できるべく　　　　　b　参加できんがため　　　　c　参加できるように

2　この雑誌には（　　　　）誇張表現が多いようだ。
　　a　売らんがための　　　　　b　売るべくの　　　　　　　c　売るべく

3　（　　　　）卒業の試験の代わりとします。
　　a　論文を提出せんがため　　b　論文を提出するべく　　　c　論文提出をもって

〔復習〕　・毎日残業が続いたものだから、疲れてしまいました。
　　　　　　　ざんぎょう

　　　　　・高い本を買ったからには、しっかり活用しなければだめだ。

　　　　　・メールアドレスを1字間違えたばかりに、大切な連絡が届かなかった。

1 ～ばこそ

⇒まさに～からそうなる・～からあえてそうする。

①心身健康であればこそ、大きな仕事に挑戦できるのだ。まずは健康に注意しなさい。
　　　　　　　　　　　　　　　　　　　　ちょうせん

②愛していればこそ、別れるのです。わたしの気持ち、わかってください。

③今苦しければこそ、後で本当の喜びがある。

🖉 動 ば形・ イ形 ければ・ ナ形 −であれば・ 名 −であれば ＋こそ

⚠ 通常は直接的な理由として考えにくいことをあえて理由として強調する。後には、「のだ」の文が来
　つうじょう ちょくせつてき りゆう かんが りゆう きょうちょう あと ぶん く
　ることが多い。
　　　　おお

2 ～とあって

⇒～という特別な状況だから、当然結果も特別だ。
　　　　とくべつ じょうきょう とうぜんけっか とくべつ

①久しぶりの快晴の連休とあって、行楽地はどこも人でいっぱいだった。
　　　　　　　　　れんきゅう　　　こうらくち

②その女優は初めて映画の主役を務めるとあって、とても緊張している様子だ。
　　　　　　　　　　　　　　　　　　　　　　　　きんちょう

③新聞で店主の絵のことが報道されたとあって、この店に来る客はみんな店に飾られた絵を眺め
　　　てんしゅ　　　　　　ほうどう　　　　　　　　　　　　　　　　　　　かざ　　　　　なが
　ていく。

🖉 名 ・普通形 ＋とあって

⚠ 平常とは違う特別な状況を表す言葉につく。後には、その状況から当然出てくる結果を表す文が来
　へいじょう ちが とくべつ じょうきょう あらわ ことば あと じょうきょう とうぜんで けっか あらわ ぶん く
　る。話者自身のことには使わない。
　　わしゃじしん つか

3 　〜ではあるまいし

→〜ならそのようなこともあるかもしれないが、〜ではないのだから。 話し言葉

①子供ではあるまいし、眠かったり空腹だったりするだけでそんなに不機嫌な顔をするものでは

ない。

②犬や猫じゃあるまいし、上の人の言葉に従うだけなんてごめんだ。

③面接試験は初めてではあるまいし、今回はどうしてそんなに緊張するの？

④あなたが悪かったわけではあるまいし、そんなに自分を責めることはないよ。

🐾 名 ＋ではあるまいし

⚠ 後には、話者の判断・主張・忠告など、現状を否定するようなニュアンスの文が来る。④のように

普通形で「〜わけではあるまいし・〜のではあるまいし」の形で名詞以外にもつく。

4 　〜手前
てまえ

⇒〜という立場・人物を意識するから、そうしないと評価が下がってしまう・面目が立たない。

①５月末までに問題を解決すると約束した手前、どうしても頑張らなければならない。

②いつも手伝ってもらっている手前、今回はこちらから手伝いを申し出なければ……。

③子供たちの手前、父親がこんな酔っ払った姿で帰宅しては体裁が悪い。

④ご近所の手前、家に警察官が来たことは知られたくない。

🐾 名 –の・ 動 辞書形/た形/ている形　＋手前

⚠ 他人や社会の評価を考えると抵抗感があると言いたいときに使う。後には、話者の行動を制限す

ることを表す文（〜わけにはいかない・〜なければならない・〜ざるをえないなど）が来る。

5 　〜ゆえ（に）

⇒〜から（理由）　書き言葉

①慣れないことゆえ、数々の不手際、どうぞお許しください。

②理想ばかり申し上げたゆえ、実践が伴わないと思われたかもしれません。

③国民の信頼が得られなかったゆえに、新しい政策は再検討しなければならなくなった。

🐾 名 (–の)・普通形（ ナ形 だ –な/–である・ 名 だ –である）　＋ゆえ（に）

⚠ 手紙や公式の場面で使う。日常のことには使わない。

1

1 内容が高度（　　　　）こそ、わかりやすく説明する必要がある。

　　a だったらば　　　　　　　　b であれば　　　　　　　　c であったらば

2 忙しければこそ、（　　　）のだ。

　　a ご飯を食べる時間もない　　b 旅行には行けない　　　　c 時間の使い方がうまくなる

3 収入が少なければこそ、（　　　）のだ。
　　しゅうにゅう

　　a 暮らせない　　　　　　　　b 楽しくない　　　　　　　c 楽しく暮らす努力をする

4 わたしたち二人の関係が良ければこそ、（　　　　）。

　　a 言いたいことを自由に言えるんですね　　b 一緒に暮らしてみませんか

　　c はっきり意見を言ってください

5 あなたのことを思えばこそ、（　　　　）。

　　a あなたの気持ちがわからないのです　　b あなたの気持ちをよく説明してください

　　c あなたのことに干渉するのですよ
　　　　　　　　かんしょう

2

1 （　　　）とあって、どの家も洗濯物を干している。

　　a 雨が降っていない　　　　b 平日　　　　　　　　　c 梅雨の晴れ間
　　　　　　　　　　　　　　　　　　　　　　　　　　　　つゆ　は　ま

2 あのレストランは無農薬の食材を使うとあって、（　　　　）。
　　　　　　　　　　むのうやく　しょくざい

　　a わたしも行ってみたい　　b 急に人気が出てきた　　　c 一度行ってみませんか

3 入学試験が近いとあって、（　　　）。

　　a みんな緊張している　　　b わたしも勉強を始めた　　c みんな頑張ってください
　　　　　　きんちょう　　　　　　　　　　　　　　　　　　　　　　がん　ば

4 有名歌手が来日するとあって、（　　　　）。

　　a 今日空港に到着した　　　b 大勢のファンが空港に集まった

　　c わたしはコンサートを楽しみにしている

3

1 （　　　）ではあるまいし、間違えることだってありますよ。

　　a コンピューター　　　　　b 子供　　　　　　　　　c 大人

2 離れ島に（　　　）ではあるまいし、1泊旅行にそんなにいろいろ持っていくことはないでしょう。
　　はな　じま

　　a 行く　　　　　　　　　　b 行くわけ　　　　　　　c 行くこと

3 神様じゃあるまいし、わたしは（　　　）。

  a あなたを許すことはできません   b その人を助けられませんでした

  c もっと寛容になりたいです

4 昨日日本語の勉強を始めたばかりじゃあるまいし、（　　　）。

  a ずいぶん上手になりましたね   b もう飽きてしまったんですか

  c 基礎的なことはそろそろちゃんと覚えなさい

4

1 （　　　）手前、一生懸命勉強しなければならない。

  a 親が心配する   b 奨学金をもらっている   c 試験が近づいている

2 勉強会を始めようとわたしから言い出した手前、（　　　）。

  a あなたも参加してください   b あなたは参加するだけでいいですよ

  c わたしは参加しないわけにはいかない

3 お金を払うと約束した手前、（　　　）。

  a 払わざるを得ない   b 払えなくてもしかたがない   c 払えなくなった

5

1 【手紙】（　　　）ゆえ、この度の祝賀会には欠席させていただきますことをお許しください。

  a 暇じゃない   b 外出がだめな   c 体調が優れない

1〜5

1 （　　　）、悩みがあるのだ。

  a 生きていればこそ   b 生きている手前   c 生きているとあって

2 スタッフみんなの協力が（　　　）、イベントが成功するのだ。

  a あればこそ   b あるとあって   c あるものだから

3 ビザを（　　　）、入管へ行った。

  a 更新するとあって   b 更新する手前   c 更新するべく

4 株価が暴落（　　　）、証券会社は大騒ぎだ。

  a すればこそ   b したとあって   c したわけではあるまいし

5 こんな失敗は今までにも経験してきただろう。初めてのこと（　　　）、そんなに泣くな。

  a とあって   b ではない手前   c ではあるまいし

次の文の（　　　　）に入れるのに最もよいものを、1・2・3・4から一つ選びなさい。

① 本日は大雨の（　　　　）わざわざお越しいただきまして、恐縮でございます。
きょうしゅく
1　ところに　　　　　　　　　　　　2　ところが
3　ところを　　　　　　　　　　　　4　ところで

② 期待の新人選手が初めて試合に出る（　　　　）、観客席は満員だった。
しんじん
1　として　　　　　　　　　　　　　2　ときて
3　とあって　　　　　　　　　　　　4　といって

③ 毎年年末に放送されるこの国民的な歌番組を（　　　　）年が越せないという人も多い。
ねんまつ
1　見るともなく　　　　　　　　　　2　見ることなしに
3　見るのをよそに　　　　　　　　　4　見るのをおいて

④ （　　　　）相手が偉い人物であろうと、わたしは記者として真実を新聞に書く。
しんじつ
1　たとえ　　　　　　　　　　　　　2　たとえば
3　どんな　　　　　　　　　　　　　4　なにも

⑤ 生物というものは、子孫を残すため（　　　　）、どんなことでもする。
1　とあれば　　　　　　　　　　　　2　とあって
3　とすれば　　　　　　　　　　　　4　として

⑥ 祖父母は、人一倍の忍耐力（　　　　）困難な時代を生き抜いた。
そふぼ　　ひといちばい　にんたいりょく　　　　　　　　　い
1　を通して　　　　　　　　　　　　2　をもって
3　にわたって　　　　　　　　　　　4　にかかわって

⑦ 親が何を（　　　　）、子供は親の言うとおりにはならないものだ。
1　望んだといっても　　　　　　　　2　望むとはいえ
3　望んだところで　　　　　　　　　4　望むまいと

⑧ 面接試験では、難しい質問に（　　　　）、また別の質問が次々に出された。
つぎつぎ
1　答えようものなら　　　　　　　　2　答えようが
3　答えたとあれば　　　　　　　　　4　答えたそばから

9 お互いの（　　　　　）、この先一緒に仕事はできない。

1　理解がないものなら

2　理解なくしては

3　理解がなければこそ

4　理解がなかったが最後

10 あの大臣、あんなひどい発言を（　　　　　）辞職に追い込まれるかもしれない。

1　繰り返すとばかりに

2　繰り返すくらいなら

3　繰り返すようでは

4　繰り返すものなら

11 こんなところで財布を（　　　　　）、絶対お金が入ったまま戻ってはこないと思う。

1　落としたようでは

2　落としたら最後

3　落としたところで

4　落としたら落としたで

12 幼稚園（　　　　　）、仕事中はおしゃべりはやめてください。

1　ではあるまいし

2　のことだし

3　のことだろうと

4　ではなかろうと

13 あの議員は、マスコミにどんなに（　　　　　）、平気な顔をしている。

1　批判されようとされまいと

2　批判されればされたで

3　批判されまいと

4　批判されようと

14 山田さんは、「だめ」（　　　　　）怖い顔をしてわたしをにらんだ。

1　と言わんばかりに

2　と言わんばかりで

3　と言わんがために

4　と言わんがゆえに

15 みんなが（　　　　　）、壊れた傘をさして外を歩くわけにはいかなかった。

1　見ていながらにして

2　見ているからといって

3　見ていようと

4　見ている手前

〔復習〕　・これが今、考え得る最良の方法なんです。
う　さいりょう

　　　　・連絡先がわからないのだから、知らせようがない。

　　　　・ここで釣りをするな。
つ

1　～にかたくない

⇒その状況を考えると、実際に見なくても、～することは難しくない・～できる。　硬い言い方
じょうきょう　かんが　　　　じっさい　み　　　　　　　　　　　　　　むずか

①でき上がった作品を見れば、彼のこれまでの努力は想像にかたくない。

②愛する人を失った彼女の悲しみは察するにかたくない。
さっ

③諸事情を考えると、今回の決断に至った社長の心情も理解するにかたくない。
けつだん　いた　　　　しんじょう

✍　名 する・動 辞書形　＋にかたくない

⚠　「想像（する）・察する・理解（する）」など、心の働きを表す限られた言葉につく。
そうぞう　　　さっ　　　りかい　　　　　　　こころ　はたら　　あらわ　かぎ　　　ことば

2　～に～ない・～（よ）うにも～ない

⇒～したいけれど、何かの事情があってできない。
なに　じじょう

①野菜をたくさんもらったが、食べきれない。捨てるに捨てられず困っている。

②子供に大切な書類を汚されて、泣くに泣けない心境だ。
しんきょう

③彼女はあいさつもせずに会社を辞めた。何か言うに言えない事情があったのだろうか。

④連絡先がわからなくて、連絡しようにも連絡できなかった。

⑤当時、子供がおもちゃを欲しがったが、お金がなくて買ってやろうにも買ってやれなかった。

✍　動 辞書形　＋に＋可能の動詞否定形

　　動 う・よう形　＋にも＋可能の動詞否定形

⚠　前後には同じ動詞を使う。後の動詞は可能の動詞を使う。「～に～ない」は心理的事情、「～（よ）う
ぜんご　　　おな　どうし　つか　　あと　どうし　　かのう　どうし　つか　　　　　　　　　しんりてきじじょう
にも～ない」は物理的事情を表すことが多い。
ぶつりてきじじょう　あらわ　　おお

3　～て（は）いられない

⇒時間的・精神的に余裕がなくて、～の状態でいることはできない。
じかんてき　せいしんてき　よゆう　　　　　　じょうたい

①やると決めたら、のんびりしてはいられない。今すぐ準備を始めよう。

②あれだけひどいことを言われて、わたしも黙っていられなかった。
だま

③愚痴を言ったり泣いたりしてはいられない。解決策を考えなくては。
ぐち　　　　　　　　　　　　　かいけつさく

✍　動 て形　＋はいられない

⚠　すぐに次の行動をしなければならないという気持ちを表す。主語はふつう一人称。
つぎ　こうどう　　　　　　　　　　　　きも　あらわ　しゅご　　　　いちにんしょう

4 〜べくもない

⇒その状況では、当然〜ことはできない。

①その絵が偽物であることなど、素人のわたしは知るべくもなかった。

②状況から見て、この男が犯人であることは否定すべくもない事実であろう。

③将棋歴30年のベテランに、初心者のわたしがかなうべくもない。

🔖 動辞書形　＋べくもない　　＊例外　する→するべく・すべく

⚠ 心の働きを表す動詞（考える・想像する・知るなど）につくことが多い。

5 〜べからず・〜べからざる

⇒〜するな。〜してはならないことだ。

「〜べからず」→〈書き言葉〉、「〜べからざる」→ 硬い言い方

①【工事現場の張り紙】危険。立ち入るべからず。

②「ここで釣りをするべからず」という立て札が立っているのに、何人か釣りをしている人がいる。

③警察が今回このような事件を起こしたことは、市民にとって許すべからざることである。

④経営者にとって決断力は欠くべからざるものである。

🔖 動辞書形　＋べからず

　　動辞書形　＋べからざる＋名

⚠ 「〜べからず」は掲示や注意書きにしか使わない。

6 〜まじき

⇒その立場から・道徳的に考えて〜てはいけない。 硬い言い方

①その大臣は政治家にあるまじき発言で、辞任に追い込まれた。

②これは、子を持つ親として許すまじき犯罪である。

③大切な人にわたしは言うまじきことを言ってしまった。

🔖 動辞書形　＋まじき＋名

⚠ 後には必ず名詞が来る。慣用的な決まった言い方でしか使わない。

1 罪を犯したわたしの姿を見て、母がどんなに悲しむか（　　　　）。
　　a 想像にかたい　　　　　　　　b 想像にかたいことはない　　　c 想像にかたくない

2 本当の病名を知ったときの彼の心中は（　　　　）にかたくない。
　　a 察する　　　　　　　　　　　　b 驚く　　　　　　　　　　　　c 表現する

3 このドラマは日本語が簡単なので、外国人でも（　　　　）。
　　a 理解にかたくない　　　　　　　b 理解にかたい　　　　　　　　c 理解しやすい

1 手をけがしてしまった。これでは急ぎの書類を（　　　　）書けない。
　　a 書くに　　　　　　　　　　　　b 書こうにも　　　　　　　　　c 書きようにも

2 腰を痛めて変な歩き方をする田中部長を見て、（　　　　）笑えなかった。
　　a 笑うに　　　　　　　　　　　　b 笑おうにも　　　　　　　　　c 笑うにも

3 コンタクトレンズを落としてしまい、車を運転しようにも（　　　　）。
　　a できなかった　　　　　　　　　b 危なかった　　　　　　　　　c 困った

4 出勤時間になったが、子供に泣かれて（　　　　）。
　　a 出るに出られなかった　　　　　b 出られるに出られなかった　　c 出るに出なかった

5 両親を失望させると思うと、大学を辞めたことを話すに（　　　　）。
　　a 話さないほうがいい　　　　　　b 話せない　　　　　　　　　　c 話したくない

1 出発の時間を20分も過ぎた。遅い人をもうこれ以上（　　　　）いられない。
　　a 待たずには　　　　　　　　　　b 待っては　　　　　　　　　　c 待つのは

2 試験が近いから、（　　　　）はいられないよ。
　　a 遊んで　　　　　　　　　　　　b 勉強して　　　　　　　　　　c 勉強しなくて

3 子供が自分でご飯を食べるようになったが、食べ方があまりにひどくて、（　　　　）。
　　a 見てはいなかった　　　　　　　b 見てはいられなかった　　　　c 見ないではいられなかった

4 こうしてはいられない。（　　　　）。
　　a まず落ち着こう　　　　　　　　b ここで待っていよう　　　　　c すぐに行ってみよう

5 （　　　　）、まじめに仕事をしてくださいよ。
　　a 冗談を言っていられないで　　　b 冗談を言っていられなくて　　c 冗談を言っていないで

4

1 今の実力では優勝など（　　　　）べくもない。
　a 望む　　　　　　　　　　b 望まぬ　　　　　　　　c 望める

2 地球環境が悪化していることはもはや（　　　　）べくもない。
　a 信じる　　　　　　　　　b 疑う　　　　　　　　　c 理解する

3 丁寧に一つ一つ手作りしたものの良さは、機械で量産したもの（　　　　）。
　a とは比べるべくもない　　b にはまねるべくもない　c には勝るべくもない

5

1 人の一生、（　　　　）べからず。
　a 急ぐ　　　　　　　　　　b 速い　　　　　　　　　c 速くなる

2 （　　　　）べからざることを耳にしてしまった。秘密は絶対守らなくては。
　a 聞け　　　　　　　　　　b 聞く　　　　　　　　　c 聞いて

3 今日の会議でわたしは（　　　　）ことを言ってしまった。
　a 言うべからず　　　　　　b 言うべからない　　　　c 言うべからざる

6

1 医学知識を犯罪に利用するなんて、医者として（　　　　）行為だ。
　a 許すまじき　　　　　　　b 許すまじきの　　　　　c 許すまじきな

2 彼は指導者にあるまじき（　　　　）。
　a 行為をした　　　　　　　b 差別する　　　　　　　c 能力がない

1〜6

1 事故で恋人を失った彼女のつらさは（　　　　）。
　a 察するにかたくない　　　b 察しやすい　　　　　　c 察しかねる

2 彼の弁解は全くめちゃくちゃで、黙って（　　　　）。
　a 聞こうにも聞けなかった　b 聞くにかたくなかった　c 聞いてはいられなかった

3 【立て札】芝生に入る（　　　　）。
　a べからざる　　　　　　　b べからず　　　　　　　c まじき

4 新しい靴が足に合わず、（　　　　）。
　a 走るべくもない　　　　　b 走ってはいられない　　c 走ろうにも走れない

〔復習〕　・中村さんの仕事の速さといったらだれもが驚きますよ。
（おどろ）

　　　　　・あの子は5歳の子供にしては社会のことをよくわかっている。

　　　　　・ひろ子さんはさすが元モデルだけあって歩き方がきれいだ。

1　〜ときたら

　⇒〜は良くない。〔話し言葉〕
（よ）

①最近の若い人ときたら、言葉の使い方を知らない。

②うちの父ときたら、何でも母にやってもらっていて、だらしがない。

③隣のうちの犬ときたら、いつもほえてばかりで、うるさくてしかたがない。
（となり）

④あの店の料理ときたら、高いだけで全然おいしくない。

🔗 名 ＋ときたら

⚠ 身近な人物や話題を取り上げて不満を言う。後には、不満・非難などマイナスの評価をする文が来
（みぢか）（じんぶつ）（わだい）（と）（あ）（ふまん）（あと）（ふまん）（ひなん）（ひょうか）（ぶん）（く）
　る。話者の希望・意向を表す文や働きかけの文は来ない。
（わしゃ）（きぼう）（いこう）（あらわ）（ぶん）（はたら）（ぶん）（こ）

2　〜ともなると・〜ともなれば

　⇒〜くらい立場・程度が高くなると、そのような状態になる。
（たちば）（ていど）（たか）（じょうたい）

①子供も小さいときは素直だが、中学生ともなると、親の言うことを聞かなくなる。
（すなお）（ちゅうがくせい）

②新入社員のころは自分のことだけで精いっぱいだったが、部長ともなると、部下を育てること
（しんにゅうしゃいん）（せい）（ぶちょう）（ぶか）
　を考えなければならない。

③人間50歳ともなれば、親の介護や自分の老後のことを考え始める。
（かいご）（ろうご）

④普段は静かなこの町も、祭りともなれば、多くの観光客でにぎわう。

🔗 名 ＋ともなると・ともなれば

⚠ 進んだ段階を表す言葉（中学生・部長など）や特別な場合を表す言葉（祭り・正月など）につく。主語は、
（すす）（だんかい）（あらわ）（ことば）（ちゅうがくせい）（ぶちょう）（とくべつ）（ばあい）（あらわ）（ことば）（まつ）（しょうがつ）（しゅご）
　①④のように変化を感慨を込めて表す「も」を使って示すことも多い。後には、そこまでの段階に
（へんか）（かんがい）（こ）（あらわ）（つか）（しめ）（おお）（あと）（だんかい）
　至ると、当然どういう状態になるかを言う文が来る。話者の希望・意向を表す文や働きかけの文
（いた）（とうぜん）（じょうたい）（い）（ぶん）（く）（わしゃ）（きぼう）（いこう）（あらわ）（ぶん）（はたら）（ぶん）
　は来ない。
（こ）

3 ～ともあろう

⇒ 立派な能力や責任がある～なのに、それにふさわしくないことをする。

① 国会議員ともあろう人が、差別的な発言をするなんて信じられない。

② 大学の学長ともあろうお方が、そのような無責任なことを言ってどうするんですか。

③ 山田さんともあろう人が、こんな単純なミスをするなんて。どうしたのでしょう。

④ 学会の会長ともあろう人は、最新の研究テーマについてしっかり把握しておくべきだ。

🐍 名 ＋ともあろう＋名

⚠ 常識的にその人がするべきでない行動をしたことに対する驚きや不満を表す。または、④のように
その人の地位にふさわしい行動をしてほしいという感想を言う。話者が高く評価している人を表
す名詞につく。

4 ～たるもの（は）

⇒ ～のような責任のある立場・優れた立場には、そのようなことがふさわしい。

① 経営者たるものは、一般的な法律や年金制度について知っておかなければならない。

② 社会人たるもの、あいさつや時間を守ることなど、できて当然だろう。

③ 紳士たるもの、強く優しくなければならない。

🐍 名 ＋たるもの

⚠ 責任のある立場・優れた立場などを表す名詞につく。後には、その身分・地位にふさわしい、あ
るべき姿を表す文が来る。

5 ～なりに

⇒ ～という限界がある中で、精いっぱいのことをする。

① あの子も子供なりに親のことを心配して気を遣っているのだ。

② 店の経営を立て直そうとわたしなりに努力はしたが、不運が重なりうまくいかなかった。

③ 彼は経験が浅いなりに一生懸命仕事をしている。

④ 字は下手でも、下手なりに丁寧に書けば、読む人に気持ちが伝わるものだ。

⑤ 少し傷があっても、この作家の作った皿ならそれなりの価値は十分ある。

🐍 名・動・形 普通形（ナ形 –だ）　＋なりに

⚠ 話者があまり程度が高くないと感じていることを表す言葉につく。後には、その状況でもそれに応
じた態度・行動をとる、という意味の文が来る。⑤の「それなり」は慣用的な言い方。

1 うちの夫ときたら、（　　　）。

　　a 初めて会ったのは10年前だ　　b 遅くなるときは連絡してほしい

　　c 自分で言ったことを覚えていない

2 うちの子ときたら、（　　　）ばかりしているんですよ。

　　a 忘れ物　　　　　　　　　　　　b 手伝い　　　　　　　　　　　c おもしろい話

3 この学校のカリキュラムときたら、（　　　）。

　　a 内容が深くてとても役に立つ　　b 内容が浅くて役に立たない

　　c いろいろな内容があって面白い

4 うちの家族ときたら、（　　　）。

　　a それぞれが勝手なことを言うんですよ　　b よくみんなで旅行するんですよ

　　c みんなうどんが大好きなんですよ

1 3人の子の親ともなれば、（　　　）。

　　a 子供はかわいい　　　　　　b まだ新しい発見がある　　　c 子育てもベテランだ

2 家も10年目ともなると、（　　　）。

　　a 修理が必要なところも出てくる　　　　b まだまだきれいなものだ

　　c 修理してきれいにしたい

3 年末ともなると、（　　　）。

　　a クリスマスがある　　　　　b みんな忙しそうだ　　　　　c 温泉に行きましょう

4 （　　　）ともなれば、やはり問題は難しい。

　　a 不合格　　　　　　　　　　b 日本語能力試験N1　　　　　c 勉強不足

1 先生ともあろう方が、（　　　）。

　　a どうしてそんなことをおっしゃるんですか

　　b いいお話をありがとうございました　　　c レポートを見ていただけませんか

2 営業部長ともあろう人が、（　　　）なんて……。

　　a あんなうそに簡単にだまされる　　　　b あんな素晴らしい賞をもらえる

　　c マンションを買った

3 また、失敗？　（　　　）ともあろう人が、こんなことでは困るね。

　　a わたし　　　　　　　　　　b 夫　　　　　　　　　　　　　c 料理長

4

1 （　　　　）たるものは、将来のことを予測することができなければならない。

　　a　危機管理システム　　　　　b　あなた　　　　　　　　　c　一国のリーダー
　　　きき　　　　　　　　　　　　　　　　　　　　　　　　　　　　　いっこく

2 （　　　　）たるもの、言動には気をつけなければならない。
　　　　　　　　　　　げんどう

　　a　教師　　　　　　　　　　　b　学生　　　　　　　　　　c　国民

3　政治家たるもの、（　　　　）。
　　せいじか

　　a　失言が多い　　　　　　　　b　失言があってはならない　　c　また失言してしまった
　　　しつげん

5

1 （　　　　）が、これでもわたしなりに努力はしたんです。

　　a　結果は良くないです　　　　b　いい結果になりました　　　c　結果は関係ありません

2　わたしはまだ上手に日本語が話せないのですが、（　　　　）頑張ってスピーチ大会に出たいです。
　　　　　　　　　　　　　　　　　　　　　　　　　　　　がんば

　　a　できるなりに　　　　　　　b　上手でないなりに　　　　　c　上手なりに

3　お金がないならないなりに（　　　　）。

　　a　もっといい仕事を探そう　　b　楽しみ方もあると思う　　　c　大変困っている

1～5

1 （　　　　）、こちらの話をちっとも聞いてくれないんだ。

　　a　あのコンビニの店員ときたら　　b　あのコンビニの店員ともなると
　　c　あのコンビニの店員は店員なりに

2 （　　　　）、言葉の使い方にももっと気をつけるべきだ。

　　a　うちの大学の学長ときたら　　b　大学の学長ともあろう人は　　c　大学の学長は学長なりに
　　　　　　　がくちょう

3 （　　　　）、いろいろ考えているんだろう。

　　a　うちの娘ときたら　　　　　b　うちの娘ともなれば　　　　c　うちの娘だって娘なりに

4 （　　　　）、しっかりとした信念を持ってほしい。
　　　　　　　　　　　　　　　しんねん

　　a　党首ときたら　　　　　　　b　党首たるものは　　　　　　c　党首なりに
　　　とうしゅ

5　大家族の（　　　　）、一族全員に対して公平に気配りしなければならないだろう。
　　　　　　　　　　　いちぞく　　　　こうへい　きくば

　　a　家長なりに　　　　　　　　b　家長ときたら　　　　　　　c　家長ともなれば
　　　かちょう

〔復習〕 ・うちでは母がお酒が好きなのに対して、父は全然飲めない。

・父はお酒を飲まないというより飲めないんです。

1 〜にひきかえ

⇒〜とは大きく違って・〜とは反対に、そのことはいい・悪い。

①大変な時代の中でも一生懸命に生きているその主人公にひきかえ、今のわたしは何とだらしない
のだろう。

②姉がきれい好きなのにひきかえ、妹はいつも部屋を散らかしている。困ったものだ。

③前日までのひどい天気にひきかえ、運動会の当日は気持ちよく晴れて良かった。

④田中さんの住んでいるマンションは新しくて広い。それにひきかえ、わたしのところは古くて
狭いし、駅からも遠い。

🔖 名・普通形（ナ形 だ−な/−である・名 だ−な/−である）＋の ＋にひきかえ

⚠ 単なる事実の比較ではなく、いいか悪いかの主観的評価で両者を比べる。推量されることの比較に
は使わない。

2 〜にもまして

⇒通常のこと・以前のことよりも、ほかのこと・現在のことの方が程度が上だ。

①去年は猛暑で連日気温が33度を超えたが、今年は去年にもまして暑さが厳しい。

②自分の仕事のことにもまして気になるのは、父の病気のことだ。

③もともと覚えるのは得意ではなかったが、最近は以前にもまして物覚えが悪くなった。

④結婚式の日の彼女は、いつにもまして美しかった。

🔖 名・疑問詞 ＋にもまして

⚠ 通常のこと・以前のことを表す名詞につく。④のように疑問詞について最上級を表す例もある。後
には、否定文は来ない。

3 ～ないまでも

⇒～という程度までは至らないが、その少し下のレベルの状態だ。

①プロにはなれないまでも、演劇はずっと続けていくつもりだ。

②わたしたち夫婦は海外旅行などのぜいたくはできないまでも、不自由のない暮らしをしています。

③あしたはハイキングだ。快晴とはいかないまでも、雨は降らないでほしい。

④毎週とは言わないまでも、せめて月に1回は外食したい。

動 ない形 ＋までも

⚠ 理想的な状態や極端な状態を表す言葉につく。後には、十分満足できる程度・最終的な到達点より少し下のレベルを表す文が来る。③④のように、「とはいかないまでも・とは言わないまでも」の形で名詞にもつく。

1

1　林先生が（　　　）にひきかえ、山田先生は物わかりがいい。

　　a 頑固　　　　　　　　　　　b 頑固なの　　　　　　　　　c 頑固な
　　　がんこ　　　　　　　　　　　　　　　　　　　　もの

2　国にいたころは遊んでばかりいたのにひきかえ、日本では（　　　）。

　　a あまり遊ばない　　　　　b まじめに勉強している　　　c 全然変わらない

3　母が（　　　）であるのにひきかえ、父は（　　　）だ。

　　a 関西地方出身・東北地方出身　b 58歳・52歳　　　　　　c 穏やか・感情的
　　　　　　　　　とうほく　　　　　　　　　　　　　　　　　　　　　　　おだ

4　（　　　）にひきかえ、（　　　）。

　　a 去年・今年の収入の減少はひどいものだ　b 今年・来年の収入の減少はひどいものだろう
　　　　　　　　　　　　　げんしょう
　　c 来年・再来年以降の収入の減少はひどいものかもしれない

2

1　みち子の成績が下がったことにもまして、あの子の（　　　）。

　　a 生活態度が心配だ　　　　b 病気が良くなったことがうれしい
　　　　　たいど
　　c 性格が明るいことが安心だ

2　孫たちの顔を見ることが、祖父にとっては何にもまして（　　　）。

　　a 楽しみではないらしい　　b 楽しみらしい　　　　　　　c 楽しくないことらしい

3　（　　　）にもまして、（　　　）は仕事が多い。

　　a いつもの年・今年　　　　b 水曜日・木曜日　　　　　　c カンさん・リンさん

3

1　昨日はあらしとは（　　　）までも、大風が吹いた。

　　a 言う　　　　　　　　　　b 言える　　　　　　　　　　c 言わない

2　（　　　）までも、歌を歌う仕事をしたい。

　　a 歌が上手にはならない　　b 人気歌手にはなれない　　　c カラオケには行かない

3　一流大手の会社には入れないまでも、せめて中企業には（　　　）。

　　a 就職したい　　　　　　　b 就職できない　　　　　　　c 就職したくない
　　　しゅうしょく　　　　　　　　　　　　ちゅうきぎょう

4　ベスト4とはいかないまでも、（　　　）。

　　a 優勝はしたい　　　　　　b ベスト8には入ってほしい　c 準優勝はしたい
　　　　　　　　　　　　　　　　　　　　　　　　　　　　　じゅんゆうしょう

1　セールがあるためか、店は（　　　　）込んでいる。

　　a　いつもにひきかえ　　　　　b　いつとは言わないまでも　　　　c　いつにもまして

2　祖母が落ち着いてゆっくり（　　　　）、母はとても早口で、話がわかりにくい。

　　a　話すのにひきかえ　　　　　b　話すのにもまして　　　　c　話すとは言わないまでも

3　みんな（　　　　）、今回の松本さんの態度を快く思っていないのではないか。

　　a　口に出すのにひきかえ　　　b　口に出すのにもまして　　　c　口には出さないまでも

4　今日は会長（　　　　）副会長のわたしがごあいさつ申し上げます。

　　a　にひきかえ　　　　　　　　b　に代わって　　　　　　　　c　にもまして

16課 結末・最終の状態
けつまつ　さいしゅう　じょうたい

〔復習〕　・よく考えた末、帰国することにした。
　　　　　　　　　　き こく

　　　　　・忙しくて、あの連続ドラマはとうとう見ずじまいだった。

　　　　　・兄は5年前に家を出たきり、一度も帰ってきていない。

1　〜に至って・〜に至っても
　　　　　いた　　　　　いた

⇒事態が〜まで進んでやっとある状態になった・事態が〜まで進んでもある状態にならない。
　じたい　　　　すす　　　　　　じょうたい　　　　　　じたい　　　　　　すす　　　　　　じょうたい

①死者が出るに至って、国は初めて病気の感染拡大の深刻さに気がついたのだ。
　し しゃ　　　いた　　　　　　　　　　　　かんせんかくだい

②病気の牛20万頭が処分されるに至って、経済的混乱がマスコミに取り上げられるようになった。
　　　　　　　　　　しょぶん

③ひどい症状が出るに至っても、彼は病院へ行こうとしなかった。

④大切な情報がインターネットで流れるという事態に至っても、ことの重大さを認識できない人
　　　　　　　　　　　　　　　　　　　　　　　　　　　　　　　　　　にんしき

　たちがいる。

🔗 名・動辞書形　＋に至って・に至っても

⚠ 普通では考えられない状態を表す言葉につく。「〜に至って」の後には、事態がそこまで進んでやっ
　ふ つう　　　かんが　　　　じょうたい　あらわ ことば　　　　　　　いた　　あと　　じたい　　　　　すす
　とどうなったか、「〜に至っても」の後には、進んでもどうならないかを言う文が来る。
　　　　　　　　　　　いた　　あと　すす　　　　　　　　　い ぶん く

2　〜に至っては
　　　　　いた

⇒〜という極端な例では、ある状態だ。
　　　　きょくたん れい　　　　じょうたい

①デパートの閉店が相次いでいる。Aデパートに至ってはすでに三つの支店が閉店した。
　　　　　へいてん あいつ

②毎年この地方は洪水の被害を受ける。長崎県に至っては今年もう3回目だ。
　　　　　　　　　こうずい　　　　　ながさき

③わたしは理数系の科目が不得意だった。物理に至っては全く理解できなかった。
　　　　　り すうけい

🔗 名　＋に至っては

⚠ 全体としてあきれた、ひどいという評価を表す。程度が極端な例につく。後には、その例がどんな
　ぜんたい　　　　　　　　　　　ひょうか あらわ　てい ど きょくたん れい　　　あと　　　　　れい
　状態かを言う文が来る。
　じょうたい い ぶん く

3 ～始末だ

⇒悪い状態が経過し、とうとう～という悪い結末になった。

①おいは遊んでばかりいてまじめに働きもせず、とうとう会社を辞めてしまう始末だ。

②田中さんはお酒を飲んで大きな声でしゃべり続けた後で、ついに泣き出す始末だった。

③兄は借金を返すためと言って家にあるものをお金に換え、父の時計まで売ってしまう始末だ。

 動 辞書形 ＋始末だ

⚠ 悪い結末を表す文につく。ふつう、その前に悪い状態が続いていたことの説明がある。また結末を強調する言葉(ついに・とうとう・～までなど)を一緒に使うことも多い。

4 ～っぱなしだ

⇒普通はないような～という状態が続いている。

①昨日は電気をつけっぱなしで寝てしまった。

②友達に半年も本を借りっぱなしになっている。

③一日立ちっぱなしの仕事なので、足が疲れる。

④相手も悪いのに、わたしだけ言われっぱなしで何も言い返せなかった。

動 ~~ます~~ ＋っぱなしだ

⚠ 主に良くない状態を表す。不満や非難を表すことも多い。

1

1 親の涙を（　　　）に至って、僕は自分がやってきたことを反省した。

  a 見る　　　　　　　　　　　b 見た　　　　　　　　　　c 見たこと

2 決定的な証拠が見つかるに至って、犯人は（　　　）。

  a まだ見つからない　　　　b 背の高い男のようだ　　　c ようやく罪を認めた

3 犠牲者が出る（　　　）問題の深刻さに気がつくのでは遅いのだ。

  a に至って　　　　　　　　b に至っては　　　　　　　c に至っても

4 （　　　）に至っても、政府は交渉のやり方の不適切さに気づかない。

  a ３度も交渉に失敗する　　b 初回の交渉に失敗する　　c 交渉を始める

2

1 どの世代でも読書離れが目立つ。20代の若者（　　　）新聞さえ読まないようだ。

  a に至って　　　　　　　　b に至っては　　　　　　　c に至る

2 不況で就職は厳しくなっている。ある大学に至っては就職内定率が（　　　）そうだ。

  a 昨年より少し低下した　　b 昨年と同じくらいだった　c 昨年の３分の２だった

3

1 弟の子供たちは甘やかされて育ち、今では親に（　　　）始末だ。

  a 命令する　　　　　　　　b 命令した　　　　　　　　c 命令の

2 後輩のためと思ってあれこれ教えてあげたのだが、（　　　）始末だ。

  a もう知っている　　　　　b おせっかいと言われる　　c 感謝される

3 うちの息子はどうしようもない。何をやってもうまくいかず、ついに（　　　）始末だ。

  a アルバイトを探し始める　　b アルバイトでお金を稼ぐ

  c アルバイトも辞めさせられる

4

1　あ、本が（　　　）だ。

　　a 途中まで読みっぱなし　　　　b 片付けっぱなし　　　　　　c 出しっぱなし

2　ケーキを冷蔵庫に入れっぱなしにして、（　　　）

　　a 冷えておいしくなった　　　　b おいしくなってしまった　　c あした食べるつもりだ

3　彼は仕事を他人に任せっぱなしで、自分では（　　　）。

　　a 一生懸命だ　　　　　　　　　b 何もしない　　　　　　　　c 意見を待っている
　　　けんめい

4　久しぶりに会った友達と、朝まで（　　　）だった。

　　a しゃべりっぱなし　　　　　　b 眠りっぱなし　　　　　　　c 楽しく過ごしっぱなし

1〜4

1　ダイエットに夢中のあの子は、とうとう果物さえ（　　　）。

　　a 食べずじまいだ　　　　　　　b 食べなくなる始末だ　　　　c 食べっぱなしだ
　　　　　　　　　　　　　　　　　　　　　　　　しまつ

2　わが社の新商品がテレビで紹介されて、昨日は問い合わせの電話が一日中（　　　）。

　　a 鳴るに至った　　　　　　　　b 鳴る始末だった　　　　　　c 鳴りっぱなしだった
　　　　いた

3　全労働者の4割近くが正社員でないという状況に（　　　）、雇用問題がようやく社会全体の
　　　　　　　　　わり　　　せいしゃいん　　　　　　　じょうきょう　　　　　　　こよう

　　問題として考えられるようになった。

　　a 至って　　　　　　　　　　　b 至っては　　　　　　　　　c 至っても

次の文の（　　　　）に入れるのに最もよいものを、1・2・3・4から一つ選びなさい。

1 ノーベル賞受賞者（　　　　　）、その後の言動が世界中のマスコミに注目される。
じゅしょうしゃ　　　　　　　　　　　　　げんどう
　　1　ともすると　　　　　　　　　　　　2　としたら
　　3　とすれば　　　　　　　　　　　　　4　ともなると

2 うちの弟（　　　　　）、夜中にすごいボリュームで音楽を聞くんだから、たまらないよ。
　　1　ときたら　　　　　　　　　　　　　2　といったら
　　3　としたら　　　　　　　　　　　　　4　となったら

3 初戦で勝てたの（　　　　　）、あの選手が点を入れたことがうれしい。
　　1　にひきかえ　　　　　　　　　　　　2　にもまして
　　3　に伴い　　　　　　　　　　　　　　4　に反して
　　　　とも　　　　　　　　　　　　　　　　　はん

4 高橋先生は、専門の経済論はもちろん、タレントのうわさ話に（　　　　　）、どんな話題でも
　楽しそうに話す。
　　1　至るまで　　　　　　　　　　　　　2　至って
　　　いた　　　　　　　　　　　　　　　　　
　　3　至っては　　　　　　　　　　　　　4　至るまでは

5 社長に反抗など（　　　　　）、会社を辞めさせられるだろう。
　　　　はんこう
　　1　した手前　　　　　　　　　　　　　2　するに至って
　　3　すればこそ　　　　　　　　　　　　4　したら最後

6 以上がわたしからの忠告だ。後は君（　　　　　）考えて、結論を出してほしい。
　　　　　　　　　　　ちゅうこく
　　1　ながらに　　　　　　　　　　　　　2　なりに
　　3　いかんで　　　　　　　　　　　　　4　次第で

7 今日の講演会は満員と（　　　　　）、半分近くが空席だった。
　　1　思いきや　　　　　　　　　　　　　2　思わず
　　3　言わず　　　　　　　　　　　　　　4　言えないまでも

8 前回優勝の林選手（　　　　　）が、あんなつまらないミスで負けるなんて。
　　1　たるもの　　　　　　　　　　　　　2　ともあろう人
　　3　ともなろう人　　　　　　　　　　　4　でもあるもの

9 母は夕飯を（　　　　　）、電話で長話をしている。

1　作りかけたまま
2　作りかけっぱなしで

3　作りかけつつ
4　作りかけたが最後

10 同じような故障が３度続くに（　　　　　）、メーカーは製品に重要な欠陥があるのではないか
と調査し始めた。

1　至ってからは
2　至ってこのかた

3　至ってからというものは
4　至ってはじめて

11 彼の発言は（　　　　　）、事実から遠く離れた偏った意見だと思う。

1　うそではあるまいし
2　うそとは言えないまでも

3　うそではなかろうと
4　うそとは言えまいし

12 もらったチョコレートを（　　　　　）帰宅してしまった。

1　会社に置きながらにして

2　会社に置きっぱなしにして

3　会社から持ち帰らない始末で

4　会社から持ち帰らずじまいで

13 今日は飲むまいと思っていたが、上司が勧める酒を（　　　　　）。

1　断るに断れなかった
2　断らないわけにはいかなかった

3　断らずにはいられなかった
4　断るべくもなかった

14 高校生の演劇にはプロのようなうまさは（　　　　　）、若者の純粋さが感じられ、楽しめる。

1　期待するどころではないが
2　期待するべからず

3　期待するべくもないが
4　期待するどころか

15 原稿の締め切りの日が迫っているので、（　　　　　）。

1　居眠りぐらいするに越したことはない

2　居眠りぐらいするよりほかない

3　居眠りなどしてはいられない

4　居眠りなどしないではいられない

〔復習〕　・この人こそわたしが心から期待している人物である。

　　　　　・一人として この矛盾に気がついた人はいなかった。

　　　　　・今日は疲れてしまってテレビを見る気力さえない。

1　〜たりとも…ない

⇒ １〜も…ない。全く…ない。

①あなたのことは１日たりとも忘れたことはありません。

②試合中は一瞬たりとも気を抜いてはいけない。

③この部分の設計は１ミリたりとも間違いがないようにお願いします。

④何人たりともこの神聖な場所に立ち入ることは許されていない。

🔗　１＋助数詞　＋たりとも＋…ない

⚠　最小単位を例として示し、全くないことを強調する。最小単位「１」につくが、あまり大きい単位（１年・１トンなど）にはつかない。④の「何人たりとも」は慣用的な言い方。

2　〜すら

⇒〜という極端な例もそうなのだから、当然その他も同様だ。 硬い言い方

①彼のうそには、怒りだけではなく悲しみすら覚えた。

②バスは雨の日などにはたびたび遅れる。30分も待たされることすらある。

③自分が好きで選んだ仕事にすら自信が持てなくなってしまった。

④これは専門家ですら直すのが難しい故障だ。素人のわたしには全く手がつけられない。

🔗　名(＋助詞)　＋すら

⚠　④のように「ですら」を使うこともある。主に主格の「が」で表せる場合で「であっても」の意味。

3　〜だに

⇒〜だけでもそのような状況なのだから、実際は極端だ・（「〜だに…ない」の形で）全く…ない。

硬い言い方

①その病気が広まって100万人もの人が死ぬなど、想像するだに恐ろしい。

②まさかわたしが歌手としてステージに立つなんて、夢にだに思わなかった。

③そのニュースを聞いても、彼女は表情を変えず、微動だにしなかった。

🔗　名(＋助詞)・動辞書形　＋だに

⚠　慣用的な言い方が多く、「想像（する）・考える・聞く」など限られた言葉にしかつかない。

4 〜にして →F

⇒〜という高い段階・特別な条件に合っている・合っていない。

①結婚してすぐに子供が欲しかったが、8年目にしてようやく授かった。

②プロの職人にして失敗をするのだ。君がうまくいかなくてもしょうがないだろう。

③この曲はベートーベンのような天才にしてはじめて書ける作品だ。

④やれやれ、この父にしてこの息子あり。二人ともとてもよく食べる。

名 ＋にして

⚠ 高い段階に至っていることや特別であることを表す言葉につく。後には、それに合っていること・合わないことを意味する文が来る。

5 〜あっての

⇒〜があるからこそ、あることが成立する。

①結婚は、相手あってのことだから、相手がいなければどうしようもない。

②海あっての漁業なのだから、海を汚してはいけない。

③読者あっての雑誌なので、読者が読みたいと思うものを提供したい。

名 ＋あっての＋名

⚠ 「〜」の意義や恩恵を強調する。話者が必要不可欠と思うことを表す言葉につく。

6 〜からある・〜からする・〜からの

⇒〜かそれ以上の数・量である。

①2トンからあるこの岩を、昔の人はどうやって運んだんだろう。

②彼女は10万円からする服を、値段も見ないで何着も買った。

③そのデモには10万人からの人々が参加したそうだ。

数詞 ＋からある・からする・からの＋名

⚠ 量・数の大きさを強調する。後には、その数詞に合った名詞が来る。時間に関する数やあまり少ない数量には使わない。重さ・距離・大きさ・量などを言う場合は「〜からある・からの」、値段を言う場合は「〜からする」、人数を言う場合は「〜からの」を使う。

1

1 これからは（　　　）たりとも練習を怠けてはいけませんよ。

  a 1日   b 毎日   c 1週間

2 わたしたちの税金なので、（　　　）たりとも無駄にしてほしくない。

  a 1万円   b 1千円   c 1円

3 リサイクルできるものは、かん1本たりとも（　　　）。

  a 捨ててしまった   b 捨てられない   c 大切にしたい

4 あしたは13時の新幹線に乗ります。1分たりとも（　　　）。

  a 遅れないように   b 遅れたらどうしよう

  c 遅れたら次の新幹線に乗りなさい

2

1 熱が出て体が重くなり、（　　　）すら大変だった。

  a ジョギングをすること   b 仕事をすること   c 自分で起き上がること

2 将来の夢だけではなく、自分が好きなことすら（　　　）。

  a しっかり頑張ろう   b 頑張れば十分だ   c わからなくなった

3 あまりの美しさに、（　　　）忘れるほどだった。

  a 息をするすら   b 息をすることすら   c 息をすることですら

4 あとは皿に盛り（　　　）すれば、この料理は完成だ。

  a さえ   b すら   c こそ

3

1 このチームが決勝戦に勝ち進むとは、だれも（　　　）だにしなかった。

  a 予想   b 思うの   c 考えて

2 テロとか襲撃などの言葉は（　　　）だに恐ろしい。

  a 経験する   b 聞く   c 死ぬ

4

1 3回目の挑戦にして（　　　）。

  a やっと成功した   b いつも成功だ   c 今まで2回成功した

2 60歳にして（　　　）。

  a 趣味の写真が楽しかった   b 初めて海外旅行をした   c 退職した

3 水泳の田口選手のタイムはすごい。（　　　）にして初めて出せるタイムだ。

  a 選手   b 初出場の選手   c オリンピック選手

5

1　過去の失敗あっての（　　　　）だ。

　　a　反省　　　　　　　　　　　b　成功　　　　　　　　　　c　連続

2　病気が全快しました。（　　　　）あっての回復です。感謝しています。

　　a　健康　　　　　　　　　　　b　命　　　　　　　　　　　c　家族の協力

6

1　この研究会では（　　　　）からある外国語の資料を、毎週読まなければならない。

　　a　1ページ　　　　　　　　　b　10ページ　　　　　　　　c　150ページ

2　そのオーディションには（　　　　）人が応募した。

　　a　1万人からする　　　　　　b　1万人からいる　　　　　c　1万人からの

1～6

1　宿題が終わるまでは、（　　　　）うちから出しませんよ。

　　a　1歩たりとも　　　　　　　b　1歩すら　　　　　　　　c　1歩だに

2　（　　　　）できる簡単な仕事を君はどうしてやろうとしないのか。

　　a　子供にして　　　　　　　　b　子供ですら　　　　　　　c　子供だに

3　僕は（　　　　）殺したくない。

　　a　虫1匹だに　　　　　　　　b　虫1匹たりとも　　　　　c　虫1匹にして

4　この竹細工はこの道50年の（　　　　）できる作品なのだ。

　　a　斉藤さんですら　　　　　　b　斉藤さんにして　　　　　c　斉藤さんだに

5　（　　　　）結婚生活ではないだろうか。

　　a　愛あっての　　　　　　　　b　愛にしての　　　　　　　c　愛すらある

6　（　　　　）毎日歩いて学校に通った。

　　a　4キロすらある道を　　　　b　4キロあっての道を　　　c　4キロからある道を

〔復習〕　・だめならだめとはっきり言う<u>べきだ</u>。

　　　　　・わたしの作品が認められた。努力したかいがあった<u>というものだ</u>。

　　　　　・このプロジェクトが成功したのは、チームが団結して努力したから<u>にほかならない</u>。
　　　　　　　　　　　せいこう　　　　　　　　　　　　だんけつ

1　～までもない

　⇒～しなくても十分なほど程度が軽いから、わざわざ～する必要はない。
　　　　　　　　じゅうぶん　　　　ていど　かる　　　　　　　　　　ひつよう

①このぐらいの雨なら、傘をさす<u>までもない</u>。
　　　　　　　　　かさ

②確認する<u>までもない</u>ことですが、あしたの集合場所は駅前の広場です。
　　　　　　　　　　　　　　　　　　　　　　　　えきまえ

③予約したホテルは駅を降りたら探す<u>までもなく</u>目の前にあった。

④言う<u>までもなく</u>、学生にとっては勉強が一番大切だ。

🖊 動 辞書形　＋までもない

⚠ 意志的な行為を表す動詞の文につく。
　　いしてき　こうい　あらわ　どうし　ぶん

2　～までだ・～までのことだ

Ａ⇒ほかに方法がないなら～する意志がある。
　　　　　ほうほう　　　　　　　　い し

①その日に全部作業が終わらなければ、次の日に続きをやる<u>までだ</u>。

②だれも協力してくれないのなら、一人でやってみる<u>までだ</u>。

③こちら側の言い分が通らなかった場合は、この計画を取りやめる<u>までのことだ</u>。
　　　　　　い　ぶん　　　　　　　　　　　　　　　　　　　と

🖊 動 辞書形　＋までだ・までのことだ

⚠ それをするのは大した問題ではないという話者の覚悟を表す。条件の文とともに使うことが多い。過
　　　　　　　たい　もんだい　　　　　　　　わしゃ　かくご　あらわ　じょうけん　ぶん　　　　　つか　　　おお　か
　　去形では使わず、現在・未来のことについて使う。
　　こけい　つか　　　げんざい　みらい　　　　　　つか

Ｂ⇒自分が行った行為は、ただ～だけで深い意味はない、と強調する。
　　じぶん　おこな　こうい　　　　　　　ふか　いみ　　　　　きょうちょう

④お褒めの言葉をいただきましたが、わたしはただ自分のするべきことをした<u>までです</u>。
　　ほ　　ことば

⑤先日のメールは、あなたの発言が気になったから一言書き添えた<u>までで</u>、他意はありません。
　　　　　　　　　　　　　　はつげん　　　　　　　　　　　　か　そ　　　　　　たい

⑥一番活躍したのはなんといっても中村さんです。わたしはお手伝いをした<u>までのことです</u>。
　　　かつやく

🖊 動 た形　＋までだ・までのことだ

⚠ 話者自身が行い、大したことではないと思っている行為を表す動詞文につく。
　　わしゃじしん　おこな　たい　　　　　　　　　おも　　　　　こうい　あらわ　どうしぶん

3 ～ばそれまでだ

⇒もし～ということになったら、すべて台無しになってしまい、それ以上は何もできない。

①人間、死んでしまえばそれまでだ。生きているうちにやりたいことをやろう。

②いくら練習の時上手にできても、本番でうまくいかなければそれまでだ。

③どんなに立派なホールを作っても、十分に活用されなければそれまでだ。

④好みの問題と言われればそれまでだが、わたしはこのレストランの内装はなんとなく好きになれない。

動 ば形 ＋それまでだ

⚠ 「～ても…ばそれまでだ」の形で使うことが多い。④の「と言われればそれまでだ」は慣用的な言い方。

4 ～には当たらない

⇒それほど大したことではないから、～するのは適当ではない。

①山田さんは通勤に1時間半かかるそうだが、驚くには当たらない。これは日本では珍しくない。

②今度の大会での成績を悲観するには当たりません。これから先、チャンスはまだたくさんあります。

③彼の発言は責めるには当たらないと思う。彼の立場では、あのように言うのも当然だろう。

④あのホテルのサービスは称賛には当たらない。ホテルならあのくらいは当然だ。

動 辞書形・名 ~~する~~ ＋には当たらない

⚠ 感情的反応や評価が過度にならないように相手を抑制する言い方で、感情・評価を表す動詞（驚く・悲観する・非難するなど）につく。

5 ～でなくてなんだろう（か）

⇒～以外だとは考えられない。 硬い言い方

①毎日仕事が楽しくてしかたがない。これこそ天職でなくてなんだろう。

②一度聞いただけの曲をかんぺきに演奏できるなんて、彼は天才でなくてなんだろうか。

③このような所に道路を作るのは、税金の無駄遣いでなくてなんであろうか。

名 ＋でなくてなんだろう（か）

⚠ 感動・嘆き・称賛などの気持ちを表す。少し大げさな意味の言葉につく。

1

1　このニュースは特に重要ではないから、（　　　）までもない。

a　みんなが知っている　　　　b　急いでみんなに知らせる　　c　すぐに忘れる

2　今さら（　　　）までもなく、日本は少子高齢化が進んでいる。

a　説明する　　　　　　　　b　説明しない　　　　　　c　説明が必要な

3　サッカー好きの彼が試合のあったその日、どこで何をしていたか、（　　　）までもない。

a　見つける　　　　　　　　b　わかる　　　　　　　c　聞く

2

1　もしＴ大学の入学試験に失敗したら、（　　　）までだ。

a　親にしかられる　　　　　b　来年また挑戦する　　　　c　親に経済的負担がかかる

2　考えても答えがわからなければ、（　　　）までのことだ。

a　解答欄を空白にしておく　　b　解答欄には何も書かない

c　解答欄に何か書く必要はない

3　ちょっと聞き取れなかったので（　　　）までです。誤解しないでください。

a　聞き返す　　　　　　　　b　聞き返している　　　　　c　聞き返した

4　近くまで来る用事があったから、（　　　）までです。

a　わざわざ顔を見に来た　　b　おいしいケーキを作ってきた　c　ちょっと寄った

3

1　どれだけ夜遅くまで勉強しても、試験中に（　　　）それまでですよ。

a　居眠りすれば　　　　　　b　起きていられれば　　　　c　頑張れば

2　旅行の時にビデオカメラを持って行っても、（　　　）それまでだ。

a　充電していなければ　　　b　帰宅後すぐに見る気がなければ　c　重ければ

3　花束は（　　　）それまでだが、ワイングラスのような物なら記念品として適当なのではないか。

a　飾ってしまえば　　　　　b　見てしまえば　　　　　c　枯れてしまえば

4

1　彼があの時怒ったことを（　　　）には当たらない。あんなひどいことを言われれば当然だ。

a　忘れる　　　　　　　　　b　思い出す　　　　　　c　非難する

2　自分の気持ちを親に理解してもらえなかったからといって、（　　　）には当たりません。

これから何度でも話し合いを重ねればいいのです。

a　嘆く　　　　　　　　　　b　嘆いた　　　　　　c　嘆いている

3 彼のスピーチは（　　　　）には当たらない。ほかの人の意見をそのまま述べているだけだ。
　a 録音する　　　　　　　　b 感心する　　　　　　　　c もう一度聞く

5

1 自分の命を犠牲にして子供たちを救った。あれが（　　　　）なんだろう。
　a 親の愛でなくて　　　　　b 子供を愛するでなくて　　c 子供が大切でなくて

2 新しい生命を人間がつくり出す。これが（　　　　）でなくてなんであろうか。
　a 神への挑戦　　　　　　　b 難しいこと　　　　　　　c 可能

3 もう治らないと言われた目が見えるようになった。これが（　　　　）でなくてなんだろう。
　a うれしさ　　　　　　　　b 喜び　　　　　　　　　　c 奇跡

1〜5

1 今さら（　　　　）、試験前はしっかり勉強してください。
　a 言うまでもないことですが　　b 言うに当たりませんが　　c 言えばそれまでですが

2 あなたが何も教えてくれないのなら、彼に直接（　　　　）。
　a 聞いてみるまでもない　　　b 聞いてみるまでだ　　　　c 聞いてみるに当たらない

3 あなたが困っているように見えたので、ちょっと（　　　　）。
　a アドバイスするまでです　　b アドバイスしたまでです　　c アドバイスするに当たりません

4 あの医者は確かに腕がいいが、驚く（　　　　）。もっとすごい医者も大勢いる。
　a までもない　　　　　　　b までだ　　　　　　　　　c には当たらない

5 就職したら同じ職場に初恋の相手がいた。これが（　　　　）。
　a 運命的再会と言うまでだ　　b 運命的再会と言うには当たらない
　c 運命的再会でなくてなんだろう

19課 評価・感想
（か） （ひょうか かんそう）

〔復習〕　・彼の厳しさは愛情の表れにほかならない。
　　　　　　（きび）
　　　　　・わたしは一市民にすぎませんが、今回の首相の発言には怒りを感じます。
　　　　　　　　　　　　　　　　　　　　　　　（はつげん）　（いか）
　　　　　・正直者が損をする。これは不公平というものだ。
　　　　　　（しょうじきもの）　　　　　　（ふこうへい）

1　〜に足る
（た）

⇒あるもの・あることが十分〜できる。
（じゅうぶん）

①次の首相は国民の代表と言うに足る人物であってほしい。

②インターネットで得たその情報は、信頼に足るものとは思えない。

③だれかが離婚したとかしないとかなど、取るに足らないニュースだ。
　　　　　　（りこん）

📎　動 辞書形・名 する　＋に足る

⚠　名詞を修飾する形で使われることが多い。否定文はふつう②のように「〜に足らない」を名詞に続
　　（めいし）（しゅうしょく）（かたち）（つか）　　　　　　（ひていぶん）　　　　　（おお）　　　　　　（た）　　　　　　（めいし）（つづ）
　　けるのではなく、文末を否定形にする。③の「取るに足らない」は慣用的な言い方で、「取り上げ
　　　　　　　　　（ぶんまつ）（ひていけい）　　　（と）（た）　　　（かんようてき）（い）（かた）　　（と）（あ）
　　る価値がない」という意味。
　　（かち）　　　　　（いみ）

2　〜に堪える／〜に堪えない
（た）　　　　（た）
→20課-2

⇒〜するだけの価値がある／ひどい状態で〜が我慢できない・〜するだけの価値がない。
　　　　　　　（かち）　　　　　　　　　　（じょうたい）　　　（がまん）　　　　　　　　　　（かち）

①優れた児童文学は、大人の鑑賞にも堪えるものだ。
　　　　　　　　　　　　　　（かんしょう）

②この説はまだ証拠が少なく、詳細な議論に堪えるものではない。
　　　　　　（しょうこ）　　　　（しょうさい）

③人の悪口は聞くに堪えない。

④こういうスキャンダル記事は読むに堪えない。

📎　動 辞書形・名 する　＋に堪える

⚠　「見る・聞く・鑑賞・批判」など限られた言葉につく。
　　（み）（き）（かんしょう）（ひはん）　　（かぎ）　（ことば）

3　〜といったらない

⇒言葉で言い表せないほど最高に〜だ。　話し言葉
　（ことば）（い）（あらわ）　　　（さいこう）

①あいつはだらしないといったらない。物はよくなくすし、時間にルーズだし……。

②あのレストランの料理のおいしいことといったらなかった。今でも忘れられない。

③富士山の頂上から見た景色の素晴らしさといったら……。いつかきっとまた行きたい。
　（ふじさん）　　　　　　　　　（すば）

📎　イ形 い・ナ形 （だ）・名　＋といったらない

⚠　程度が極端であることについての驚きを表す。名詞は形容詞に「さ」をつけて名詞化した言葉（素晴
　　（ていど）（きょくたん）　　　　　　　　（おどろ）（あらわ）（めいし）（けいようし）　　　　　（めいしか）（ことば）（すば）
　　らしさ・立派さなど）が多い。③のように「ない」を省略することもある。
　　　　　（りっぱ）　　　（おお）　　　　　　　　　　　　（しょうりゃく）

---

4 〜かぎりだ

⇒非常に・これ以上ないほど〜だ。

①最近友達はみんな忙しいのか、だれからも連絡がなく、寂しいかぎりだ。

②この近所で強盗事件があったらしい。恐ろしいかぎりだ。

③この辺りは街の様子がだいぶ変わって昔の風情がなくなり、残念なかぎりだ。

✎ イ形 い・ ナ形 な ＋かぎりだ

⚠ その事物の性質を述べるのではなく、話者の感情を言う。感情を表す形容詞につく。

---

5 〜極まる・〜極まりない

⇒物事の状態が極限まで〜だ。 硬い言い方

①このような不当な判決が出たことは、残念極まる。

②退屈極まる日常から抜け出したいと、彼は一人旅に出た。

③ついに初優勝を決めたその選手は、インタビュー中、感極まって涙を流した。

④気に入らない相手には返事もしないなんて、あの人の態度は失礼極まりない。

⑤失業している上、子供にもお金がかかり、生活が苦しいこと極まりない。

✎ ナ形 ＋極まる

　　ナ形 (なこと) ・ イ形 いこと ＋極まりない

⚠ マイナス評価の意味のナ形容詞(漢語)につくことが多い。③の「感極まる」は慣用的な言い方で、一時的に非常に感動したことを表す。

---

6 〜とは

⇒〜はひどい・驚く・すごい。

①鳥の足が2本であることさえ知らない子供がいるとは驚きだ。

②こんな立派なレポートをたった1日で仕上げたとはすごい。

③この先に滝があると聞いたのでこんなに歩いてきたのに、ここで行き止まりとは……。

✎ 普通形(ナ形 (だ)・ 名 (だ)) ＋とは

⚠ ある事実に対する話者の驚き・感心・あきれた気持ちなどを強調する。話者が驚いた事実を表す文につく。後には、話者の感想を表す文が来るが、③のように後の文を省略することもある。ふつう話者自身のことには使わない。

1 これは（　　　）に足るデータだと思う。

a 調査人数　　　　　　　　　b 正確　　　　　　　　　c 信頼

2 これはわたしにとって天職で、人生を（　　　）に足る仕事だと思っている。

a かける　　　　　　　　　b かけられる　　　　　　　c かけている

3 これはその説の正当性を断定するに（　　　）。

a 足りていない証拠だと言える　　　　b 足らない証拠だと言える

c 足る証拠だとは言えない

1 学者の（　　　）に堪える説得力のある論文を書きたい。

a 問題　　　　　　　　　b 批判　　　　　　　　　c 意見

2 電車の中で化粧をする姿は全く（　　　）に堪えない。

a 見る　　　　　　　　　b 見える　　　　　　　　c 見られる

3 これは聞くに堪えない（　　　）話だ。

a 面白い　　　　　　　　b ひどい　　　　　　　　c 易しい

1 ジェットコースターに乗ったときの林さんの顔といったら（　　　）。本当に不安そうな顔だった。

a なかった　　　　　　　b あった　　　　　　　c 緊張していた

2 駅には乗り換えの案内がどこにもなかった。（　　　）といったらなかった。

a 困ってしまった　　　　b わからない　　　　　c 不親切

3 あの日、薄暗い山道で迷ってしまった。（　　　）といったらなかった。

a 心細い　　　　　　　　b 心配した　　　　　　c 不安だった

4 山口さんの運転の怖さといったらない。（　　　）。

a 心配するほどではない　　　b とても心配だ　　　　c 二度と乗りたくない

1 こんな簡単な漢字も読めないなんて、実に（　　　）かぎりだ。

a 忘れている　　　　　　b できない　　　　　　c 情けない

2 小さい子が動物と触れ合っている姿は、なんとも（　　　）かぎりだ。

a ほほえみ　　　　　　　b ほほえむ　　　　　　c ほほえましい

3　こんなミスをして全く（　　　）かぎりです。
　　a　恥の　　　　　　　　　　　b　恥じる　　　　　　　　　　c　恥ずかしい

4　夫婦おそろいで海外旅行ですか。（　　　）かぎりです。
　　a　うらやましい　　　　　　　b　仲がいい　　　　　　　　　c　わたしも行きたい

5

1　彼は（　　　）極まりない生活をしている。
　　a　研究　　　　　　　　　　　b　ストレス　　　　　　　　　c　不健康

2　右利きであるわたしにとって、けがで右手が使えないのは（　　　）極まりない。
　　a　不便　　　　　　　　　　　b　不便な　　　　　　　　　　c　不便だ

3　こんな吹雪の中での登山など、（　　　）極まる。
　　a　危険　　　　　　　　　　　b　苦しみ　　　　　　　　　　c　難しい

4　彼は自分が悪いのにあのような態度をとる。全く（　　　）極まりない。
　　a　嫌　　　　　　　　　　　　b　ばか　　　　　　　　　　　c　不愉快

6

1　あのまじめな山本さんが（　　　）驚いた。
　　a　うそをつくとは　　　　　　b　うそをつくのは　　　　　　c　うそをつくことは

2　彼は動物が好きだとは聞いていたが、それにしても（　　　）とは……。
　　a　猫を飼っている　　　　　　b　犬と猫を飼っている　　　　c　猫を12匹も飼っている

3　よりによって楽しみにしていた旅行の日に（　　　）とは……。
　　a　大雨だ　　　　　　　　　　b　素晴らしい天気だ　　　　　c　雨が降らない

1〜6

1　今日のわたしのスピーチは満足（　　　）ものではなかった。
　　a　に足る　　　　　　　　　　b　に堪える　　　　　　　　　c　といったら

2　佐藤さんのセンスの良さ（　　　）……。本当に感心します。
　　a　というと　　　　　　　　　b　とは　　　　　　　　　　　c　といったら

3　わたしの好きな作家が大きな賞をもらった。長年のファンとして（　　　）。
　　a　喜ばしいかぎりだ　　　　　b　喜ばしいとは　　　　　　　c　喜ばしさ極まりない

4　クラス全員が授業中（　　　）あまりにもひどい。
　　a　居眠りするといったら　　　b　居眠りすることは　　　　　c　居眠りするとは

5　漫画の中にも、芸術作品として（　　　）ものは多い。
　　a　鑑賞のかぎりの　　　　　　b　鑑賞極まる　　　　　　　　c　鑑賞に堪える

20課 心情・強制的思い
しんじょう・きょうせいてきおも

〔復習〕　・子供のことが心配でならない。

　　　　　・彼の面白い経験談を聞いて笑わずにはいられなかった。
　　　　　　　　　　けいけんだん

　　　　　・こんなに痛くてはどうしても病院へ行かざるを得ない。

---

1 ～てやまない

⇒～という強い気持ちをずっと持ち続けている。 硬い言い方
　　つよ　きも　　　　　　も　つづ

①この写真に写っているのはわたしが愛してやまないふるさとの風景だ。

②卒業生の皆さんの幸せを願ってやみません。
　そつぎょうせい

③親は子供の将来を期待してやまないものだ。

🔗 動 て形 ＋やまない

⚠ 心の状態を表す限られた動詞（願う・期待する・愛するなど）につく。一時的な気持ちを表す動詞（失
　こころ　じょうたい　あらわ　かぎ　　どうし　ねが　　きたい　　あい　　　　　　　いちじてき　きも　　あらわ　どうし　しつ
望する・腹を立てるなど）には使わない。主語はふつう一人称だが文中に表れないことが多い。
ぼう　　　はら　た　　　　　つか　　　しゅご　　　いちにんしょう　ぶんちゅう　あらわ　　　　おお

---

2 ～に堪えない
　　　　た　　　　　　　　　　　　　　　　　　　　　　　　　　　　　　　　→19課-2

⇒～という感情が抑えられないほど強い。 硬い言い方
　　かんじょう　おさ　　　　　　つよ

①お忙しいところを多くの方にお集まりいただき、感激に堪えません。
　　　　　　　　　　　　　　　　　　　　　　　　かんげき　た

②田中君がこのような賞を受けたことは、友人である私も喜びに堪えません。
　　　　　　　　　　　　　　　　　　　　　　　　わたくし

③きちんと確認しておけばこのような事故は起きなかったかもしれないと、後悔の念に堪えない。
　　　　　　　　　　　　　　　　　　　　　　　　　　　　　　　　　　　　こうかい　ねん

🔗 名 ＋に堪えない

⚠ 感情を表す限られた名詞（感謝・感激・同情など）につく。主語はふつう一人称だが文中に表れない
　かんじょう　あらわ　かぎ　　めいし　かんしゃ　かんげき　どうじょう　　　しゅご　　　いちにんしょう　ぶんちゅう　あらわ
ことが多い。
　　おお

---

3 ～ないではすまない・～ずにはすまない

⇒その場の状況や社会的な常識を考えると、必ず～することは避けられない。
　　ば　じょうきょう　しゃかいてき　じょうしき　かんが　　　かなら　　　　　　さ
「～ずにはすまない」→ 硬い言い方

①人の心を傷つけてしまったなら、謝らないではすまない。
　　　　きず　　　　　　　　　あやま

②家のお金を黙って持ち出したなんて、親に知られたらしかられないではすまないぞ。
　　　　だま

③アパートで犬を飼えば、こっそり飼っているつもりでも隣の人に知られずにはすまないだろう。
　　　　　か　　　　　　　　　　か　　　　　　　　となり

④このままの経営状態が続けば、借金をせずにはすむまい。
　　　　　　じょうたい

🔗 動 ない形 ＋ではすまない　　動 ない ＋ずにはすまない　　＊例外　する→せず
　　　　　　　　　　　　　　　　　　　　　　　　　　　　　　　れいがい

⚠ 個人の感情からそうしなければならないと考える場合には使いにくい。
　こじん　かんじょう　　　　　　　　　　　　かんが　　ばあい　　つか

4 ～ないではおかない・～ずにはおかない

⇒～しないままでは許さ<ruby>許<rt>ゆる</rt></ruby>ない・自然<ruby>自然<rt>しぜん</rt></ruby>に必<ruby>必<rt>かなら</rt></ruby>ず～する。 硬い言い方

①あの話はやはりうそだったと、絶対に白状<ruby>白状<rt>はくじょう</rt></ruby>させないではおかないぞ。

②警察署長<ruby>警察署長<rt>けいさつしょちょう</rt></ruby>の話から、必ず犯人を捕らえずにはおかないという意気込<ruby>意気込<rt>いきご</rt></ruby>みを感じた。

③会長の発言<ruby>発言<rt>はつげん</rt></ruby>は我々<ruby>我々<rt>われわれ</rt></ruby>に不安感<ruby>不安感<rt>ふあんかん</rt></ruby>を抱かせずにはおかなかった。

④この曲は聞く人の心を揺<ruby>揺<rt>ゆ</rt></ruby>さぶらずにはおかない。

动 ない形　＋ではおかない

动 ~~ない~~　＋ずにはおかない　＊例外<ruby>例外<rt>れいがい</rt></ruby>　する→せず

⚠ 必<ruby>必<rt>かなら</rt></ruby>ず～するという話者<ruby>話者<rt>わしゃ</rt></ruby>の強<ruby>強<rt>つよ</rt></ruby>い決意<ruby>決意<rt>けつい</rt></ruby>、または自然<ruby>自然<rt>しぜん</rt></ruby>にある状況<ruby>状況<rt>じょうきょう</rt></ruby>になるという必然性<ruby>必然性<rt>ひつぜんせい</rt></ruby>を表<ruby>表<rt>あらわ</rt></ruby>す。強<ruby>強<rt>つよ</rt></ruby>い決意<ruby>決意<rt>けつい</rt></ruby>を表<ruby>表<rt>あらわ</rt></ruby>す文<ruby>文<rt>ぶん</rt></ruby>では主語<ruby>主語<rt>しゅご</rt></ruby>は一人称<ruby>一人称<rt>いちにんしょう</rt></ruby>。必<ruby>必<rt>かなら</rt></ruby>ずそうなるということを表<ruby>表<rt>あらわ</rt></ruby>す文<ruby>文<rt>ぶん</rt></ruby>では、主語<ruby>主語<rt>しゅご</rt></ruby>は無生物<ruby>無生物<rt>むせいぶつ</rt></ruby>または一人称以外<ruby>一人称以外<rt>いちにんしょういがい</rt></ruby>。

5 ～を禁じ得ない<ruby>禁<rt>きん</rt></ruby><ruby>得<rt>え</rt></ruby>

⇒ある事態<ruby>事態<rt>じたい</rt></ruby>にあって、～という感情<ruby>感情<rt>かんじょう</rt></ruby>がわいてくるのを抑<ruby>抑<rt>おさ</rt></ruby>えられない。 硬い言い方

①生々<ruby>生々<rt>なまなま</rt></ruby>しい戦争の傷跡<ruby>傷跡<rt>きずあと</rt></ruby>を目の当<ruby>当<rt>ま</rt></ruby>たりにし、涙を禁じ得なかった。

②犯人の供述<ruby>供述<rt>きょうじゅつ</rt></ruby>を聞き、犯行動機<ruby>犯行動機<rt>はんこうどうき</rt></ruby>の身勝手<ruby>身勝手<rt>みがって</rt></ruby>さに怒<ruby>怒<rt>いか</rt></ruby>りを禁じ得なかった。

③かつてあんなに輝<ruby>輝<rt>かがや</rt></ruby>いていた彼が荒れた生活をしているのを見て、驚<ruby>驚<rt>おどろ</rt></ruby>きを禁じ得なかった。

名 ＋を禁じ得ない

⚠ 感情<ruby>感情<rt>かんじょう</rt></ruby>を含<ruby>含<rt>ふく</rt></ruby>む意味<ruby>意味<rt>いみ</rt></ruby>の名詞<ruby>名詞<rt>めいし</rt></ruby>につく。主語<ruby>主語<rt>しゅご</rt></ruby>はふつう一人称<ruby>一人称<rt>いちにんしょう</rt></ruby>だが、文中<ruby>文中<rt>ぶんちゅう</rt></ruby>に表<ruby>表<rt>あらわ</rt></ruby>れないことが多<ruby>多<rt>おお</rt></ruby>い。

6 ～を余儀なくされる／～を余儀なくさせる<ruby>余儀<rt>よぎ</rt></ruby>

⇒ある事情<ruby>事情<rt>じじょう</rt></ruby>によりどうしても～しなければならなくなる／ある事情<ruby>事情<rt>じじょう</rt></ruby>が～という状況<ruby>状況<rt>じょうきょう</rt></ruby>に追<ruby>追<rt>お</rt></ruby>い込<ruby>込<rt>こ</rt></ruby>む。

硬い言い方

①中川選手はまだ若いが、度重<ruby>度重<rt>たびかさ</rt></ruby>なるけがにより引退を余儀なくされた。

②彼は病気で入院を余儀なくされている間に、この小説を執筆<ruby>執筆<rt>しっぴつ</rt></ruby>した。

③相次<ruby>相次<rt>あいつ</rt></ruby>ぐ企業<ruby>企業<rt>きぎょう</rt></ruby>の倒産<ruby>倒産<rt>とうさん</rt></ruby>が失業者の増加を余儀なくさせた。

④諸外国の圧力<ruby>圧力<rt>あつりょく</rt></ruby>が貿易自由化を余儀なくさせた。

名 ＋を余儀なくされる／を余儀なくさせる

⚠ 主<ruby>主<rt>おも</rt></ruby>に「～を余儀<ruby>余儀<rt>よぎ</rt></ruby>なくされる」の主語<ruby>主語<rt>しゅご</rt></ruby>は人<ruby>人<rt>ひと</rt></ruby>、「～を余儀<ruby>余儀<rt>よぎ</rt></ruby>なくさせる」の主語<ruby>主語<rt>しゅご</rt></ruby>は人以外<ruby>人以外<rt>ひといがい</rt></ruby>の「あること」。

1 昔つき合っていた先輩のことを今も（　　　）やみません。

    a 思い出して　　　　　　　　b 好きで　　　　　　　　　　c 尊敬して

2 今まで仕事ばかりで家庭を顧みなかったことを（　　　）やまない。

    a 理解して　　　　　　　　　b 間違って　　　　　　　　　c 後悔して

3 あの子を見ていると、（　　　）やまない気持ちになる。

    a 怒って　　　　　　　　　　b 幸せを願って　　　　　　　c 腹が立って

1 未熟なわたしをいつも支えてくださいまして、（　　　）に堪えません。

    a 感謝　　　　　　　　　　　b 感謝する　　　　　　　　　c 感謝すること

2 火事で家も家族も一度に失うとは、（　　　）に堪えない。

    a 気の毒　　　　　　　　　　b 同情　　　　　　　　　　　c 驚き

3 お母様が亡くなったという知らせを受け、（　　　）に堪えません。

    a 涙　　　　　　　　　　　　b 残念さ　　　　　　　　　　c 悲しみ

1 大変な迷惑をかけたのだから、（　　　）ではすまない。

    a 忘れない　　　　　　　　　b 責任をごまかさない

    c おわびの品を持っていかない

2 大切な花びんを壊してしまったのだから、（　　　）にはすまない。

    a 弁償しず　　　　　　　　　b 弁償せず　　　　　　　　　c 弁償しない

3 長く授業を休めば、（　　　）にはすむまい。

    a 成績が上がらず　　　　　　b 家でテレビを見ず　　　　　c 先生に理由を聞かれず

1 この学者には（　　　）ではおかないという意気込みを感じる。

    a 未知の問題を解決しない　　b 未知の問題の答えがわからない

    c 未知の問題を説明できない

2 この映画のストーリーは10年前に起こった事件を（　　　）にはおかない。

    a 思い出す　　　　　　　　　b 思い出させる　　　　　　　c 思い出させず

3 彼の演説は聴衆に大きな感動を（　　　）おかなかった。

    a 与えては　　　　　　　　　b 与えずには　　　　　　　　c 与えはしないで

4　彼にはさんざん迷惑をかけられたのだから、今度会ったら（　　　）。
　a　謝らせないではおかない　　　b　謝らずにはおかない　　　c　謝らないではおけない

⑤
1　地震で被害を受けた人たちのことをニュースで見て、（　　　）を禁じ得なかった。
　a　同情する　　　　　　　　　　b　同情したの　　　　　　　　c　同情

2　環境破壊により美しい風景が失われたことに（　　　）を禁じ得ない。
　a　悲観　　　　　　　　　　　　b　悲しみ　　　　　　　　　　c　悲劇

⑥
1　外国への転勤で、父は（　　　）を余儀なくされた。
　a　困惑　　　　　　　　　　　　b　母に手伝い　　　　　　　　c　単身赴任

2　ダム建設はその地区の住民に（　　　）を余儀なくさせることになる。
　a　反対運動　　　　　　　　　　b　移転　　　　　　　　　　　c　便利な生活

3　企業の海外進出が国内産業の衰退を（　　　）。
　a　余儀なくさせている　　　　　b　余儀なくされている　　　　c　余儀なくさせられている

1〜6
1　家の経済状態がさらに悪くなれば、わたしは大学中退（　　　）だろう。
　a　を禁じ得ない　　　　　　　　b　を余儀なくされる　　　　　c　しないではおかない

2　理由もわからず会社を辞めさせられた彼は、すぐに抗議行動を（　　　）のだろう。
　a　起こしてやまなかった　　　　b　起こすことを余儀なくされた
　c　起こさないではおかなかった

3　両国の関係がこのように緊張状態になった以上、緊急の措置を（　　　）だろう。
　a　とってやまない　　　　　　　b　とらずにはすまない　　　　c　とるわけにはいかない

4　台風の直撃によって、お祭りは（　　　）。
　a　中止に堪えなかった　　　　　b　中止を禁じ得なかった　　　c　中止を余儀なくされた

5　この会には映画を（　　　）人たちが集まっている。
　a　愛してやまない　　　　　　　b　愛さずにはすまない　　　　c　愛するに堪えない

6　長年探し続けてきた肉親がついに見つかったことに（　　　）。
　a　喜ばないではすまない　　　　b　喜んでやまない　　　　　　c　喜びを禁じ得ない

次の文の（　　　　）に入れるのに最もよいものを、1・2・3・4から一つ選びなさい。

1 10年前に一度行っただけのあの店の店主が、わたしの顔を覚えていた（　　　　）驚いた。
てんしゅ　　　　　　　　　　　　　　　　　　　　　おどろ

  1　とか　　　　　　　　　　　　　　　2　とは

  3　ほど　　　　　　　　　　　　　　　4　など

2 成人式の会場は騒がしいこと（　　　　）、市長のあいさつが聞こえなかった。
さわ

  1　限りで　　　　　　　　　　　　　　2　限らず

  3　極まり　　　　　　　　　　　　　　4　極まりなく
きわ

3 こちらの予算を言ってあるのに、不動産屋は5,000万円（　　　　）マンションばかり紹介する。
ふどうさんや

  1　からある　　　　　　　　　　　　　2　からいう

  3　からする　　　　　　　　　　　　　4　からなる

4 初めてあのコンサートホールで演奏したときの感動（　　　　）……。今思い出しても胸が高鳴る。
えんそう　　　　　　　　　　　　　　　　　　　　　　　　たかな

  1　とあれば　　　　　　　　　　　　　2　といったら

  3　ともなると　　　　　　　　　　　　4　ときたら

5 ベテランの設計士（　　　　）、時にはこのように間違うこともあるのだ。
せっけいし

  1　とあって　　　　　　　　　　　　　2　として

  3　にあって　　　　　　　　　　　　　4　にして

6 子供が大きく（　　　　）また別の心配事が増える。

  1　なってはじめて　　　　　　　　　　2　なればそれまでで

  3　なればなったで　　　　　　　　　　4　なってこのかた

7 試験が目前に迫っている今、1分（　　　　）時間を無駄にしたくない。
もくぜんせま　　　　　　　　　　　　　　　　むだ

  1　どころか　　　　　　　　　　　　　2　たりとも

  3　たるもの　　　　　　　　　　　　　4　からの

8 （　　　　）ホテル業が成り立つのですから、ホテルはサービスが基本です。
なた

  1　お客様あっての　　　　　　　　　　2　お客様いての

  3　お客様がいればこそ　　　　　　　　4　お客様がいるとあれば

9 借りた本を汚してしまったとあれば、買って（　　　　）だろう。

  1　返さずにはいられない　　　　　　　　2　返さずにはおかない

  3　返さずにはすまない　　　　　　　　　4　返さずじまいではない

10 地震の被害に遭った地域の１日も早い復興を（　　　　）。

  1　願ってやみません　　　　　　　　　　2　願わずにはおきません

  3　願わざるをえません　　　　　　　　　4　願わずにはすみません

11 わたしはただ本当のことを（　　　　）。なぜ非難されるのかわからない。

  1　言ったところだ　　　　　　　　　　　2　言ったかぎりだ

  3　言ったばかりだ　　　　　　　　　　　4　言ったまでだ

12 事故の現場は（　　　　）ひどさだった。

  1　見ずにはすまない　　　　　　　　　　2　見るに堪えない

  3　見るべくもない　　　　　　　　　　　4　見ようにも見られない

13 そんなに笑う（　　　　）でしょう。わたしは真面目に話しているんですよ。

  1　までではない　　　　　　　　　　　　2　どころではない

  3　わけはない　　　　　　　　　　　　　4　ことはない

14 今さら（　　　　）が、時間を守らないということは社会では大きなマイナスになるのです。

  1　言うまでもないことです

  2　言うところではありません

  3　言うまでのことではありません

  4　言わないところです

15 渡辺氏はある団体に多額の寄付をしたが、これは特に評価する（　　　　）と思う。彼には何か政治的意図があるのだ。

  1　ほどのことではない　　　　　　　　　2　ほどには当たらない

  3　までのことではない　　　　　　　　　4　までには当たらない

　Ｎ１の文法形式には、動詞から派生してできたものが少なくありません。その文法形式を学習したことがなくても、元の言葉の意味から類推することができます。

（＊はここで初めて学習する文法形式）

元の動詞	文法形式	例	課
ひきかえる	〜にひきかえ	姉がきれい好きな**にひきかえ**、妹はいつも部屋を散らかしている。	15
相俟つ あいま （現代では使わない古語） こご	〜と相まって あい	⇒〜と関係し合って、さらに程度が進んだりいい効果が出たりする。 ①あの白い建物は美しい緑**と相まって**、絵本に出てくるお城のように見える。 ②この梅ジャムは、梅本来の酸味**と相まった**ほどよい甘さが特徴です。	＊
押す お	〜をおして	⇒〜という難しい状況だが、無理に何かをする。 ①その作家は病気**をおして**、執筆を続けた。 ②スケジュールの無理**をおして**、旅行に参加した。	＊
かこつける	〜にかこつけて	⇒〜を表向きの口実にして、別の目的を果たす。 ①取材**にかこつけて**、あちこち店を見て回った。 ②エコ商品への買い換えをやたらに勧めるのは、エコ**にかこつけた**金もうけだ。	＊
兼ねる か	〜をかねて	⇒〜という目的も同時に持って何かをする。 ①父の退職祝い**をかねて**家族旅行に行った。 ②これは数学の勉強**をかねた**ゲームだ。	＊
かまける	〜にかまけて	⇒〜に気をとられて、それ以外のことをきちんとしない。 ①忙しさ**にかまけて**、健康に気をつけなかった。 ②夏休みは暑さ**にかまけて**、だらだら過ごした。	＊
即す そく	〜に即して	⇒〜に合わせて処理する。 ①規定**に即して**出張費が出ます。 ②会社の現状**に即した**経営計画を考える。	＊
照らす て	〜に照らして	⇒〜と比べ合わせて判断する。 ①自分の経験**に照らして**後輩にアドバイスした。 ②国家間の紛争は国際法**に照らした**判断で解決すべきだ。	＊

則る <small>のっと</small>	〜に則って	⇒〜を基準・規範として従って、あることをする。 <small>きじゅん きはん したが</small> ①スポーツマンシップに則って試合をする。 ②古くからの伝統に則った祭りが行われている。 <small>でんとう</small>	＊
ひかえる	〜をひかえて	⇒〜を近い将来に予定して、あることをする・ある状態だ。 <small>ちか しょうらい よてい じょうたい</small> ①入試をひかえて、学生たちはぴりぴりしている。 <small>にゅうし</small> ②卒業をひかえた先輩に記念品を送った。 <small>せんぱい</small>	＊
踏まえる <small>ふ</small>	〜を踏まえて	⇒〜を前提にして・〜を考慮して、あることをする。 <small>ぜんてい こうりょ</small> ①前回の反省点を踏まえて、次の企画案を練ろう。 <small>きかくあん ね</small> ②消費者の意見を踏まえた商品開発をしていきたいと考えて <small>かいはつ</small> います。	＊
経る <small>へ</small>	〜を経て	⇒〜という途中の状態を通って、あることをする・あること <small>とちゅう じょうたい とお</small> になる。 ①３年の交際を経て、二人は結婚した。 <small>こうさい</small> ②わが社は創立以来、さまざまな試練を経て今に至ります。 <small>しゃ そうりつ しれん いた</small>	＊
かかわる	〜にかかわる	⇒〜という重大なことに関係がある。 <small>じゅうだい かんけい</small> ①個人情報にかかわることにはお答えできません。 ②人の命にかかわる問題だから、よく聞きなさい。 ⚠ 主に名詞を説明するのに使う。 <small>おも めいし せつめい つか</small>	＊
まつわる	〜にまつわる	⇒〜に関連がある。 <small>かんれん</small> ①これはお酒にまつわる話を集めた本である。 ②この辺りには、この池にまつわる伝説が伝わっている。 <small>でんせつ</small> ⚠ 主に名詞を説明するのに使う。 <small>おも めいし せつめい つか</small>	＊

練習1　下の[   ]から適当な動詞を選び、適当な形にして、＿＿＿の上に書きなさい。（　　）には助詞を書きなさい。（A、B共に一つの言葉を２回使うこともあります。）

A　[おす　　かかわる　　かまける　　経る　　かねる　　即す]

1　今後、教育の現場では時代（　　）＿＿＿＿＿＿＿カリキュラムが検討されていくだろう。

2　父は足の痛み（　　）＿＿＿＿＿＿＿今日も子供たちに野球を教えに出かけていった。

3　夫は仕事（　　）＿＿＿＿＿＿＿家事を手伝おうとはしない。

4　山田氏はさまざまな職業（　　）＿＿＿＿＿＿＿現職に就いている。

5　今度の日曜日には墓参り（　　）＿＿＿＿＿＿＿ふるさとまでドライブすることにした。

6　現在の医療の実態（　　）＿＿＿＿＿＿＿国は早急に有効な取り組みを行うべきであろう。

7　何か実益（　　）＿＿＿＿＿＿＿趣味はないかと探している。

8　立ち退きは基本的人権（　　）＿＿＿＿＿＿＿問題だから、慎重に考えなければならない。

B　[照らす　　ひかえる　　ひきかえる　　踏まえる　　かこつける　　まつわる]

1　向かいのラーメン屋には行列ができているの（　　）＿＿＿＿＿＿＿うちの店はまるで人気がない。

2　常識（　　）＿＿＿＿＿＿＿考えてみれば、彼の言い分が通るはずはない。

3　散歩（　　）＿＿＿＿＿＿＿また駅前のパチンコ屋に行くんではないでしょうね。

4　市場調査の結果（　　）＿＿＿＿＿＿＿環境に優しい小型車を開発することにした。

5　帰国を明日（　　）＿＿＿＿＿＿＿留学生活の思い出が次から次へと心に浮かんできた。

6　この作家は花（　　）＿＿＿＿＿＿＿エッセイをいろいろ書いている。

7　結婚を間近（　　）＿＿＿＿＿＿＿姉は、ここ数日準備でとても忙しそうだ。

練習2 下の□□□から適当なものを選び、その記号を＿＿＿の上に書きなさい。

A
| a をおして | b をかねて | c にかまけて | d に照らして |
| e をひかえて | f を経て | g にまつわる | |

　しばらくアルバイトばかりの生活で、忙しさ①＿＿＿＿趣味の旅行からは遠ざかっていたが、この春休みは、卒業論文のための現地資料集め②＿＿＿＿歴史を探索する旅に出たいと思っている。長い時間③＿＿＿＿今に至る各地の歴史的なスポットを見て歩くのは、この上なく楽しい。また、各地の案内所に行けば、それらのスポット④＿＿＿＿話などが書いてある冊子も置いてあるので、わたしは必ずもらってくることにしている。歴史的な事実⑤＿＿＿＿作られた地図も面白い。今年は就職活動⑥＿＿＿＿忙しくなるが、無理⑦＿＿＿＿も、ぜひまた旅に出たい。

B
| a と相まって | b にかこつけて | c にのっとって |
| d にひきかえ | e にかかわる | |

　わたしは子育てをしながら高校で歴史を教えている。普段は旅する余裕もないのだが、この5月、歴史の研究①＿＿＿＿思い切って京都と奈良に出かけた。奈良の寺は、周囲の新緑②＿＿＿＿どこも絵葉書のように素晴らしかった。そこでわたしは60代と思われる女性の旅行者と出会った。彼女は昨年、命③＿＿＿＿病気をしたとかで、そのためにいっそう奈良への旅をしたくなったのだと言っていた。奈良は彼女の思い出の地。かつて、奈良で古い様式④＿＿＿＿結婚式を挙げたのだそうだ。奈良が静かで落ち着いた雰囲気だったの⑤＿＿＿＿、京都は若い人たちばかりで何となく落ち着かなかった。それでも、わたしは十分に旅を楽しむことができた。

B 動詞の意味に着目 - 2
どうし　いみ　ちゃくもく

（＊はここで初めて学習する文法形式）
ぶんぽうけいしき

元の動詞	文法形式	例	課
至る いた	〜に至るまで	みそ、豆腐**に至るまで**、食材はすべて手作りだ。 とうふ　　　　　　　　　しょくざい　　　　てづく	2
	〜に至って	死者が出る**に至って**はじめて事態の深刻さに気づいた。 ししゃ　　　　　　　　　　　じたい	16
	〜に至っては	理系の科目は苦手だ。物理**に至っては**全くわからない。 りけい	16
	〜の至りだ	⇒最高に〜だ。 硬い言い方 さいこう ①大統領にお目にかかれて、実に光栄**の至り**です。 こうえい ②言葉遣いの間違いを指摘され、赤面**の至り**だった。 ことばづか　　　　　　　してき　　　せきめん ③あのころは若気**の至り**で、いろいろ失敗もした。 わかげ ⚠ ③の「若気の至り」は慣用的な言い方で、若いせいで 　　わかげ　いた　　　かんようてき　い　かた　　わか 　愚かな行動をとってしまうという意味。 　おろ　こうどう　　　　　　　　　　　いみ	＊
当たる あ	〜には当たらない	通勤時間が1時間半でも驚く**には当たらない**。 　　　　　　　　　　　　おどろ	18
禁ずる きん	〜を禁じ得ない	犯行動機の身勝手さに怒り**を禁じ得ない**。 はんこうどうき　みがって　　いか	20
かなう	〜てはかなわない	⇒〜という嫌な状況は我慢できない。 　　　　　　いや　じょうきょう　がまん ①隣のうちの犬がこううるさく**てはかなわない**。 となり ②こんなに文句ばかり言われ**てはかないません**よ。 もんく	＊
忍ぶ しの	〜に忍びない	⇒心が痛んで〜することが耐えられない。 　こころ　いた　　　　　　　　た ①古い本はもう読まないとは思うが、処分する**に忍びない**。 　　　　　　　　　　　　　　　　　しょぶん ②実家の家は今はだれも住んでおらず、見る**に忍びない**ほ 　じっか 　ど荒れてしまった。	＊
恥じる は	〜に恥じない	⇒〜の名誉を傷つけない。 　　めいよ　きず ①五つ星レストランの名**に恥じない**料理を出す。 ②貧乏でも、良心**に恥じない**生き方をしたい。 　びんぼう　　りょうしん ⚠ 名詞を説明するのに使うことが多い。 　めいし　せつめい　　　つか　　　　おお	＊
はばかる	〜てはばからない	⇒遠慮や気兼ねをするべきなのに、大胆にも〜する。 　えんりょ　きが　　　　　　　　　　だいたん ①彼は自分は天才だと言っ**てはばからない**。 　　　　　　てんさい ②彼女は権力者を気取っ**てはばからない**人だ。 　　けんりょくしゃ　きど	＊

［練習1］ 下の　　　　から適当な動詞を選び、適当な形にして、＿＿＿＿の上に書きなさい。（　　）には助詞を書きなさい。（一つの言葉を２回使うこともあります。）

至る　　かなう　　当たる　　恥じる　　忍ぶ　　禁ずる　　はばかる

1　失敗したからといって、非難する（　　）＿＿＿＿＿＿＿。彼は最善を尽くしたのだ。

2　わたしの作品をこれほど多くの人に見ていただけるとは、まさに感激（　　）＿＿＿＿＿＿＿。

3　子供が学校へ行きたくないと言い出す（　　）＿＿＿＿＿＿＿、親は初めて子供の様子に注意を払い始めた。

4　小川氏は財政のことは自分に任せろと言って＿＿＿＿＿＿＿が、本当にできるのだろうか。

5　失業率は依然として高い。若年層（　　）＿＿＿＿＿＿＿、10％以上になっている。

6　毎日こう暑くては＿＿＿＿＿＿＿。

7　この小学校は建造物として歴史的価値があり、壊す（　　）＿＿＿＿＿＿＿という声が地元住民から上がっている。

8　キャプテンという名（　　）＿＿＿＿＿＿＿ように、チームのために頑張ります。

9　石井氏の差別的な発言には、怒り（　　）＿＿＿＿＿＿＿。

10　地震の被害状況を視察に来た前川大臣は、都市部はもちろん小さい村々（　　）＿＿＿＿＿＿＿まで声をかけて回った。

［練習2］ 下の　　　　から適当なものを選び、その記号を＿＿＿＿の上に書きなさい。

a に至っては　　　b には当たらない　　　c に恥じない
d に忍びない　　　e はばからない

　新しい市長を決める選挙がやっと終わった。選挙演説では、候補者たちは市のためならどんな努力も惜しまないと公言して①＿＿＿＿ものだ。今回もある候補者②＿＿＿＿、「この町は昔は活気があったが、今は見る③＿＿＿＿ほどさびれてしまった。自分が市長になったら必ず活気のある町を取り戻す。」などと言ったが、どんな具体的な案を持っていたのか。選挙中の言葉と選挙後の行動が違うことはよくあることなので、今さら驚く④＿＿＿＿が、とにかく、新しい市長には、長という立場⑤＿＿＿＿市政を志してほしい。

C 古い言葉を使った言い方

N1の文法形式の中には古い言葉を使ったものがあります。その文法形式を学習したことがなくても、元の言葉の意味がわかればその文法形式の意味を類推することができます。

（＊はここで初めて学習する文法形式）

古い言い方	意味	文法形式	例	課
～ず	～ない	～にとどまらず	国内にとどまらず海外でも人気だ。	3
		～ならいざしらず	赤ん坊ならいざしらず普通の大人はあいさつぐらいするものだ。	5
		～をものともせず（に）	危険をものともせず捜索を続けた。	5
		～ずにはすまない	物を壊したら謝らずにはすまない。	20
～ん	～そうだ	～んばかりだ	割れんばかりの拍手が起こった。	6
	～（よ）う	～んがため（に）	夢を実現させんがため上京した。	11
～べし	～なければならない	～べからず	ここで釣りをするべからず。	13
	～可能性がある	～べく	プロ選手になるべく毎日練習した。	11
		～べくもない	これは疑うべくもない事実だ。	13
		～べくして～	⇒～は当然の結果だ。①我々は勝つべくして勝った。②事故は起きるべくして起きた。⚠ 前後には同じ動詞が来る。	＊
～まい	～ないだろう	～（よ）うが～まいが	雨が降ろうが降るまいが行く。	10
		～ではあるまいし	子供ではあるまいし我慢しろ。	12
～かろう	～いだろう	～かろうが	どんなに難しかろうが頑張る。	10
～まじ	～てはいけない	～まじき	これは許すまじき犯罪である。	13
～たり	～である	～たるもの（は）	紳士たるものは、強くあるべきだ。	14
		～たりとも…ない	1日たりとも練習を休まない。	17
～ごとし	～ようだ	～ごとく・～ごとき	⇒～ように・～ような 〈書き言葉〉①下記のごとく、規則を定める。②裏切るごとき行為は許されない。	＊
～いかん	～はどうか	～いかんだ	面接の結果いかんで採用が決まる。	5
		～いかんによらず	年齢いかんによらず給料は同じだ。	5

練習1　Aの言葉の意味と合うものをBから選んで線で結びなさい。

A　　　　　　　　　　　　　B

I　①言わず　　　・　　　・　a　言わなければならない

　　②言うべし　　・　　　・　b　言うように

　　③言うごとく　・　　　・　c　言わない

II　④言うまい　　・　　　・　d　言ってはいけない

　　⑤言うまじ　　・　　　・　e　言おう

　　⑥言わん　　　・　　　・　f　言いたいだろう

　　⑦言いたかろう・　　　・　g　言わないだろう

練習2　（　　　）の中の言葉を適当な形にして、＿＿＿の上に書きなさい。

1　プロになる道のりがどんなに＿＿＿＿＿と、僕はあきらめない。（つらい）
　　　　　　　　みち　　　　　　　　　　　　　　　　　　ぼく

2　わたしが結婚＿＿＿＿＿が＿＿＿＿＿が、仕事には関係のないことだ。（する）

3　人をだまして金をとるなんて、＿＿＿＿＿まじき行為だ。（許す）
　　　　　　　　　　　　　　　　　　　　　　こうい

4　借りたものをなくしてしまったのだから、弁償＿＿＿＿＿ずにはすまないだろう。（する）
　　　　　　　　　　　　　　　　　　　　べんしょう

5　このタレントは十代の若者に＿＿＿＿＿ず、幅広い世代の人たちに人気がある。（とどまる）
　　　　　　　　　　わかもの　　　　　　　はばひろ　せだい

6　選手たちはミスを連発した。＿＿＿＿＿べくして負けた試合だった。（負ける）
　　　　　　　　れんぱつ

7　この公園の動物にえさを＿＿＿＿＿べからず。（与える）

8　彼の態度はすぐ帰れと＿＿＿＿＿んばかりだ。（言う）
　　　　たいど

9　営業の目標を達成＿＿＿＿＿んがため、彼は必死で頑張った。（する）
　　　　　　たっせい　　　　　　　　　　　　　　がんば

10　わたしが本当のことを＿＿＿＿＿が＿＿＿＿＿が、彼は態度を変えないだろう。

（打ち明ける）
　　う　あ

D 「もの・こと・ところ」を使った言い方

　N1の文法形式には、形式名詞（もの・こと・ところ）を使ったものがあります。整理しておきましょう。

（＊はここで初めて学習する文法形式）

	文法形式	例	課
もの	〜てからというもの（は）	就職してからというもの、毎日忙しくしている。	1
	〜というもの（は）	この3か月というもの、仕事に夢中だった。	＊
	〜ものを	よせばいいものを、彼は社長に大声で文句を言った。	8
	〜ないものでもない	⇒状況によっては〜かもしれない。 ①少し遠いが、歩いて行けないものでもない。 ②条件によっては、この仕事を引き受けないものでもない。	＊
	〜ものと思う	⇒当然〜だ。 ①落としたものと思っていた指輪が出てきた。 ②バスは頻繁にあるものと思うが、確認してみよう。 ⚠ 話者の確信のある判断を表す。	＊
	〜ものと思われる	⇒〜だろう。 ①連休はかなりの渋滞になるものと思われる。 ②台風はこのまま北上するものと思われます。 ⚠ 推測を表す。報道などで使う言い方。	＊
こと	〜をいいことに	⇒〜という好機を利用して、悪いことをする。 ①先生がいないのをいいことにサボっている。 ②彼は相手がおとなしいのをいいことに一方的に文句を言い続けている。	＊
ところ	〜といったところだ	参加者はせいぜい6、7人といったところだ。	2
	〜ところを	お急ぎのところをすみません。	8
	〜たところで	今さら謝ったところでどうにもならない。	10
	〜にしたところで	⇒〜の場合でも無力だ・無意味だ。 ①厳しい批判をしてしまったが、わたしにしたところでいい案を持っているわけではない。 ②日本はテロ対策が甘いと思う。災害対策にしたところで同じことだ。	＊

練習1 適当なものを選びなさい。

1 黙っていれば（　　　　）、余計なことを言うから面倒なことになるのだ。
　　a いいことを　　　　　b いいものを　　　　　c いいことで　　　　d いいもので

2 弟は家族が留守なのを（　　　　）、冷蔵庫の中のケーキを食べてしまったようだ。
　　a いいことで　　　　　　　　　　　　b いいことに
　　c 良さそうなことで　　　　　　　　　d 良さそうなことに

3 無理をすれば、今週中にこの仕事を仕上げられない（　　　　）が、やはり丁寧にやったほうがいいだろう。
　　a ものでもない　　　b ことでもない　　　c ところでもない　　　d のでもない

4 時間をオーバーして働いたので、当然残業代が（　　　　）と思っていたが、出なかった。
　　a 出ること　　　　　　　　　　　　b 出るもの
　　c 出ないことでもない　　　　　　　d 出ないものでもない

5 どんなに頑張って交渉してみた（　　　　）、これ以上の条件の改善は望めないだろう。
　　a ところ　　　　　b ところが　　　　　c ところを　　　　d ところで

6 この試験の合格率はそんなに高くありません。せいぜい35%（　　　　）でしょうか。
　　a というもの　　　b といったもの　　　c といったところ　　　d ということ

7 犯人は自転車を奪って逃げた（　　　　）思われる。
　　a ことに　　　　　b ことと　　　　　c ものと　　　　d ものに

8 職探しを手伝うと弟に言ったものの、わたし（　　　　）何かできるわけではない。
　　a とするところで　　　b にすることから　　　c としたことも　　　d にしたところで

9 この本を読んでから（　　　　）、ヨーロッパへのあこがれがますます強くなっている。
　　a ということ　　　b といったもの　　　c というもの　　　d といったこと

10 ご乗車のお客様、おくつろぎの（　　　　）恐縮です。切符を拝見いたします。
　　a ところを　　　　b ところに　　　　c ところで　　　　d ところが

　N1の文法形式には、同じ言葉、対の言葉、同類の言葉を2回重ねて言う表現があります。例を
ぶんぽうけいしき　　おな　ことば　つい　ことば　どうるい　ことば　かいかさ　い　ひょうげん　　れい
挙げるものや、繰り返しの動作を表すものなどです。
あ　　　　　く　かえ　どうさ　あらわ

（＊はここで初めて学習する文法形式）
はじ　がくしゅう　　ぶんぽうけいしき

文法形式	例	課
～といい…といい	この虫は色**といい**形**といい**木の葉にそっくりだ。 こ　　　は	4
～といわず…といわず	子供たちは手**といわず**足**といわず**全身砂だらけだ。	4
～なり…なり	わからない言葉は、人に聞く**なり**辞書で調べる**なり**してください。	4
～であれ…であれ	文学**であれ**音楽**であれ**芸術には才能が必要だ。	4
～であろうと…であろうと	ビール**であろうと**ワイン**であろうと**酒は酒だ。	4
～（よ）うが～まいが	雨が降ろ**うが**降る**まいが**、サッカーの練習をする。	10
～ば～で ～たら～たで	家が広けれ**ば**広い**で**、掃除が大変だろう。 引っ越し**たら**引っ越し**たで**、たくさんやることがある。	10
～に～ない	子供に泣かれて、出かける**に**出かけられ**なかっ**た。	13
～（よ）うにも～ない	電話番号がわからず、連絡し**ようにも**連絡でき**ない**。	13
～つ…つ	⇒対の動作を繰り返す。限られた動詞につく。 つい　どうさ　く　かえ　かぎ　　どうし ①あの人はさっきから店の前を行き**つ**戻り**つ**している。 ②マラソンの選手たちは抜き**つ**抜かれ**つ**、激しい争いを繰り広げた。 　はげ　あらそ　く　ひろ ✍ 動ます　＋つ＋動ます　＋つ	＊
～ては…、～ては…	⇒一連の動作を繰り返す。 いちれん　どうさ　く　かえ ①書い**ては**消し、書い**ては**消して、手紙を書き上げた。 　　　　　　　　　　　　　　　か　あ ②子供は積み木の家を作っ**ては**壊し、作っ**ては**壊している。 　　　　　　　　　　　　　こわ ③彼はさっきから時計を見**ては**そわそわしている。 ✍ 動て形　＋は ⚠ ③のように表現を2度繰り返さない使い方もある。 　　ひょうげん　ど　く　かえ　　つか　かた	＊
～かれ…かれ	⇒～くても～くても同じことが言える。 　　　　　　　　　　おな ①多**かれ**少な**かれ**、みんな悩みを抱えている。 　　　　　　　　　　なや ②良**かれ**悪し**かれ**、親の考えは保守的だ。 　　　　　　　　　　ほしゅてき ✍ 形い　＋かれ　　＊例外：悪い→悪しかれ 　　　　　　　　　　　れいがい ⚠ 対立する意味の形容詞（多い・少ない、良い・悪いなど）を並べ 　たいりつ　いみ　けいようし　おお　すく　よ　わる　なら て使う。 つか	＊

練習1　（　　　　）の中の言葉と◻️の中の言葉を組み合わせて＿＿＿の上に書きなさい。

┌───┐
│ ～なり～なり　～といい～といい　　～つ～つ　　～かれ～かれ │
│ ～に～ない　～たら～たで   │
└───┘

1　ここにある本は全部差し上げますから、＿＿＿＿＿＿＿＿＿＿＿＿＿＿＿＿お好きなようにして

　　ください。　　　　　　　　　　　　　　　　　　　　　　　（捨てる・ほかの人にあげる）

2　時間というものは＿＿＿＿＿＿＿＿＿＿＿＿＿＿無駄に使ってしまうものだ。（ある・ある）

3　大切にしていた皿を子供に壊されてしまった。＿＿＿＿＿＿＿＿＿＿＿＿＿心境だ。

　　　　　　　　　　　　　　　　　　　　　　　　　　　　　　　　　　（泣く・泣く）

4　サンダルは＿＿＿＿＿＿＿＿＿＿＿＿＿しながら流されていってしまった。（浮く・沈む）

5　夫は＿＿＿＿＿＿＿＿＿＿＿＿＿一度は外国勤務をすることになると思う。（遅い・早い）

6　この国は＿＿＿＿＿＿＿＿＿＿＿＿＿＿＿＿＿最高だ。永住したいくらいだ。

　　　　　　　　　　　　　　　　　　　　　　　（景色の素晴らしさ・人々の優しさ）

練習2　適当なものを選びなさい。

1　わたしが遅くまで部屋で仕事を（　　　）、家族は関心がないようだ。
　　a　していようがいまいが　　　　　　　b　していればいたで
　　c　するなりしないなり　　　　　　　　d　するといいしないといい

2　だれでも（　　　）人に助けられているはずだ。
　　a　多いなり少ないなり　　　　　　　　b　多かれ少なかれ
　　c　多ければ多いで　　　　　　　　　　d　多いといわず少ないといわず

3　プレゼント交換の日、相手も全く同じ物を持ってきていたので、わたしは（　　　）。
　　a　出そうが出せなかった　　　　　　　b　出そうに出せなかった
　　c　出すに出せなかった　　　　　　　　d　出すのも出せなかった

4　台風で交通機関がストップしてしまったので、家に（　　　）なってしまった。
　　a　帰ろうとも帰れなく　　　　　　　　b　帰ろうに帰れなく
　　c　帰ろうが帰れなく　　　　　　　　　d　帰ろうにも帰れなく

5　体調が悪いのなら（　　　）したほうがいいですよ。
　　a　薬を飲むやらゆっくり休むやら　　　b　薬を飲んではゆっくり休み
　　c　薬を飲むなりゆっくり休むなり　　　d　薬を飲みつゆっくり休みつ

F 助詞・複合助詞
じょし ふくごうじょし

　Ｎ１の文法形式には、用法が限られている助詞・助詞相当語や、古くから使われている助詞があ
ります。一般的に古い言葉は改まった感じがします。整理しておきましょう。

（＊はここで初めて学習する文法形式）

助詞	文法形式	例	課
をもって	〜をもって	明日**をもって**願書受け付けを締め切ります。	2
		彼は非常な努力**をもって**苦難を乗り越えた。	11
こそ	〜ばこそ	今苦しけれ**ばこそ**、後で本当の喜びがある。	12
だに	〜だに	そんな大惨事は想像する**だに**恐ろしい。	17
すら	〜すら	彼のうそには悲しみ**すら**覚えた。	17
にして	〜にして	これは真の天才**にして**初めて作れる作品だ。	17
		⇒ことがらの評価や起こり方を述べる。　→17課-4 ①幸い**にして**、体調はすぐに回復した。 ②地震が起こり、一瞬**にして**がけが崩れ道路をふさいでしまった。 ⚠ 慣用的な言い方で、限られた言葉につく。	＊
とて	〜とて	⇒〜でも・〜ということで　〈書き言葉〉 ①母親**とて**、彼の本当の気持ちは理解できないだろう。 ②子供が風邪を引いたから**とて**、仕事を休むわけにはいかない。 ③慣れぬこと**とて**失礼がありましたこと、お許しください。	＊
にて	〜にて	⇒〜で　〈書き言葉〉 ①【手紙】8月18日　パリ**にて**。 ②ホームページ作成を格安**にて**承ります。 ③手短に要件のみ**にて**失礼します。	＊
やら	〜やら	⇒〜かわからない。 ①どこにかぎをおいたの**やら**見つからない。 ②わたしには何のこと**やら**さっぱりわからない。	＊
より	〜より	⇒〜から　硬い言い方 ①【手紙】8月18日　山田ゆり子**より**。 ②雑誌『旅』9月号30ページ**より**抜粋。 ③入場整理券は3時**より**配布します。	＊

練習1 適当なものを選びなさい。

1 猫は目をつぶって微動(　　　)せずに座っている。

 a だに　　　　　　b でも　　　　　　c こそ

2 子供は3歳(　　　)このような行動をすることもある。

 a をもって　　　　b にして　　　　　c でこそ

3 みんなわたしを頼りにしているらしいが、わたし(　　　)こんなに長期の海外旅行は初めてで、
 不安なのだ。

 a こそ　　　　　　b にて　　　　　　c とて

4 署名(　　　)正式な手続きは完了となります。

 a にして　　　　　b をもって　　　　c でさえ

5 この小説の主人公は、(　　　)幼いころ両親と生き別れた。

 a 不幸をもって　　　b 不幸にして　　　c 不幸なこととて

練習2 下の□□□から適当なものを選び、＿＿＿の上に書きなさい。

A ┃ をもって　　こそ　　だに　　にて　　やら ┃

1 商品のご注文受け付け後、「確認メール」＿＿＿＿＿＿ご注文の確認をさせていただきます。

2 交通事故を起こしてしまい、頭が混乱して何が何＿＿＿＿＿＿わからなくなってしまった。

3 福田さんの実行力＿＿＿＿＿＿すれば、いろいろな問題がスムーズに片付いていくだろう。

4 あの子がタレントになるなど夢に＿＿＿＿＿＿思わなかった。

5 希望があれば＿＿＿＿＿＿今のつらさも耐えられるのだ。

B ┃ にして　　すら　　とて　　にて　　より ┃

1 当店は、とれたての野菜を産地＿＿＿＿＿＿直送し、販売しております。

2 この理論は専門家で＿＿＿＿＿＿理解が難しい。

3 当社のホームページ＿＿＿＿＿＿商品のカタログをご覧いただけます。

4 あの二人は結婚10年目＿＿＿＿＿＿別れてしまった。

5 【手紙】大勢の人の前でのスピーチは初めてのこと＿＿＿＿＿＿、大変緊張いたしました。

　N１の文法形式は、それぞれに文法的性質を持っていて、文を作るときの制約になります。
以下のような文法的性質に気をつけながら学習しましょう。

1 事実か気持ちが入っているか

ａ）後に話者の希望・意向を表す文や働きかけの文が来る。

　〜なり…なり（4課）

ｂ）後には働きかけの文は来ない。

　〜といわず…といわず（4課）　　〜べく（11課）　　〜んがため（に）（11課）

ｃ）後には話者の希望・意向を表す文や働きかけの文は来ない。

　〜が早いか（1課）　　〜や否や（1課）　　〜といい…といい（4課）　　〜ものを（8課）

　〜とはいえ（8課）　　〜と思いきや（8課）　　〜たところで（10課）　　〜ときたら（14課）

　〜ともなると（14課）

ｄ）後に推量の文が来る。

　〜ようでは（9課）

2 自分か他者か

ａ）一人称が主語の文につく。

　〜て（は）いられない（13課）　　〜てやまない（20課）　　〜に堪えない（20課）

　〜を禁じ得ない（20課）

ｂ）三人称が主語の文につく。

　〜なり（1課）　　〜をものともせず（に）（5課）　　〜をよそに（5課）　　〜とばかり（に）（6課）

　〜きらいがある（6課）　　〜とあって（12課）　　〜とは（19課）

3 プラスイメージかマイナスイメージか

ａ）後には主にマイナスイメージの文が来る。または全体としてマイナスイメージの文になる。

　〜そばから（1課）　　〜はおろか（3課）　　〜ならいざしらず（5課）　　〜きらいがある（6課）

　〜ものを（8課）　　〜たら最後・〜たが最後（9課）　　〜ようでは（9課）　　〜たところで（10課）

　〜ときたら（14課）　　〜に至っては（16課）　　〜始末だ（16課）　　〜っぱなしだ（16課）

　〜を余儀なくされる・〜を余儀なくさせる（20課）

ｂ）後には主にプラスイメージの文が来る。または全体としてプラスイメージの文になる。

　〜を皮切りに（して）（2課）　　〜をおいて（3課）　　〜ならでは（3課）

　〜をものともせず（に）（5課）

練習1 どちらか適当な方を選びなさい。

1 うちで作ったこの大根、みそ汁に入れるなりサラダにするなり
　　a 使ってみてください。
　　b いろいろな食べ方を楽しんだ。

2 現地に着くが早いか
　　a 必ず電話してくださいよ。
　　b 彼は母親に電話をかけた。

3 あの旅行社は企画力といい細やかな気配りといい、
　　a ぜひ、お宅も見習ってください。
　　b 申し分ありません。

4 雪が降り出したとはいえ、
　　a 散歩に出かけませんか。
　　b そんなに寒さを感じないのはなぜでしょうね。

5 頭を下げて頼まれたところで、
　　a できないものはできないのです。
　　b この仕事はもう辞めさせてください。

6 冬の夜空の星を観察するべく、
　　a 彼は夜中に山に登っていった。
　　b わたしも一緒に連れていってください。

7 人に知られた女優ともなると、
　　a 常に美容には気をつけていなければならないようだ。
　　b ぜひ普段の美容法を教えてください。

8 偏った食事ばかりしているようでは、
　　a 体力が衰えてしまった。
　　b 体力が衰えてしまいますよ。

9 　　a 松本さんはそんなところで立ち話をしてはいられない。早く報告書を書いてほしい。
　　b あ、こんなところで立ち話をしてはいられないわ。ごめんなさい。お先に帰ります。

10 その人の最期を知って、
　　a わたしは涙を禁じ得なかった。
　　b 母は涙を禁じ得なかった。

11 　　a わたしは子供たちの世話で忙しいとあって、今度の旅行には参加できそうもない。
　　b だれもが就職活動などで忙しいとあって、旅行の企画は実現しなかった。

12 親の心配をよそに、
　　a 兄はまたリュック一つで世界を一人旅している。
　　b 来年こそは世界のあちこちを一人旅して回りたい。

13 非常時以外には消火器の栓を抜かないでください。
　　抜いたら最後、
　　a 中のガスがみんな出てしまいます。
　　b すぐに栓を元に収めてください。

14 川口君ときたら、
　　a 本当に誠実で好感がもてる青年だ。
　　b お金の無駄遣いばかりしている。

実力養成編　第2部　文の文法2
だい　ぶ　ぶん　ぶんぽう

　語と語を結びつけて意味の通る文を組み立てるためには、文法的な決
まりを考えながら語を並べていかなければなりません。文法形式の意味
や用法がわかることだけではなく、実際に文を組み立てられることが大
切です。

文を組み立てるときは、組み立てのルールに従わなければなりません。そのうち、ぜひ覚えておくべきルールは次のようなものです。

1 後に否定の言い方が来るもの

・〜をおいて	こんなアイディアが出せる人は高橋さん<u>をおいて</u>ほかにい**ない**。

(第1部3課)

・〜なしに(は)	チームワーク<u>なしには</u>このプロジェクトは成功し**なかった**だろう。

(第1部9課)

・〜たところで　　　今さら悔やんだ<u>ところで</u>、もう取り返しはつか**ない**。(第1部10課)

・〜(よ)うにも　　　疲れていて起き上がろ<u>うにも</u>起き上がれ**なかった**。(第1部13課)

・〜に　　　　　　　家を出る<u>に</u>出られ**ない**事情があって、このところ外出していない。

(第1部13課)

・〜たりとも　　　運転中は一瞬<u>たりとも</u>よそ見をしてはいけ**ない**。(第1部17課)

・〜だに　　　　　こういうことになるとは想像<u>だに</u>し**なかった**。(第1部17課)

・〜にしたところで　わたし<u>にしたところで</u>いい案を持っているわけでは**ない**。(第1部D)

2 疑問詞につくもの

・〜ともなく　　　　**どこから**<u>ともなく</u>鳥が鳴く声が聞こえてきた。(第1部6課)

・〜であれ・であろうと　**どんな**企画<u>であれ</u>、しっかりとした準備が必要だ。(第1部10課)

・〜たところで　　　**だれ**が何を言った<u>ところで</u>、彼は聞く耳を持たない。(第1部10課)

・〜にもまして　　　わたしにとって音楽は**何**<u>にもまして</u>心をいやしてくれるものなのです。

(第1部15課)

3 数字につくもの

・〜といったところだ　わたしの家から駅まで、**7、8分**<u>といったところ</u>です。(第1部2課)

・〜たりとも　　　　今は**1分**<u>たりとも</u>ぼんやりしてはいられないのです。(第1部17課)

・〜からある　　　　母は**15キロ**<u>からある</u>荷物も軽々と運ぶ。(第1部17課)

・〜というもの(は)　この**10年**<u>というもの</u>、仕事に追われて趣味を楽しむ余裕がなかった。

(第1部D)

次の文の＿＿★＿＿に入る最もよいものを、1・2・3・4の中から一つ選びなさい。

1 この旅行で＿＿＿ ＿＿＿ ＿★＿ ＿＿＿でも気軽に話せたことだ。
　　1　何　　　　　　　2　だれと　　　　　3　にもまして　　　4　良かったことは

2 帰国後＿＿＿ ＿＿＿ ＿★＿ ＿＿＿だった。
　　1　1か月　　　　　2　連日　　　　　　3　職探し　　　　　4　というもの

3 祖母が＿＿＿ ＿＿＿ ＿★＿ ＿＿＿歌は、わたしが知らないものばかりだ。
　　1　聞かせる　　　　2　歌う　　　　　　3　ともなく　　　　4　だれに

4 父は釣ってきた＿＿＿ ＿＿＿ ＿★＿ ＿＿＿するなと言った。
　　1　1匹　　　　　　2　粗末に　　　　　3　魚は　　　　　　4　たりとも

5 ＿＿＿ ＿＿＿ ＿★＿ ＿＿＿時間は取り戻せない。
　　1　後悔した　　　　2　過ぎた　　　　　3　ところで　　　　4　どんなに

6 彼女の＿＿＿ ＿＿＿ ＿★＿ ＿＿＿あるのだろうと思って、何も聞かなかった。
　　1　話せない　　　　2　話すに　　　　　3　退職には　　　　4　事情が

7 将来＿＿＿ ＿＿＿ ＿★＿ ＿＿＿だけは大切にしたほうがいい。
　　1　人間関係　　　　2　仕事をするの　　3　どんな　　　　　4　であれ

8 この案に不賛成なら代案を＿＿＿ ＿＿＿ ＿★＿ ＿＿＿名案があるわけではない。
　　1　わたしに　　　　2　言われても　　　3　出せと　　　　　4　したところで

9 転職する＿＿＿ ＿＿＿ ＿★＿ ＿＿＿と思って決心した。
　　1　時期は　　　　　2　考えられない　　3　ほかに　　　　　4　今をおいて

10 今晩中に戦後史について＿＿＿ ＿＿＿ ＿★＿ ＿＿＿を読まなければならない。
　　1　資料　　　　　　2　100ページ　　　3　書かれた　　　　4　からある

11 部品がない＿＿＿ ＿＿＿ ＿★＿ ＿＿＿直せないではありませんか。
　　1　といっても　　　2　のでは　　　　　3　直そうにも　　　4　大切なミシンだから

12 責任者の＿＿＿ ＿＿＿ ＿★＿ ＿＿＿はできないんです。
　　1　許可　　　　　　2　入室　　　　　　3　部外者の　　　　4　なしには

2課　文の組み立て‐2　名詞を説明する形式

　N1の文法形式には、後に必ず名詞が来るものがあります。また、名詞を説明する形式も、初級で学習したものに加えてさらにいろいろあります。

1 後に名詞が来るもの

- ・〜まじき　　　　　　　　暴力をふるうなどとは、許す<u>まじき</u> 行為 だ。（第1部13課）
- ・〜べからざる　　　　　　さち子さんはこの仕事仲間に欠く<u>べからざる</u> 存在 だ。（第1部13課）
- ・〜ともあろう　　　　　　あなた<u>ともあろう</u> 人 が、どうして人にだまされたの？（第1部14課）
- ・〜あっての　　　　　　　お互いの協力<u>あっての</u> 結婚生活 だ。（第1部17課）
- ・〜からある　　　　　　　毎日10キロ<u>からある</u> 道のり を自転車で通った。（第1部17課）
- ・〜にかかわる　　　　　　これは将来に<u>かかわる</u>大切な 問題 だ。（第1部A）

2 名詞を説明する形式

a) 動詞のて形・〜たり〜たりの形・条件の言い方＋の＋ 名詞

　例　・子供を入れて**の** 人数
　　　・親がいてこそ**の** 安心感
　　　・寝たり起きたり**の** 生活
　　　・お金があったら**の** 話
　　　・もし良ければ**の** 話

b) 副詞＋の＋ 名詞

　例　・たびたび**の** 入院
　　　・全く**の** 誤解

c) 普通形＋ 名詞 （ことがらの内容を説明する場合）

　例　・信頼できるリーダーがいない 状態
　　　・間違いをチェックする 役割
　　　・銀行から大金が盗まれた 事件
　　　・よくわからないとき、頻繁にまばたきする くせ

d) 普通形＋という＋ 名詞 （発話や心情の内容を説明する場合）

　例　・来年もまたここで集まろう**という** 話
　　　・これから先どうなるんだろう**という** 不安
　　　・わたしが作ったんだ**という**満足そうな 顔

次の文の＿★＿に入る最もよいものを、1・2・3・4の中から一つ選びなさい。

[1] 他人の功績を横取りする＿＿＿ ＿＿＿ ＿★＿ ＿＿＿することではない。

1　大学の学長　　　2　人の　　　　　　3　ともあろう　　　4　なんて

[2] 原爆を落とす＿＿＿ ＿＿＿ ＿★＿ ＿＿＿してはならない。

1　行為を　　　　　2　などという　　　3　許すべからざる　4　二度と

[3] わいろを受け取る＿＿＿ ＿＿＿ ＿★＿ ＿＿＿ことだ。

1　政治家に　　　　2　まじき　　　　　3　ある　　　　　　4　とは

[4] 従業員の皆さんは、＿＿＿ ＿＿＿ ＿★＿ ＿＿＿姿勢を忘れないでください。

1　お客様　　　　　2　サービス業　　　3　という　　　　　4　あっての

[5] 政府からの補助金が打ち切られる＿＿＿ ＿＿＿ ＿★＿ ＿＿＿話ではないと楽観していた。

1　事態も　　　　　2　という　　　　　3　の　　　　　　　4　今すぐ

[6] わが社の＿＿＿ ＿＿＿ ＿★＿ ＿＿＿気がつくべきだった。

1　経済状態について　2　存続にかかわる　3　深刻な　　　　　4　もっと早く

[7] 昨日は＿＿＿ ＿＿＿ ＿★＿ ＿＿＿ので、かえって疲れた。

1　山道を　　　　　2　でこぼこした　　3　ゆっくり歩く　　4　登山だった

[8] 江戸時代末期に、＿＿＿ ＿＿＿ ＿★＿ ＿＿＿高い若者が活躍した。

1　日本の政治を　　2　志の　　　　　　3　という　　　　　4　良くしよう

[9] 値札に書いてある＿＿＿ ＿＿＿ ＿★＿ ＿＿＿値段です。

1　36,540円　　　2　消費税　　　　　3　というのは　　　4　込みの

[10] 日本へ来た＿＿＿ ＿＿＿ ＿★＿ ＿＿＿友人が訪ねてきた。

1　翌年　　　　　　2　国で　　　　　　3　昔からの　　　　4　就職した

[11] 話し合いの後、わたしは、言うべき＿＿＿ ＿＿＿ ＿★＿ ＿＿＿満足感を持った。

1　ことは　　　　　2　密かな　　　　　3　という　　　　　4　すべて言った

[12] この作品を＿＿＿ ＿＿＿ ＿★＿ ＿＿＿焦りのため、毎日いらいらしていた。

1　期限までに　　　2　指定された　　　3　という　　　　　4　作り上げたい

　ばらばらの言葉を正しい語順の文に組み立てる場合、結びつきやすい組み合わせを探すと効率がいいです。そのためには、文法形式を学習するときどんな活用形につながるのかをしっかり確認しておくといいです。典型的なものを整理しておきましょう。

1 名詞（「動詞・形容詞の普通形＋の・こと」を含む）につくもの

→「を・も・は」のつく文法形式や「なら・では」などが多い。

- この作品を皮切りに…（第1部2課）
- これをもって…（第1部2課）
- 彼をおいてほかに…（第1部3課）
- 料理はおろか…（第1部3課）
- 危険をものともせずに…（第1部5課）
- 安いホテルならいざしらず…（第1部5課）
- ロボットではあるまいし…（第1部12課）
- 部長ともなると…（第1部14課）
- きれい好きなのにひきかえ…（第1部15課）
- 読者あっての…（第1部17課）

- 本年度を限りに…（第1部2課）
- 豆腐に至るまで…（第1部2課）
- 人柄もさることながら…（第1部3課）
- ハワイならでは…（第1部3課）
- 家族の心配をよそに…（第1部5課）
- 資金を確保することなしには…（第1部9課）
- うちの父ときたら…（第1部14課）
- 経営者たるものは…（第1部14課）
- 以前にもまして…（第1部15課）
- 天才でなくてなんだろう（第1部18課）

2 名詞・動詞辞書形につながるもの　→「に」を含む文法形式が多い。

- 想像／想像するにかたくない（第1部13課）
- 事故発生／事故が起きるに至って…（第1部16課）
- 称賛／称賛するには当たらない（第1部18課）
- 鑑賞／聞くに堪える・に堪えない（第1部19課）
- 信頼／信頼するに足る（第1部19課）

3 動詞辞書形につながるもの

- 空港に着くが早いか…（第1部1課）
- 部屋に入ってくるなり…（第1部1課）
- 途中でやめるくらいなら…（第1部9課）
- 出るに出られない（第1部13課）
- 立ち入るべからず（第1部13課）
- 確認するまでもない（第1部18課）

- かばんを放り出すや否や…（第1部1課）
- 見るともなく見ていた（第1部6課）
- サッカーの選手になるべく…（第1部11課）
- 望むべくもない（第1部13課）
- 許すまじき犯罪（第1部13課）
- 一人でやってみるまでだ（第1部18課）

次の文の＿＿★＿＿に入る最もよいものを、1・2・3・4の中から一つ選びなさい。

1 珍しい＿＿＿＿ ＿＿＿＿ ＿★＿ ＿＿＿＿いいと思うよ。

 1 料理を作るのでは 2 買い物すれば 3 あるまいし 4 普通のスーパーで

2 手術の後、両親が＿＿＿＿ ＿＿＿＿ ＿★＿ ＿＿＿＿すやすや眠っている。

 1 おろおろするのを 2 心配して   3 赤ちゃんは 4 よそに

3 とても疲れていて、＿＿＿＿ ＿＿＿＿ ＿★＿ ＿＿＿＿面倒だった。

 1 食事を作ること 2 起き上がること 3 はおろか   4 さえ

4 命にかかわる＿＿＿＿ ＿＿＿＿ ＿★＿ ＿＿＿＿病気でそんなに慌てることはない。

 1 病気   2 いざしらず 3 これぐらいの 4 なら

5 リーさんのスピーチは＿＿＿＿ ＿＿＿＿ ＿★＿ ＿＿＿＿魅力的だった。

 1 落ちついた   2 内容も   3 話し方が   4 さることながら

6 この道30年の＿＿＿＿ ＿＿＿＿ ＿★＿ ＿＿＿＿よく心得ている。

 1 なると   2 至るまで   3 ベテランとも 4 細部に

7 改めて＿＿＿＿ ＿＿＿＿ ＿★＿ ＿＿＿＿なしには満足も得られないだろう。

 1 言う   2 努力する   3 までもなく 4 こと

8 この3連休は＿＿＿＿ ＿＿＿＿ ＿★＿ ＿＿＿＿家にいるほうがいい。

 1 混雑を我慢して 2 何もしないで 3 行楽地で遊ぶ 4 くらいなら

9 彼の＿＿＿＿ ＿＿＿＿ ＿★＿ ＿＿＿＿歓声を上げた。

 1 支持する   2 無罪が確定する 3 人たちが   4 や

10 親からの＿＿＿＿ ＿＿＿＿ ＿★＿ ＿＿＿＿家を出た。

 1 独立して暮らす 2 承諾を   3 待ちきれず 4 べく

11 うちの母と＿＿＿＿ ＿＿＿＿ ＿★＿ ＿＿＿＿できない。

 1 きたら   2 ビデオの録画も 3 パソコンは 4 おろか

12 納入がよく遅れるという理由で＿＿＿＿ ＿＿＿＿ ＿★＿ ＿＿＿＿大切さがわかった。

 1 失う   2 期限を守る   3 仕事を   4 に至って

実力養成編　第3部　文章の文法
<ruby>第<rt>だい</rt></ruby>　<ruby>部<rt>ぶ</rt></ruby>　<ruby>文章<rt>ぶんしょう</rt></ruby>の<ruby>文法<rt>ぶんぽう</rt></ruby>

　<ruby>文<rt>ぶん</rt></ruby>はいくつか<ruby>連<rt>つら</rt></ruby>なって<ruby>一続<rt>ひとつづ</rt></ruby>きのまとまり(<ruby>文章<rt>ぶんしょう</rt></ruby>)になります。しかし、<ruby>一文一文<rt>いちぶんいちぶん</rt></ruby>がただ<ruby>並<rt>なら</rt></ruby>んでいるだけでは<ruby>文章<rt>ぶんしょう</rt></ruby>とは<ruby>言<rt>い</rt></ruby>えません。<ruby>一連<rt>いちれん</rt></ruby>の<ruby>文<rt>ぶん</rt></ruby>がまとまって<ruby>文章<rt>ぶんしょう</rt></ruby>という<ruby>単位<rt>たんい</rt></ruby>になるには、<ruby>文<rt>ぶん</rt></ruby>がゆるやかな<ruby>決<rt>き</rt></ruby>まりに<ruby>従<rt>したが</rt></ruby>ってつながっている<ruby>必要<rt>ひつよう</rt></ruby>があります。<ruby>文章<rt>ぶんしょう</rt></ruby>にまとまりを<ruby>与<rt>あた</rt></ruby>えるゆるやかな<ruby>決<rt>き</rt></ruby>まりが「<ruby>文章<rt>ぶんしょう</rt></ruby>の<ruby>文法<rt>ぶんぽう</rt></ruby>」と<ruby>呼<rt>よ</rt></ruby>ばれるものです。

文章としてのまとまりを持たせるためには、時間の流れに矛盾がないように文を続ける必要があります。また、ある時点での出来事を言っているのか、ある時間幅における状態のことを言っているのかをはっきりさせることも大切です。現在形・過去形が必ずしも現在のこと・過去のことを表すわけではありません。

◇◇◇

A　現在形の文の特別な用法

１．歴史的な記録

過去の事実でも歴史的な記録の場合は現在形を使うことがあります。

例・1868年、明治時代が始まる。

・16〜18世紀のヨーロッパ諸国では、国王が専制政治を行う絶対君主制が確立する。

２．その場にいるような感じを出す効果

小説などの描写文（過去形の文章）で、現在形の文を使ってその場にいるような感じを出すことがあります。視点が過去のその場面に移動します。

例・マキは外を見た。雪が降っている。間もなく日が暮れる。今日は家にいようと思い直した。

・9月になって転校生が入ってきた。名を次郎と言った。黙々と本を読む。弁当を食べる。授業が終わるとさっさと帰る。そのうち「黙りん次郎」というあだ名がついた。

B　過去形の文の特別な用法

１．記憶の確認

かつて一度記憶したことを確認するときに過去形が使われます。

その場で思い出したときに「の（ん）だった」がよく使われます。

例・会議はあしたでしたか。あさってだと思っていましたが……。

・あ、いけない。赤ちゃんが寝ているんだった。静かにしなくては……。

２．事実に反すること①

「〜のだった・〜べきだった・〜はずだった・〜ところだった」などの形で、実現しなかったことを表します。

例・今では後悔している。若いとき留学するんだった。

・警察はもっとよく調査するべきだった。

3．事実に反すること②

　　事実に反することを仮定して、それが実現していれば、後のことが起こったはずだ（しかし、実際は起こらなかった）という意味を表します。文末に「〜のに・〜んだけどなど」をつけることがあります。→第3部2課

　　例・温度管理をする余裕があれば、いい花が咲いたんだけど……。

　　　・あの日急用がなかったら、わたしもパーティーに参加できたのに。

C　動詞の「ている形」の特別な用法（「〜ていた」の形で）

1．事実に反すること

　　過去形を使うよりも、反事実であることがはっきりします。　→第3部2課

　　例・こんなに大変な仕事だとわかっていたら、断っていただろう。

　　　・母がもっと長生きしていたら、わたしは母と一緒に暮らしていたかもしれない。

2．報告

　　他者の発言を報告するときの言い方です。

　　例・ゆきさんは今日は来ないと思います。風邪を引いたと言っていましたから。

D　名詞を説明する文の時制

1．動きを表す動詞を使った場合は、主の文との時間的前後関係で時制が決まります。

　　例・来月 ロンドンに行った とき、ロンドン郊外にいる友人を訪ねてみよう。

　　　・ 新幹線の中で食べる 弁当を、東京駅で買った。

2．特定の時点を表さない場合は、主の文の時制に関係なく現在形を使います。

　　例・去年、 宅配便で毎週花を自宅に届けてくれる サービスを頼んだ。

　　　・最近、 エスカレーターでお年寄りがつまずく 事故が3件も起きた。

3．その時点でまだ実現していないことを表す名詞（可能性、目的、恐れ、計画など）を説明する文では、主の文の時制に関係なく、現在形を使います。

　　例・医師は 病気が再発する 可能性を説明した。

　　　・ 汚染状況を調べる 目的でデータを集めた。

練習1　どちらか適当な方を選びなさい。

　わたしはよく後悔する。中でも自分で（①a　言う　　b　言った）言葉を後悔することが多い。あんなことを言わなければ（②a　いい　　b　よかった）。どうしてあんな言葉が口から出てしまったんだろう。無意識のうちに（③a　出てきている　　b　出てきてしまった）言葉だ。でも、わたしの口から出た以上、わたしに責任がある言葉だ。わたしの心のどこかに（④a　隠れて　　b　隠れていて）、我慢できなくて（⑤a　出てきた　　b　出ていた）のだ。かといって、慌てて拾ってまた口の中に戻すことはできない。修復できるものならすぐにそうしよう。あれは失言、言い過ぎだったと（⑥a　謝る　　b　謝った）。体裁が悪いが後悔を引きずるよりはずっと（⑦a　いい　　b　良かった）。それができない場合は、なるべく早く忘れること。そして、次に同じ失敗をしないように気をつけることだ。（⑧a　頼まれる　　b　頼まれた）仕事を断って、いいチャンスを逃したことも多い。家の困り事とか、子供の問題とか、ちょっと体調が悪かったとかを理由に、せっかくの依頼を断ってしまう。こちらの事態が（⑨a　改善する　　b　改善した）ときはもう遅い。ああ、あのときちょっと無理をすれば（⑩a　できるかもしれない　　b　できたかもしれない）のに、あのときは無理でも、その無理は一時的なものだったのに、あの仕事を（⑪a　受ければ　　b　受けていれば）、今は充実した仕事を持って、バリバリ（⑫a　やる　　b　やっていた）だろうなどとひどく後悔する。

練習2　（　　　）の中の動詞を適当な形・適当な時制に変えなさい。

1　「今日は早く帰る。（①約束する→　　　　　　　）よ。」と言ったものの、帰れるかどうか自信がなかった。残業しながら（②思う→　　　　　　　　）。10年前、別の職業を（選ぶ→　　　　　）ば、こんなに残業することは（③ない→　　　　　　　）かもしれないが、今ほど満足は（④できる→　　　　　　　）だろう、と。結局帰宅したのは10時だった。もちろん妻は食事を（⑤済ませる→　　　　　　　　）。

2　インフルエンザが（①流行する→　　　　　　　）心配がまだ残っている。3年前、インフルエンザにかかってアメリカ旅行に（②行く→　　　　　　　）予定をキャンセルしなければならなかった。予防注射を（③するべきだ→　　　　　　　）と後悔したが、もう遅かった。しかし、あのとき予定通りアメリカに（④行く→　　　　　　　）、母の最期には立ち会えなかったと思う。

3　昨年、小学生が同級生に（①いじめられる→　　　　　　　）事件が3件続いた。そのうち1件は（②いじめられる→　　　　　　）子供が窓から飛び降りてしまった。幸い命は（③助かる→　　　　　　　）が、親は黙っていない。「現場でもっと真剣に子供を守ってくれていたら、こんなことには（④ならない→　　　　　　　）のに」と抗議している。教育委員会は対策として、学校カウンセラーを増やす計画を（⑤検討する→　　　　　　　）が、結論はまだ（⑥出ない→　　　　　　　）。

まとめ 次の文章を読んで、文章全体の趣旨を踏まえて、　1　から　5　の中に入る最もよい
ものを１・２・３・４から一つ選びなさい。

　本書のタイトル『サイクロトロンから原爆へ』は、サイクロトロン（加速器）が科学を象徴し、
原爆が技術を　1　ことを示している。——なぜ原爆などという恐ろしい人類絶滅の兵器が
生まれたのか？　もし科学者や技術者がいなく、科学の発展もなかったなら、あのように恐ろ
しい兵器も　2　にちがいない。——だれもが考える素朴な疑問である。

　しかし、本当に　3　。科学の発展が、つまり人類の自然認識の拡大・深化が、必然的に
人類絶滅の兵器を生み出すことになったのだろうか。答えは否である。たとえサイクロトロン
によって、マイクログラム（１マイクログラムは100万分の１グラム）オーダーのプルトニウ
ムが生成できたとしても、長崎に投下された原爆が　4　。せいぜいプルトニウムの原子核
特性を明らかにできるだけである。では、どうしていまのような危機的な世界を生み出してし
まったのか。本書の目的は、この現代科学の　5　過程を歴史的に捉えかえすことにある。

（日野川静枝『サイクロトロンから原爆へ―核時代の起源を探る―』績文堂出版による）

1

1　象徴した
3　象徴していた

2　象徴している
4　象徴していく

2

1　生まれた
3　生まれない

2　生まれないでいる
4　生まれなかった

3

1　そうだろう
3　どうだろうか

2　そうだろうか
4　どうだっただろう

4

1　つくれたわけである
3　つくれるわけではない

2　つくれないわけではない
4　つくれなかったわけである

5

1　矛盾に満ちた
3　矛盾を感じた

2　矛盾に満ちていた
4　矛盾を感じていた

2課　条件を表す文

文章としてのまとまりを持たせるために、ある条件をどう扱うかがポイントになることがあります。仮定か・確定かの判断とともに、後に来る文はどうつながるのかなどが文の流れを決める要素になります。

◇◇◇

A　条件を表す文法形式（仮定か確定か）

◆同じ文法形式でも、実現していないことを仮定して条件を言う場合（仮定）と、実現したことを条件として言う場合（確定）があります。文脈からそれらを判断します。

１．〜とあれば　→第1部9課

　　例・わたしが経営している幼稚園が存続の危機に陥っている。地域の子供たちはどうなるのだろう。子供たちのため**とあれば**、わたしは私費も投じるつもりだ。（確定）

２．〜たら最後・〜たが最後　→第1部9課

　　例・我々は社会的な信用を失わないようにしなければならない。信用を失っ**たら最後**、取り戻すのは難しい。（仮定）

　　・今回の事故で我々は社会的な信用を失ってしまった。信用を失っ**たら最後**、取り戻すのは難しいだろう。今後の方策を真剣に考えなければならない。（確定）

３．〜ようでは　→第1部9課

　　例・君は小さいことを気にし過ぎだ。小さいことをいちいち気にする**ようでは**、いい仕事はできないだろう。（確定）

４．〜なしに（は）・〜なしでは・〜なくして（は）　→第1部9課

　　例・どんな分野でも基礎研究には経済的支援が必要だ。支援**なしには**いい研究はできないだろう。（仮定）

　　・我々の研究は国に理解してもらえず、経済的支援が得られなかった。支援**なしには**研究は続けられない。計画を中止せざるをえなかった。（確定）

５．〜くらいなら　→第1部9課

　　例・これ以上無理をしたら体を壊すかもしれない。体を壊す**くらいなら**、この仕事はあきらめたほうがいい。（仮定）

　　・無理をして体を壊してしまった。体を壊す**くらいなら**、初めから引き受けなければよかった。（確定）

6．〜（よ）うと（も）・〜（よ）うが　→第1部10課

例・周囲の人はこの計画に反対するかもしれない。たとえ反対されようと実行したいと思っている。

（仮定）

　・周囲の人はこの計画に反対している。しかし、反対されようと計画は変えられない。（確定）

7．〜たところで　→第1部10課

例・議論をまだ続けますか。続けたところでいい結論は出ないと思いますが。（仮定）

　・朝から議論をしている。しかし、議論をしたところで無駄だ。（確定）

B　反実仮想（実現しなかったことを仮定する）

◆実際には起こらなかったことを言うために、事実とは違っていることを仮定する言い方です。後悔やほっとした気持ちを表すことが多いです。　→第3部1課

仮定：「〜ば・〜たら・〜なら」または「〜ていれば・〜ていたら・〜ていたなら」

文末：「〜のに・〜だろうに・〜ところだった・〜んだった・〜ばよかった・〜ものを」

例・事故を起こしたあの電車に乗っていたら、危ないところだった。

　（事実：電車に乗らなかったから危なくなかった。）

　・言葉の使い方にもう少し注意していれば、誤解されないで済んだものを。

　（事実：言葉の使い方に注意しなかったから誤解された。）

C　条件表現のそのほかの用法：前置き

◆思考や発話を表す動詞（思う・考える・思い出す・振り返る・言うなど）を使って前置きを言います。仮定の意味はありません。

例・思えば、あの事件もずいぶん昔の話になった。

　・考えてみれば（考えてみると）、誤解の原因はわたしの方にあるのかもしれない。

　・わたしに言わせてもらえば、苦労したことがない人にリーダーの役はできない。

　・住民税の増税は、言ってみれば「弱い者いじめ」であるという声も出ている。

　・はっきり言うと（言えば）、この作品は前のより悪い。

どちらか適当な方を選びなさい。

1 どんな会社も営業部門が大切で、わが社も力を入れている。（①a 営業活動を抜きにしては
 b 営業活動をしないとあれば）、会社の経営も成り立たないと言ってもいいくらいだ。しかし、
 営業マンに対する扱いは厳しい。結果を（②a 出したら最後　　b 出さないことには）、評価
 してもらえない。先日も1週間頑張ったが、注文がうまく取れなかった。上司に、1週間で注
 文が1件も（③a 取れないとしたら　　b 取れないようでは）営業マンとは言えないと言われ
 てしまった。

2 教育をめぐってさまざまな議論が起きている。「詰め込みは良くない。子供たちに自分で考えさ
 せるようにしなければ（①a だめだ　　b だめだっただろう）という意見がある。これに対し
 て、一定の知識をきちんと（②a 教えなかったのなら　　b 教えることなしには）子供たちの
 基本的な力はつかないという意見もある。いずれにしても、今の公教育を真剣に（③a 考えな
 ければ　　b 考えないとあれば）日本の将来が心配だ、という危機感から発した議論であろう。

3 大人になってから、若いときもっと勉強して（①a おくんだった　　b おけばいい）と後悔する
 人が多い。わたしも、勉強しろとうるさい親の言うことを（②a 聞いていればいい　　b 聞い
 ていればよかった）と思うことがある。成績の問題ではなく、難しい（③a 課題だとしたら
 b 課題であろうと）一定時間取り組んでいられる我慢強さは、子供のときに養われるものかも
 しれないのだ。

4 就職活動ではさんざんな目にあった。第一、活動を開始したのが遅かった。もっと早くから始
 めれば（①a チャンスがあるが　　b チャンスがあったものを）、10月にはもういい就職先は
 ない。日本語の力も弱かったと思う。面接で、「日本語が上手に（②a 話せないようでは
 b 話せないとしたら）接客業は無理だ。」と言われた。その通りだと思う。後輩に言いたい。君
 たちはまだ時間がある。日本語能力試験にも（③a 合格したほうがいい　　b 合格すればよ
 かった）。頑張ってください。

まとめ 次の文章を読んで、文章全体の趣旨を踏まえて、 1 から 5 の中に入る最もよい
ものを1・2・3・4から一つ選びなさい。

　いかなる組織においても、最も重要な判断は人事である。 1 、有能な人間が集まれ
ば、あとは自然に良い方向へ流れて行く。人事を司る人間に必要なものは、何と言ってもす
ぐれた大局観と公平さである。この二つを兼ね備えた人間が 2 、その人に人事を一任す
るのが最もよい。民主主義とは多数決であるから、しばしば力関係が反映され過ぎ公平を欠く
し、大局観も平均値的レベルにしかなり得ない。学内人事におけるすぐれた大局観とは、その
学問分野全体を展望する広い視野と、これからの潮流を流行にとらわれずに見通す洞察力であ
る。公平とは無私である。

　この二つを備えた人間を探すのは、考えるほど容易でない。 3 、民主主義花盛りの現
今では、その人間に一任とはなりにくい。そこで通常は、学問的業績の高い人とか政治能力の
高い人、人格の高い人、派閥の長などが民主的会議の場で実権を 4 。ところが、このよ
うな人々が、上に述べた二つの資質を持っているとは限らないのである。学問的業績が高いと
いうことは、細分化された現在の学問では、それだけ自らの専門への傾斜が強かったというこ
とは 5 、すぐれた大局観を必らずしも意味しない。人格や政治能力が学問的見識と無関
係なのは言うまでもない。

（藤原正彦『遥かなるケンブリッジ　一数学者のイギリス』新潮文庫刊）

1　1　人事さえうまく行き　　　　　　　2　人事がうまく行かず

　　3　人事がうまく行かないとしても　　4　人事さえうまく行ったとしても

2　1　いると　　　　　　　　　　　　　2　いれば

　　3　いたとすれば　　　　　　　　　　4　いたとなったら

3　1　仮にいたとしたら　　　　　　　　2　仮にいないとしたら

　　3　そもそもいないことには　　　　　4　たとえいたとしても

4　1　握りたくなる　　　　　　　　　　2　握れなくなる

　　3　握ることになる　　　　　　　　　4　握ることはなくなる

5　1　意味しても　　　　　　　　　　　2　意味したところで

　　3　意味しないが　　　　　　　　　　4　意味しないにしても

文章としてのまとまりを持たせるために、書き手はふつう、いつも同じ視点から物事を述べます。視点を動かさないようにするために、いろいろな手段が使われます。

　視点＝話者が物事を見ている位置

　日本語では、視点を話者側に置くのが自然です。

◇◇

A　話者を主語にする場合

◆次のような動詞を使った文で、動作主が話者のときは、話者を主語にして話者の視点から述べるのが普通です。

動詞の種類	例
ものが動作主から相手に移動することを意味する動詞	（〜に〜を）譲る・渡す・預ける・授ける
動作や感情が動作主から相手に向かうことを意味する動詞	（〜を）捕まえる・いたわる・支持する・助ける （〜に）憧れる・頼る・反感を持つ・期待する
ものが相手から動作主に移動することを意味する動詞	（〜から〜を）得る・預かる・授かる

◆動作主が他者で、動作や感情が他者から話者に向かうことを表すとき、話者を主語にして受身の形で述べることが多いです。　→第3部5課

　例・わたしは両親に期待されている。

＊話者と他者がお互いに相手に向けて同じ動作をすることを表すときは「〜合う」を使い、話者と他者の両方を主語にして述べることが多いです。

　例・わたしとカンさんは助け合って仕事をしている。

　　・わたしたちはいたわり合って生きてきた。

B 自動詞・他動詞の使い分け
じ どう し た どう し つか わ

動詞の種類	意味	例
他動詞	変化を起こす動作に注目 へん か お どう さ ちゅうもく	（電化が）文化水準を高めた。
	失敗・責任 しっぱい せきにん	車をガードレールにぶつけた。 チャンスを逃した。 のが
	慣用的表現 かんようてきひょうげん	心臓が脈を打っている。 みゃく おなかを壊した。 こわ
自動詞	物の動き・変化に注目 もの うご へん か ちゅうもく	文化水準が高まった。 たか
	可能 か のう	トラックに全部の荷物が載るだろうか。 の このロボットはもう動かない。
	動作の結果 どう さ けっ か	針に糸を通そうとして、4回目にやっと通った。 作品ができ上がった。

[練習1] どちらか適当な方を選びなさい。

1 政権の交代は我々国民にとっても大きな問題だ。影響を（①a 与える　b 受ける）人は少な
せいけん　　　　　われわれ　　　　　　　　　　　　　　　　　えいきょう
くない。新政権には政治的影響を（②a 与えた　　b 受けた）責任をしっかり考えて政治を
行ってほしい。いつの時代も政治の影響を（③a 与える　　b 受ける）のは、力を持たない普
通の庶民たちだが、庶民がかろうじて影響を（④a 与える　　b 受ける）立場に立てるのは選
　　しょみん　　　　　　　　　　　　　　　　　　　　　　　　　　　　　　　　　　　せん
挙の時だけだ。
きょ

2 （①a おなかを壊して　　b おなかが壊れて）困っていたら、友達が薬をくれた。「ありがとう。
　　　　　こわ
（②a 助けたわ　　b 助かったわ）。」とお礼を言った。（③a わたしには　　b 彼女には）い
ろいろな悩みを打ち明けている。大切な友達である。
　　　なや　う あ

3 「これ、しばらく（①a お宅に預けるよ　　b お宅で預かるよ）。」と親戚に言われて、うちで
　　　　　　　　　　　　　　　　　　　　　　　　　　　　　しんせき
は大切な置物を（②a 預ける　　b 預かる）ことになった。しかし、ひとたび（③a 災害を起
　　　　おきもの　　　　　　　　　　　　　　　　　　　　　　　　　　　　　　　さいがい
こせば　b 災害が起きれば）、うちだって安全かどうかわからない。早く（④a 引き取ってほ
　　　　　　　　　　　　　　　　　　　　　　　　　　　　　　　　　ひ と
しい　　b 返してほしい）。

4 雑誌『生活の友』の８月号にわたしの（① a 作品が載る　　b 作品を載せる）から原稿を書いて
ほしいという出版社の依頼で、原稿を書き始めた。しかし、なかなか（② a 進まない　　b 進
めない）。編集者に事情を話したら、（③ a 締め切り日が３日延びてくれた　　b 締め切り日を
３日延ばしてくれた）。今日、（④ a その８月号が出た　　b その８月号を出した）という新聞
広告を見たので、さっそく買ってきた。

5 家事や育児は、夫婦の共同作業が望ましいということに（① a なっているが　　b しているが）、
多くの場合、女性の負担の方が大きいのが現状だろう。わたしの場合もそうだった。特に（②
a 小さい子供が育っている　　b 小さい子供を育てている）時期は、社会とのつながりが薄く
なってしまい、どうしても孤立感を持ちやすい。わたしはツイッターというインターネットの
（③ a コミュニケーションサービスができてから　　b コミュニケーションサービスを作って
から）、この孤立感から抜け出せたような気がする。（④ a 友人に教わった　　b 友人が教え
た）のだが、これはインターネット上に短いメッセージをリアルタイムで投稿するシステムで
ある。主婦たちの間で次第に（⑤ a 広まっている　　b 広めている）。

6 （① a 科学技術が進んでも　　b 科学技術を進めても）人間は次々に（② a 起こる　　b 起こす）
新たな問題に取り組まなければならない。特に科学技術の進歩により（③ a 可能になった
b 可能にした）人間の遺伝子操作は、大問題だ。「遺伝子というものは（④ a 授かったものだ
b 授けたものだ）」という発想は、時代遅れになりつつあるのだろうか。遺伝子組み換え技術は
もとより、現在、人の命を奪う兵器の技術も、人の命を救う医療の技術も、その水準が（⑤ a
高まってきている　　b 高めてきている）。こんな時代にあって、（⑥ a 科学技術が次の世代
にどう伝わるか　　b 科学技術を次の世代にどう伝えるか）が教育現場の課題であろう。

7 仕事のゴールはもうすぐだ、頑張れとわたしは自分に（① a 言い聞かせた　　b 言い聞かされ
た）。この１年、１日９時間は実験室にこもって仕事を続けようと（② a 決まって　　b 決めて）、
その通りに（③ a 守ってきた　　b 守られてきた）。研究室の同僚たちも同様である。（④ a 励
ますことで　　b 励まし合うことで）、（⑤ a 頑張れた　　b 頑張り合えた）のである。（⑥ a 研
究成果が賞を受ける　　b 研究成果に賞を与える）としたら、チームワークの結晶だと言いたい。

まとめ 次の文章を読んで、文章全体の趣旨を踏まえて、　1　から　5　の中に入る最もよい
　　　ものを１・２・３・４から一つ選びなさい。

　　いまから17年ぐらい前に、ユネスコ・アジア文化センター（ACCU）から、「識字教育のため
の　1　のですが、やってくれませんか」という話がきました。識字というのは文字の読み
書きや、簡単な計算能力のことで、文字が読めない人たちが、勉強することの大切さをアニメ
で知ってもらおう、というのが識字アニメ制作の企画意図です。

　　ACCUは、アジア地域において、有形・無形文化遺産の保護や、平和や教育の　2　活動
をしていて、特に識字に　3　。それは、アジア地域に６億もの字が読めない人がいて、そ
の中の３分の２は女性だったからです。その人たちは文字が読めないために貧しい生活を強い
られていました。そこでACCUが識字アニメ制作を企画したのです。

　　ぼくはこのような活動をきっかけにして、アニメーションが世界に　4　のもいいんじゃ
ないかな、と思ったので、その仕事をお引き受けすることにしました。アニメと関係のなさそ
うな一般の人たちのために、日本が得意とするアニメで　5　のなら、こんなうれしいこと
はないと思いました。

（鈴木伸一『アニメが世界をつなぐ』岩波ジュニア新書による）

1
1　アニメができる　　　　2　アニメを作りたい　　　3　アニメを頼む　　　　4　アニメを頼まれる
2
1　大切さを広める　　　　　　　　　　　　2　大切さが広まる
3　大切さが広められる　　　　　　　　　　4　大切さが広まっている
3
1　力が入りました　　　　　　　　　　　　2　力が入ってきました
3　力を入れていました　　　　　　　　　　4　力が入れてありました
4
1　広げていく　　　　　2　広げてくる　　　　　3　広がってくる　　　　4　広がっていく
5
1　お役に立つ　　　　　　　　　　　　　　2　お役に立てられる
3　お役に立っている　　　　　　　　　　　4　お役に立てている

4課 **視点を動かさない手段 - 2　「〜てくる・〜ていく」の使い分け**

～てくる───────→話者がいる実際の位置───────→～ていく

話者の心理的位置

話者がいる時点

A　「〜てくる・〜ていく」をつける場合

◆動作の方向や話者のいる位置をはっきりさせるために、移動の動詞や方向のある行為を表す動詞には「〜てくる・〜ていく」をつけたほうがいい場合があります。

例　× 先週、国からお客様が<u>訪ねた</u>。（どこを訪ねたかわからない。）

　　○ 先週、国からお客様が<u>訪ねてきた</u>。（話者のところを訪ねた。）

　　？ 隣に住んでいる人はいつもいろいろ文句を<u>言う</u>ので、気をつけよう。

　　　（だれに文句を言うのかわからない。）

　　○ 隣に住んでいる人はいつもいろいろ文句を<u>言ってくる</u>ので、気をつけよう。

　　　（話者に文句を言う。）

B　視点の位置

◆視点の固定：現在話者が実際にその位置にいなくても、心理的に話者のいる位置に視点を置いて述べることができます。

例・わたしは毎年沖縄の実家に帰る。今年はいとこたちが子供を<u>連れてくる</u>と言っていた。

（話者の心理的位置＝実家）

　・実家には何年も帰っていないが、今年はいとこたちが子供を<u>連れていく</u>と言っていた。

（話者の心理的位置≠実家）

◆視点の移動：複文、または文章の中で話者の心理的位置が変われば、視点も変わります。

例・昨日、学校へ本をたくさん<u>持っていく</u>と、リンさんも大きな荷物を<u>抱えてきた</u>。

（話者の（心理的）位置＝家→学校）

　・大きな道具はここに<u>置いていこう</u>。そうすれば、だれかが気がついて会場まで<u>持ってくる</u>だろう。

（話者の（心理的）位置＝ここ→会場）

◆小説や情景の描写などでは、書き手は感情移入している登場人物の視点に立って書くことが多いです。

例・いつものカフェでコーヒーを飲んでいると、背の高い男が近づい①てくるのが見えた。男は、かおりがそこにいることに気がつくと、さっと振り向いて足早に駆け②ていった。

追っ③ていこうとしたが、すでに姿は見えなくなっていた。

　　　登場人物　　　：かおり　男

　　　書き手の視点：かおり側へ　①〜てくる

　　　　　　　　　　かおり側から　②〜ていった　③〜ていこう

練習1　どちらか適当な方を選びなさい。

1-a　下山途中、けがをしてしまった。だんだん暗くなってきた。遠くに明かりが見えたので、足を引きずって（a きたら　　b いったら）民家だった。その日はそこに泊めてもらうことにした。

1-b　下山途中、けがをしてしまった。辺りは暗かったが、この山小屋までやっとの思いで歩いて（a きた　　b いった）。今日はここに泊めてもらうことにした。

2-a　ベルトコンベアで部品が運ばれて（a きた　　b いった）。わたしのアルバイトはこの部品を箱に詰める仕事だ。

2-b　工場ででき上がった商品は、出荷のためにベルトコンベアで運ばれて（a きた　　b いった）。これからあの電気製品は、日本から遠く離れた国の人たちにも使われるのだ。

3-a　電話が鳴ったので受話器をとると、田中さんへの電話だった。食事に出かけたと伝えているちょうどそのとき、本人が帰って（a きた　　b いった）。

3-b　電話が鳴ったので受話器をとると、田中さんへの電話だった。ちょうど事務所を出て（a きた　　b いった）ばかりだったので、伝言を聞いておいた。

4-a　博物館の展示を見た後、出口のところで偶然友達に出会った。それで、一緒にお茶を飲みながら、近況や、見て（a きた　　b いった）土器のことを話した。

4-b　博物館の入り口のところに「歴史的に古いものから順番に土器が並べられていますから、順番に見て（a くれば　　b いけば）、自然に出口に出ます。」と書いてあった。

練習2 どちらか適当な方を選びなさい。

1 大阪へ出張の日のことだった。この1か月、次第に仕事の量が多くなって（①a きたので
   b いったので）疲れていた。駅に向かう途中、大阪での会議のためにもう一つ別の資料を持っ
   て（②a きた　　b いった）ほうがいいことに気がついた。会社に電話したら、田中さんがす
   でに出て（③a きていた　　b いっていた）。わたしは電話で田中さんに、これから東京駅へ
   向かい、改札口で待っているから、東京駅へ資料を持って（④a きて　　b いって）ほしいと
   頼んだ。

2 10歳までわたしはタイに住んでいた。家はとても広かった。何人お客さんが訪ねて（①a き
   ても　　b いっても）大丈夫だった。わたしはお客さんが持って（②a くる　　b いく）お土
   産が楽しみだった。でも一番うれしかったのは、ときどき日本から送られて（③a くる
   b いく）祖母からのお菓子だった。昨年、昔住んでいた家を訪ねてみた。懐かしい家に近づい
   て（④a くると　　b いくと）、昔のままの空気が感じられた。

3 学校の遠足の付き添いは大変だ。ある時は先頭になって歩いて（①a くる　　b いく）し、ま
   たある時は子供たちの一番後ろに回って、全員が先頭の先生に（②a ついてきているか
   b ついていっているか）を確認しながら歩かなければならない。

4 留守番をしている子供に電話して、宅配便の人が荷物を持って（①a きたら　　b いったら）、
   受け取っておくようにと頼んでおいた。そして、お父さんが帰って（②a きたら　　b いっ
   たら）、お母さんはおばあちゃんの家にりんごを持って（③a きた　　b いった）と伝えるよ
   うに言った。

5 これまでわたしは写真家として、「暮らし」をテーマに撮り続けて（①a きた　　b いった）。
   そして、写真を撮るだけの人間として、社会的発言は控えて（②a きた　　b いった）のだ。
   しかし、この度の事件をきっかけに、世界の枠組みが大きく変わって（③a くる　　b いく）
   のを感じている。すでにわたしは60歳を越えているが、残りの人生は今までの自分から脱皮し、
   発言をして（④a くる　　b いく）べきだと考えている。

まとめ 次の文章を読んで、文章全体の趣旨を踏まえて、 1 から 5 の中に入る最もよい
ものを１・２・３・４から一つ選びなさい。

　昔から日本人は山からの恵みを得て 1 。山には多くの森林がある。森林は材木の宝庫
であるだけでなく、空気中の炭酸ガスを吸収してくれるので、環境保護にはなくてはならない
ものだ。

　日本は国土の約７割を森林が占めている。こんなに多くの森林があるのに、林業をする人や
山村に 2 人が減って、森林の手入れが行き届かなくなっている。森林の手入れとは、木
の下に 3 草を取ったり、木と木の間に適度な空間ができるように、植え方を調節するこ
とである。この手入れをしないと、元気な森林にはならない。

　また、最近ではもともと日本にはない、外国から 4 植物によって、森林のバランスが
崩れてきている。これらのバランスを取り戻すための手入れも必要になっている。

　日本は世界に向かって温室効果ガスを減らすと約束している。この約束を果たすため、森林
の国日本は、森林による炭酸ガス吸収に頼る部分が大きい。それにはどうしても森林の元気な
力を取り戻す必要がある。政府もいろいろな対策を考えているが、まだまだ不十分だ。どうす
れば豊かで元気な森林を 5 ことができるか、民間レベルでも真剣に考えるべきときが来
ていると思う。

1
1　暮らしてくる　　　　2　暮らしていく　　　　3　暮らしてきた　　　　4　暮らしていった
2
1　住む　　　　　　　　2　住んでいた　　　　　3　住んでいく　　　　　4　住んでくる
3
1　生えてくる　　　　　2　生えていく　　　　　3　生えていった　　　　4　生えていた
4
1　出ていった　　　　　2　出てきた　　　　　　3　入っていった　　　　4　入ってきた
5
1　守ってくる　　　　　2　守っていく　　　　　3　守っている　　　　　4　守っていった

A 受身文を使う場合

1. 話者が、第三者の行為または出来事の影響を直接的・間接的に受けたことを表すとき

   （主語はふつう話者、または動作主よりも心理的に話者に近い人） →第3部3課

   例・残り1分で相手チームの選手にゴールを入れられ、逆転された。

2. 主題についての情報を重視するため、動作主をはっきり言う必要がないとき

   （主題とともに動作主も大切な情報のときは「〜によって」を使って示す。）

   例・内容がわからない手紙を送られたらびっくりするのは当然だ。

   ・ベートーベンによって作曲されたこの合唱曲は、世界中で歌い継がれている。

3. 慣用的表現として、決まった語とともに受身の形だけで言う言い方のとき

   例・バスに揺られる　　・努力が報われる　　・才能に恵まれている

   ・魅力に引かれる　　・悪夢にうなされる　　・災難に見舞われる　　・必要に迫られる

4. 自然にそのような気持ちになると言いたいとき：自発を表す文

   （心の動きを表す動詞を使う。）

   例・どうしてあんな不注意なことをしてしまったのかと悔やまれる。

   ・この件については、国会での激しいやり取りが予想される。

B 使役文を使う場合

1. 強制

   例・医者はその患者を即刻入院させた。

2. 許可・恩恵

   例・勝手な行動はさせないぞという店長の態度には怒りを感じる。

   ・近所においしい魚料理を食べさせる店ができた。

3. 原因・誘発

   例・これ以上親を悲しませるようなことをするな。

   ・この地震は大勢の住民に避難生活を余儀なくさせた。

4. 責任・放任

   例・飼い方が悪くて、かわいい小鳥を死なせてしまった。

・わたしの不注意で子供にけがを<u>させて</u>しまった。

・野菜を<u>腐らせて</u>しまった。

5．他動詞化

例・田中さんは声を<u>震わせて</u>、事件の様子をみんなに語った。

　・妹は目を<u>きらきらさせて</u>、プレゼントの包みを開けた。

　・いつかこのバイオリンできれいな音を<u>響かせたい</u>。

　・夜遅く車を<u>走らせて</u>、海を見に行った。

C　使役受身文を使う場合

1．強制されること

例・入社当時、課長に何度もあいさつの練習を<u>させられた</u>。

2．必然的感情・行為

例・今度の事件をきっかけに、わたしは報道のあり方を深く<u>考えさせられた</u>。

　・このところずっと職場の人間関係に<u>悩まされている</u>。

練習1 （　　　　）の中の漢字で始まる動詞を文章の流れに合う形にして、書き入れなさい。

1　わたしはばらの花の美しさに（①引　　　　　　）、今年こそ見事なばらの花を（②咲　　　　　　）
　みたいと思った。そこで、先日苗を（③買　　　　　　）きた。しかし、結局虫に（④食　　　　　　
　　　　　　）、苗は枯れた。

2　卒業が（①迫　　　　　　）いるのにまだ就職が決まっていない。母にこのことを（②話　　　　　
　　　　　　）と、母は顔を（③曇　　　　　　）、「あなたには相変わらず（④心配　　　　　　）ね。でも、
　就職難では仕方がないね。」と（⑤言　　　　　　）。

3　聖書には「右のほおを（①打　　　　　　）たら、左のほおも差し出しなさい」とか「下着を取ろ
　うとする者には上着も（②取　　　　　　）なさい」という意味のことが書いてあるが、わたし
　たちがこの聖書の教えを（③守　　　　　　）のは難しい。社会には悪には悪で返す事件が多い
　し、下着を（④取　　　　　　）た後、続けて上着も（⑤取　　　　　　）ような災難も相次いでいる。
　それにしてもこの言葉には深く（⑥考　　　　　　）。

練習② ＿＿＿の上に適当な助詞を書き、（　　　　　）の中の動詞を文章の流れに合う形にして、書き入れなさい。

1　このところ仕事＿＿＿（②追う→　　　　　　　　　　）、旅行する余裕などなかったが、やっと休①暇が取れたので、この山里の温泉に来た。バス＿＿＿（④揺る→　　　　　　　　）3時間、仕③事のこと＿＿＿（⑥忘れる→　　　　　　　　）、いい気持ちで外の景色を見ながらここまで来た。⑤このところ部長＿＿＿何度も書類の書き直しを（⑧する→　　　　　　　　）、つらい思いをし⑦てきたが、ゆっくり温泉に入っていたら、なんだか（⑨報う→　　　　　　　）ような気分に　　　　　　　　むくなった。

2　ある人に仕事＿＿＿（②する→　　　　　　　　　）ために、お金を払うことを約束して（③雇う→①　　　　　　　　）ことを「雇用」と言う。雇用する人を雇用主、（④雇用する→　　　　　　　）　　　　　　　　　こよう　　　　こようぬし人を「被雇用者」と言う。両者の間には「雇用契約」＿＿＿（⑥交わす→　　　　　　　　）。被雇ひこようしゃ　　　　　　　　　　　けいやく⑤　　　かわす用者が不当に（⑦働く→　　　　　　　）場合には契約違反になる。また、被雇用者＿＿＿契⑧約どおりに（⑨働く→　　　　　　　）場合に、雇用主は被雇用者＿＿＿（⑪辞める→⑩　　　　　　　）こともある。

3　夏目漱石の「吾輩は猫である」という小説は1905年1月から8月まで、雑誌『ホトトギス』になつめ そうせき　　わがはい（①連載する→　　　　　　　）小説である。竹やぶに（②捨てる→　　　　　　　）猫が、珍れんさい　　　　　　　　　　　　　　　たけ　　　　　　　　　　　　　　　　　　ちん野苦沙弥という教師＿＿＿（④飼う→　　　　　　　）ことになった。この猫が猫の目で（⑤の くしゃみ　　　　　③　　か観察する→　　　　　　　）人間や社会の姿がこの小説のテーマである。苦沙弥は実は夏目漱　　　　　　　　　　　　　　　　すがた石自身で、彼は猫の目を借りるという手法で、社会＿＿＿（⑦批判する→　　　　　　　）のしゅほう　　　　　　　⑥　　　　ひ はんである。この痛快な風刺小説には、漱石の正義感＿＿＿（⑨感じる→　　　　　　　）ものがつうかい　ふうし　　　　　　　　せい ぎ かん⑧あると評判になった。また、落語＿＿＿（⑪思う→　　　　　　　）語り口が笑いの文学としらくご⑩かた くちて（⑫評価する→　　　　　　　）、読者の支持を得た。どくしゃ　し じ

まとめ 次の文章を読んで、文章全体の趣旨(しゅし)を踏(ふ)まえて、 1 から 5 の中に入る最もよい
ものを１・２・３・４から一つ選びなさい。

　大人になってから、大人としてやるべきことを、しっかりやることは、大人の快感かもしれ
ない。ただ、それは、子どものじぶんを静かにさせて、しっかりやったということではないの
かな。静かに 1 子どものじぶんは、押し入れの中で、うらみがましい目で、大人のじぶ
んを見ているかもしれない。断言してみたい。じぶんとは、子どものじぶんである。大人のじ
ぶんは、じぶんがつくったじぶんである。つくったじぶんよりも、じぶんのほうが、よっぽど
じぶんのはずで。押し入れに 2 、さるぐつわ(注)をかまされて 3 、そいつは生きて
足をばたばたさせている。

　よし、言おう。言ってしまおう。人間とは、子どものことである。

　ぼくは、いろんな大人たちのことを理解するために、彼らひとりひとりを、想像上の中学の
教室のなかに置いてみます。そうすると、いるんです、中学生の彼や彼女が。理屈の得意なお
じさんは、口を 4 大声を出して笑われているやつだったり、気取った女性は、見栄っ張
りのおませさんだったり、なんか中学生の姿で 5 んです。いいやつもいるけれど、たい
ていは、たいしたやつじゃありません。むろん、じぶんも含めて、たいしたもんじゃない。た
いしたことない中学生が、武器や飾りを身につけて、ちょいとえらそうにしてるだけです。笑っ
ちゃいます、よくがんばってるんです、それだけ。

（糸井重里　ほぼ日刊イトイ新聞2010年11月3日「今日のダーリン」http://www.1101.com/readers/2010-11-07.htmlによる）

（注）さるぐつわ：声を出さないように布などを口に入れて、後頭部(こうとうぶ)で結(むす)びつけておくもの

1

1　している　　　　　　2　した　　　　　　　　3　された　　　　　　　4　させられた

2

1　閉(と)じこめても　　　2　閉じこもっても　　　3　閉じこめられても　　4　閉じこもられても

3

1　黙(だま)っても　　　　　2　黙らせても　　　　　3　黙られても　　　　　4　黙らされても

4

1　尖(とが)って　　　　　　2　尖らせて　　　　　　3　尖られて　　　　　　4　尖らされて

5

1　見えている　　　　　2　見えていく　　　　　3　見えてくる　　　　　4　見てくる

A 視点の置き方

◆相対的に考えて、心理的に話者に近い方に視点を置きます。

わたし＞いとこ＞うちの社の田中社長＞A社の山中氏＞…＞…

例 ○ うちの田中社長はA社の山中氏に販売ルートを紹介してもらった。

（「うちの田中社長」の方が「A社の山中氏」より心理的に話者に近い。）

× A社の山中氏はうちの田中社長に販売ルートを紹介してあげた。

B 「～てあげる・～てもらう・～てくれる」を使うときの注意

◆恩恵の感情を入れないで中立的に言いたいときには、「～てあげる・～てもらう・～てくれる」は使いません。

仕事上のサービス行為にも「～てあげる」は使いません。また、相手のためにする行為にも「～てあげる」を多用すると恩着せがましくなります。

例 × この市にスポーツセンターを建設する際、県からも補助金を出してもらった。

○ この市にスポーツセンターを建設する際、県からも補助金が出された。

× 本日に限り、店内の商品を10％割引してさしあげます。

○ 本日に限り、店内の商品を10％割引いたします。

◆「～てもらう」と「～てもらえる」は「行為か・状態か」で使い分けます。

～てもらう　　他者にある行為を頼み、話者がその恩恵を受ける

例・店員に頼んで、ビールを届けてもらった。

～てもらえる　話者が他者の行為の恩恵を受けられる状態にある　＝「～てくれる」

（「他者に頼む」という意味がなくなる。）

例・あの店は何時でもビールを届けてもらえる。

・あの店は何時でもビールを届けてくれる。

◆「～てもらう・～てくれる」の発展的な使い方には次のようなものがあります。

～てもらう　　a) 許可を求めるとき（～させてもらう）

例・わたしにも意見を言わせてもらいます。

・ここにちょっと荷物を置かせていただきますね。

b) 他者の行為についての希望・指示を示すとき

例・総理大臣にはもっと責任感を持ってもらいたい。

　　・貸した金は必ず返してもらわなければならない。

c) 他者の行為が迷惑だと言いたいとき

例・今さらやめるなんて言ってもらっては困る。

　　・勝手にわたしの引き出しを開けてもらいたくない。

～てくれる　　a) 直接自分に対する行為でなくても、話者が「快」と感じたとき

　　　　　　　例・客が早々と帰ってくれた。

　　　　　　　　・やっと雨があがってくれた。

　　　　　　　b) 他者の行為の影響が自分に及び、迷惑だと感じたとき

　　　　　　　例・うちの息子が恥ずかしいことをやってくれて、わたしは世間に顔向けできない。

　　　　　　　　・まったくとんでもないことをしてくれたものだと思う。

練習1　適当なものを選びなさい。

1　市民文化祭は大成功だった。隣の市の人たちも手伝って（a あげた　　b もらった

　　c くれた）。

2　混雑した電車の中で偶然高校時代の友人に会った。少し熱があるとのことでつらそうだった。

　　しかし、だれも気がつかず、席を譲って（a あげなかった　　b もらわなかった　　c くれ

　　なかった）。

3　図書館から借りた本は期日までには必ず（a 返してあげなければ　　b 返してもらわなければ

　　c 返さなければ）いけません。

4　昨日重役会議があった。会社側は従業員の給料を（a アップしよう　　b アップしてあげよう

　　c アップしてもらおう）ということになった。

5　人がいなくても自動で庭の掃除をして（a あげる　　b もらう　　c くれる）掃除ロボット

　　がほしい。

6　駅前で新しくできたコーヒーショップのちらしを配っていた。そのちらしを持っていけば

　　20％割引して（a あげる　　b もらう　　c もらえる）ようだ。

7 患者さん本人によく説明し、この病気の原因や治療法をよくわかって（a　あげた
　　b　もらった　　　c　くれた）上で、今後の治療方針を決めていきたい。

8 その仕事は川田さんならやれる。川田さんに頼めばきっとやって（a　あげるだろう
　　b　もらうだろう　　　c　くれるだろう）。

9 津波の怖さを知って（a　あげるために　　b　もらうために　　c　もらえるために）、自分の
　　体験談を話すつもりだ。

10 山中さんが怒るのももっともだけど、高橋君の気持ちも（a　わかってあげてほしい　　b　わ
　　かってもらってほしい　　c　わかってくれてほしい）。

練習2　「あげる・もらう・くれる」を適当な形にして、_____の上に書きなさい。

1 会場の係員に場内を案内して①_____とのことだったので、車いすのままイベント会
　　場に入った。わたしを案内して②_____たのは、田中さんという若い女性で、彼女は
　　場内で迷っているお年寄りたちにも優しく声をかけて③_____いた。

2 自分をしかって①_____人がいるということは実はありがたいことだ。わたしのよう
　　な年齢になってしまうと、もうだれにもしかって②_____なる。逆に、わたしはとて
　　も気が弱いので、褒めて③_____ことはやっているが、人をしかることなんて怖くて
　　とてもできない。

3 「これ、もらって①_____とありがたいんだけど……。」と言って、わたしによく服を
　　譲って②_____友人がいる。彼女がもう着ない服だ。自分が要らない服を人にもらっ
　　て③_____のは、意外に難しい。二人がとても親しくて、服の好みが合っている場合
　　に限る。

4 自分がしたことでだれかが喜んで①_____……。人生においてこれに勝る喜びはない
　　と思う。言い換えれば、義務としてではなく、だれかに喜んで②_____ためにある行為
　　をするということは、この上なく幸せなことではないだろうか。わたしは人のために何かを「し
　　てあげる」のではなく、何か「させて③_____」という気持ちを忘れたくないと思っている。

まとめ 次の文章を読んで、文章全体の趣旨を踏まえて、 1 から 5 の中に入る最もよい
ものを１・２・３・４から一つ選びなさい。

　ある日わが家にどっさり 1 。わたしにこの花々を 2 友人には実はまだお目にか
かったことがない。今度１週間に１日だけシフトに入ることになった新しい職場の方。彼女も
出勤は木曜日だけとのことだから、同じ職場といっても顔合わせのときに会うぐらいで、これ
からも会う機会はあまり期待できない。メールで自己紹介し合って、すっかり意気投合した。
彼女の親しみやすい人柄とユーモアにほのぼのしたものを感じて、初顔合わせを楽しみにして
いたところ、ある晩メールが届いた。

　「今日、仕事を抜け出して観光花畑に参りました。本当にきれいでした。この美しさをぜひ田
中さんにも 3 と思いました。明日、春の花の香りがお宅に 4 。」

　メールを読んで「あしたはいいことがあるんだ」と、その日わたしはなんとなく心がはずんだ。
翌日花が届けられてもう一度さらに楽しむことができた。プレゼントを二つ頂いたような気分
だ。わたしはすぐに 5 。

　「わたしは何よりも花が好きです。春の花畑を思い浮かべています。春はもうすぐそこまで来
ているのですね。」

1
1　花を贈った　　　　　　　　　　　　　　2　花が贈られてきた
3　花が贈られていった　　　　　　　　　　4　花を贈ってもらった

2
1　送った　　　　　　　2　送ってもらった　　　3　送ってあげた　　　4　送ってくれた

3
1　楽しんでいただきたい　　　　　　　　　　2　楽しんでさしあげたい
3　楽しんでください　　　　　　　　　　　　4　楽しませてあげたい

4
1　届けてもらいます　　2　届けてあげます　　　3　届きます　　　　　　4　届いてあげます

5
1　返信した　　　　　　　　　　　　　　　　2　返信された
3　返信していただいた　　　　　　　　　　　4　返信してさしあげた

文章にまとまりを持たせるために、指示表現は大切な役割を果たします。文章中の指示表現には「そ」または「こ」系のものを使い、ふつう「あ」系のものは使いません。

◇◇

◆文章の中の指示表現はふつう、前に出てきた言葉や文を指します。しかし、考えたことや話の内容などの場合、指示表現の後に出てくるものを指すこともあります。

> 例・こんな場面を想像した。一人旅の飛行機の中である男性と知り合う。とても気があって、別れがたくなる……。
>
> ・今日は驚いたことがあった。そんなことは思ってもみなかったのだが、山田さんには子供が4人もいるというのだ。

◆「この」と「その」には次の二つの使い方があります。

　a)[その＋名詞]で「そ」が前の文章中のものを指す。(「そ」の＝「～」の)

> 例・最近ある有名人と知り合いになった。そのお嬢さんがうちの子と同級なのだ。
>
> 　(「そ」の＝「ある有名人」の)
>
> ・新しい調理器具を買った。しかし、その使い方に慣れるまで時間がかかりそうだ。
>
> 　(「そ」の＝「新しい調理器具」の)

　b)[この／その＋名詞]全体で前の文章中のものを指す。(「この／その～」=「～」)

> 例・うちの子はある有名人のお嬢さんと同級だ。この／そのお嬢さんが先日うちに遊びに来た。
>
> 　(「この／そのお嬢さん」=「ある有名人のお嬢さん」)

◆b)の使い方における「この」と「その」は、次のように使い分けます。

「この」−1　話者と指すものとの関係が密接であることや、その場にいるような感じを示したいとき

> 例・11月27日に野外で大がかりな実験を行った。この日の天候は快晴、東からの風がやや強かった。

「この」-2　前の文章中の言葉（固有名詞または個別の言葉）を、その語を含む広い概念の言葉で言い換えるとき（「その」は使わない。）

例・庭に<u>クリスマスローズ</u>を植えた。<u>この花</u>はクリスマスにもローズ（ばら）にも関係はないのだが、なぜかこの名前がついている。

（クリスマスローズ＜花）

・夏目漱石の『<u>こころ</u>』を改めて読み返してみた。<u>この作品</u>は人間が持つエゴイズムと倫理観とをテーマにしたものだ。前に読んだときとは違う印象を受けた。
（『こころ』＜作品）

「その」　指すものについて前の文章からは予想されないことを強調して言うとき（「この」は使わない。）

例・彼が作った<u>歌</u>は特徴のない普通の歌だった。<u>その歌</u>が大ヒットしたのだ。

・<u>母</u>は性格が明るく、いつもにこにこしている。<u>その母</u>が突然泣き出した。

◆そのほか「こう」と「そう」、「こんな・そんな」と「こういう・そういう」は次のように使い分けます。

「そう」　前の文を指して「～（だと）思う・言う」「～だ」「～する」の形の文になるとき（「こう」は使わない。）

例・健康の基本はバランスのとれた<u>食事だ</u>そうだ。確かに<u>そう</u>言える。

・植物に声をかけながら育てると、<u>いい花が咲く</u>と言う。本当に<u>そう</u>だろうか。

「こんな・そんな」　限定されたそのものを指すとき

例・友達に<u>ある花の原産地</u>を聞かれたが、<u>そんな</u>ことは知らないと答えた。

・<u>新しい年が始まったのになかなかやる気が起こらず、テレビばかり見ていた</u>。<u>そんな</u>とき思いがけないニュースが流れた。

「こういう・そういう」　指すものの内容を示すとき

例・友達に<u>ある花の原産地や育て方など</u>を聞かれたが、<u>そういう</u>ことはこの本に書いてあると言って、本を貸してあげた。

・<u>山川さんがこの1週間会社を休んでいる理由</u>を、部長に聞かれた。実は<u>こういう理由</u>なのだと、詳しく彼女の事情を説明した。

問題1 どちらか適当な方を選びなさい。

1 たとえこの計画に失敗したとしても、(a　この　　b　その) 責任はわたし一人で負うわけではない。

2 もし汚れがついたら、(a　この　　b　その) 部分にこの液体を少し付けるといい。

3 「人間は考える葦である」……(a　この　　b　その) 言葉の意味が小学生にわかるだろうか。

4 (① a　これ　　b　それ) は人から聞いた話だが、脳の老化を防ぐには赤ワインがいいというのだ。本当だろうか。(② a　こう　　b　そう) だとしたら、わたしは毎日赤ワインを飲みたい。

5 わが社は「ツーバイフォー」で家を建てている建築会社です。(a　この　　b　その) 建築方法は、２インチ×４インチの決まった形の木材で壁の構造を作るやり方です。

6 田中氏ほど健康管理をしっかりやっている人は珍しい。(a　この　　b　その) 田中氏が病気になったというのだ。本当に驚いた。

7 友人が生活のリズムを朝型に切り替えたら何かといいことが多いと言っていた。わたしもさっそく (a　こうして　　b　そうして) みよう。

8 駅を出ると突然の大雨だった。どうしよう、傘を買おうかと思って歩き出した。ちょうど (a　そんな　　b　そういう) ときだった。後ろから傘を差し出してくれる人がいた。

問題2 どちらか適当な方を選びなさい。

　皆さんは主題地図を知っていますか。(① a　この　　b　その) 地図は、ある決まった目的のために使われる地図です。わたしたちがよく目にする名所案内の地図、食べ歩きやショッピングのための地図、町の文化施設や公園、避難場所を示した地図などが (② a　この　　b　その) 例です。

　「さくらクラブ」は主題地図を自分で作ってみようという人たちの集まりです。(③ a　この　　b　その) 団体は山歩きのグループとして出発しましたが、今では地図作りが主な活動です。地図を作るのは難しいことでしょうか。メンバーも最初は (④ a　こう　　b　そう) 思っていたようですが、今ではいろいろな主題に挑戦しています。写真の場合、同じ森を見ても、(⑤ a　この　b　その) 美しさに感動して撮る人と、環境悪化を心配して撮る人がいるように、地図のテーマ選びにもその人らしさが表われます。

古今東西の健康法の本を読むと、必ず共通の考えかたが根底にあることに気づく。

それは、人間とは本来、健康で調和のとれた存在である、という考えかたである。人間はこ
の大自然の一部、宇宙の一部なのだから、もともとは健全で正しい姿であるはずだ。 1
不自然な生活習慣で歪んでいる。現代人はことに 2 。だからそれを本来の自然なすがた
にもどしてやらなければならない。

これがほとんどの健康法の土台になっている思想である。 3 は、明るく、前向きで、
気持ちがいい。究極のプラス思考といってもいいだろう。

たとえば呼吸法についての書物では、必ずといっていいほど赤ん坊の呼吸が理想の腹式呼吸
として語られている。たしかに赤ん坊は大きくお腹を上下させて呼吸しているようだ。泣く声
にもエネルギーがある。

以前、新幹線に乗ったとき隣席の赤ん坊が新横浜から京都まで、ずっと喉も裂けよとばかり
泣きつづけて、耳がおかしくなったことがあった。迷惑するというより、あまりのエネルギー
に、ただただ驚き呆れて、 4 泣きつづけられるだろうと興味をおぼえたほどだった。

しかし、赤ん坊の呼吸を天然自然の見事な呼吸法として、 5 、といわれても、どうだ
ろうか。

（『元気』五木寛之(幻冬舎)）

1
1 これが　　　　　　　2 それが　　　　　　　3 このため　　　　　　4 そのため

2
1 こうである　　　　　2 そうである　　　　　3 そうだろうか　　　　4 どうだろうか

3
1 この考え方　　　　　2 その考え方　　　　　3 あの考え方　　　　　4 すべての考え方

4
1 ここまで　　　　　　2 そこまで　　　　　　3 どこまで　　　　　　4 どうして

5
1 ここに帰れ　　　　　2 そこに帰れ　　　　　3 あそこに帰るな　　　4 どこにも帰るな

8課 「は・が」の使い分け

「は」と「が」は基本的な機能が違い、文章の中でそれぞれの役割があります。文章にまとまりを持たせるために、「は」と「が」を使い分けることが必要です。

◆「は」と「が」の基本的機能

例 この部屋は午後課長が使うことになっている。

「は」 主題（何について話すか）を示す。「この部屋は」

「が」 主格（動作・事態の主体）を示す。「課長が」

◇◇

A　文章の中での「は」と「が」の基本的用法

「が」初めて話題に出たもの、または読み手には特定できないと考えられるものを示す。

「は」すでに話題に出たもの、または読み手に特定できると考えられるものを示す。

例・関東地方北部に、①尾瀬という観光地がある。　②母はここを自分のふるさとのように思っているらしく、毎年出かけていく。山小屋の女主人と親しいのだ。　③彼女は今、一人で小屋を切り盛りしている。　④小屋の従業員は５人。若い人たちだそうだ。毎年、⑤大勢の人がこの地を訪れるが、中にこの山小屋で働きたいと⑥申し出る人がいる。　⑦５人は特にその希望が強かったらしい。

　　　初めて話題に出たもの　　　　　：①尾瀬という観光地が

　　　特定できないと考えられるもの：⑤大勢の人が　⑥申し出る人が

　　　すでに話題に出たもの　　　　　：③彼女は　⑦５人は

　　　特定できると考えられるもの　：②母は　④小屋の従業員は

B　初めて話題に出たものであっても「は」を使う場合

１．多くの人が注目していると思われる話題や、読み手も当然知っていると考えられる話題のとき

例・首相は４日、台風による被害状況を視察するために現地を訪れた。（新聞記事）

・多くの人に知られている名所ではあるが、世界遺産に登録されていないところがある。富士山はその一例である。

２．すでに話題に出たものに関係があるとき

例・明日の三者会談は中止だそうだ。理由は、その問題についての調査が完了していないからとのことである。（理由＝中止になった理由）

・女優の芝陽子が久々に映画に出る。<u>題名</u>は「風」。<u>監督</u>は若手の新人だが、期待されている。

(題名＝芝陽子が出演する映画の題名　　監督＝その映画の監督)

3．二つのことを対比させるとき

例・日本語には「もったいない」という言葉があるのだから、若い世代も<u>節約の大切さは</u>理解できると思う。しかし、<u>節約の方法は</u>まだ十分に考えられていないようだ。

・林氏は<u>政治理念は</u>立派だ。だが、<u>具体的な政策は</u>不透明だ。

C　すでに話題に出たものであっても「が」を使う場合

1．出来事が新しく展開するとき・前の文章とは流れが変わるとき

例・ある観光地で、若い夫婦が旅館を経営していた。夫は主に外交的な仕事、妻は宿泊客の世話をしていた。仲のいい夫婦で平和な日々が続いた。

ある年、<u>夫が</u>突然「旅館を閉じよう」と言い出した。

2．話題を「は」で取り上げた文の中で、その話題について述べるとき：「〜は〜が」文

(話題が書き手と読み手の間で明らかなときは、省略されることもある。)

例・今日、午後から敬語の使い方についての研修会が行われた。(今日の研修会は)<u>内容が</u>盛りだくさんで、終わったのは5時過ぎだった。

・省エネ機能が優れている製品が次々に開発されている。(省エネ機能が優れている製品は)<u>電気代が</u>安くて済み、そのため大人気なのである。

3．出来事の報告をするとき・ニュース性がある話題を述べるとき

例・今年の桜の開花は3月30日ごろと発表された。<u>開花日が</u>年々早くなっている。

練習1 「は」か「が」を＿＿＿＿の上に書きなさい。

1　1年前の事件の犯人がまだ捕まっていない。警察＿＿＿＿しっかり捜査しているのか。

2　昨夜11時ごろ関東・東海地方を中心に地震があった。震源地①＿＿＿＿静岡県南部、マグニチュード3、津波②＿＿＿＿観測されなかった。

3　今度の事件＿＿＿＿政府の危機管理の甘さを示している。国民は不安感を持った。

4　わたしはターシャ・チューダーという人の本を何冊も持っている。写真＿＿＿＿とにかくきれいなのだ。

5　今年も台風の季節になった。太平洋沖では早くも台風1号＿＿＿＿発生している。

練習2 「は」か「が」を＿＿＿＿の上に書きなさい。

1　川田さんは奥さん①＿＿＿＿2年前に復職できてとても喜んでいる。二人②＿＿＿＿同じ時間に出勤するが、仕事③＿＿＿＿多い奥さんの方④＿＿＿＿帰宅時間⑤＿＿＿＿遅い。

2　わたしは当時、子供①＿＿＿＿まだ小さい、保育所の空き②＿＿＿＿ない、通勤時間③＿＿＿＿長い、などの問題④＿＿＿＿あって、なかなか復職できなかった。このような状態では女性⑤＿＿＿＿仕事⑥＿＿＿＿続けられない。日本では、まだ多くの女性⑦＿＿＿＿この問題を抱えている。

3　母は高齢で足腰①＿＿＿＿弱く、歩行困難である。その母②＿＿＿＿毎朝神社にお参りに行っているという。その話を聞かされたとき、涙が出そうになった。母は何を祈っているのだろうか。思い当たること③＿＿＿＿あった。わたしは今、絶対に失敗してはいけないプロジェクトを抱えていた。そのプロジェクト④＿＿＿＿思うように進んでいない。母⑤＿＿＿＿それを心配していたのだと思う。

4　家の近くに市の図書館①＿＿＿＿ある。最近1階と2階②＿＿＿＿新しくなった。わたし③＿＿＿＿週に2、3度この図書館に行っているが、いつ行っても大勢の人④＿＿＿＿来ている。
　今日、その図書館にふだん見かけない外国人の女性⑤＿＿＿＿いた。女性⑥＿＿＿＿白いコート姿で何となく華やかだったので、人目を引いた。手には分厚い本。書名⑦＿＿＿＿「ファッション事典」のようだった。さらにまだ何か探している。後ろ姿⑧＿＿＿＿何とも言えないほどすてきな人だった。

まとめ 次の文章を読んで、文章全体の趣旨を踏まえて、 1 から 5 の中に入る最もよい
ものを 1・2・3・4 から一つ選びなさい。

　人間には、生きていくうえでどうしても必要なエネルギー 1 。心臓と肺を動かし、体
温を維持し、基本的な代謝(注1)を円滑にするための熱量で、これを基礎代謝量と呼ぶ。成人で
一日あたりおよそ2000キロカロリー。この範囲の熱量ならば、どれほど食べてもすべて燃や
されてエネルギーとして消費されるので、体重は増えない。

　 2 、基礎代謝量以上のエネルギーを摂取した場合である。ヒトの祖先がこの地球上に
出現してからおよそ700万年が経過したが、実はその大半を飢餓状態(注2)で過ごしてきた。
やっと食物にありついたとしても、次にいつ必要量の 3 は保証の限りではない。そうい
う状況が700万年ほど続いたのである。

　 4 当然と言わねばならない。すなわち、幸運にして基礎代謝量以上のエネルギーを摂
取できた場合は、それをできるだけたくさん取り込み、貯蓄するように身体の仕組みを整えた
のだ。(略)

　私たちの身体は、基礎代謝量以上のエネルギーを大切に溜め込むようになっている。
　 5 皆さんのお腹のまわりに付いている脂肪のベルトというわけだ。

（福岡伸一『動的平衡』木楽舎による）

（注1）代謝：古いものと新しいものが入れ替わること
（注2）飢餓状態：食べ物がなくて非常におなかがすいた状態

---

1 1　というものがある 　　　　　　2　ということはある

　　3　というものである 　　　　　　4　ということである

2 1　問題が 　　　　　2　問題は 　　　　　3　問題では 　　　　4　問題として

3 1　エネルギー源が見つかるか 　　　　2　エネルギー源は見つかるか

　　3　エネルギー源を見つけるか 　　　　4　エネルギー源は見つけるか

4 1　ヒトの身体が、それに対応したのが 　　2　ヒトの身体は、それに対応したのが

　　3　ヒトの身体が、それに対応したのは 　　4　ヒトの身体は、それに対応したのは

5 1　それが 　　　　　2　それは 　　　　　3　そうなれば 　　　　4　そうなると

接続表現は、文と文、段落と段落の関係をはっきりと示すために使われる言葉で、文章の展開を助け、文章にまとまりを持たせる役割を果たします。読む人にとっては、次にどんな内容が書かれているかを予測する手がかりになります。

◆文章で使われる、N1レベルの接続表現の基本的な使い方は次のようなものです。

（＊は硬い言い方）

	続け方	a	b
話題を変えない	A 並べる	追加する 　おまけに	対比する 　それに反して　その反面 どちらかであることを言う 　もしくは
	B 論理的に続ける	結果や結論を言う 　それゆえ＊ 　ゆえに＊	予想と反対のことを言う 　が＊　しかしながら＊ 　にもかかわらず 　とはいえ　とはいうものの 　だからといって　かといって 　そうはいっても　さりとて＊
	C 説明を補う	言い換える 　すなわち＊　いってみれば	足りない説明を言う 　ちなみに
D 話題を変える			それはさておき

A　話題を変えない―並べる

a 例・家を出るのが遅くなりいつもより遅いバスに乗ることになった。おまけに、道路が込んでいて、バスがなかなか進まない。（程度を高くすることを加える）

b 例・商品の販売価格は下落傾向にある。それに反して、商品を作るための必要経費は年々上昇している。（反対のことを言う）

　　・彼は優しい人だ。その反面、自分にも甘いところがある。（反対の評価を言う）

　　・書類に必要事項を記入し、郵送でお送りください。もしくは、ＦＡＸでも受け付けています。

（別の選択肢を言う）

B　話題を変えない―論理的に続ける

a　例・彼はまじめで責任感が強い。それゆえ、苦労も多いようだ。（結果を言う）

　　・この法律によって多くの人が不便を強いられている。ゆえに、この法律は改正すべきだ。

（結論を言う）

b　例・病院で薬をもらって飲み始めた。が／しかしながら、一向に治る気配がない。

（予想と合わないことを言う）

　　・この商品は安いとは言えない。にもかかわらず、かなりの売り上げがある。

（その事実に影響されない結果を言う）

　　・わたしはこの店が気に入っている。とはいえ／とはいうものの、全く不満がないわけではない。（その事実があっても成立しないことを言う）

　　・まだまだ道のりは遠い。だからといって／かといって／そうはいっても／さりとて、今さら引き返すわけにもいかない。（その事実があっても成立しないことを言う）

C　話題を変えない―説明を補う

a　例・今日は冬至である。すなわち、1年で最も日が短い日だ。（別の言い方で言う）

　　・わたしの会社は小さいので、社長のわたしは経理もすれば営業もする。いってみれば、何でも屋である。（例える）

b　例・この町はローマ時代から続く古都であり、たくさんの遺跡が残っていて観光客も多い。ちなみに、わたしは10年前にこの地を訪れたことがある。（中心的でないことを補足して言う）

D　話題を変える

b　例・友人から結婚式の招待状が届いた。レストランで小さい式をするとのこと。最近はこういう式を選ぶ人も多いようだ。経済的な理由も大きいのかもしれない。それはさておき、彼女には幸せになってほしいものだ。（別の方向に話を変える）

練習1 適当なものを選びなさい。

1 大量失業時代が到来しつつあると言われる。(①a にもかかわらず　　b ゆえに　　c それはさておき)、個人の労働時間は減っていないように思われる。(②a かといって　　b その反面　　c ちなみに)、単純に人員を増やしても、同一の生産性が得られるとは限らない。

2 今日は月が地球の影に隠れて完全に見えなくなる皆既月食の日だ。近くの天文台で観察会が開かれるので参加するつもりだ。(①a それに反して　　b とはいえ　　c おまけに)、心配なのは天気である。夕方までに晴れてくれるだろうか。(②a もしくは　　b それはさておき　　c ちなみに)、次に皆既月食が見られるのは３年後である。

3 現代の日本は、法律を守っていさえすれば基本的に何をしても自由な社会である。(①a しかしながら　　b すなわち　　c それゆえ)、社会の中では何らかの規範がなければ皆が生活しにくい。(②a おまけに　　b さりとて　　c いってみれば)、自分で規範を作り出すのは難しいことである。(③a それゆえに　　b にもかかわらず　　c その反面)、伝統的な規範を見直そうという動きも出てきているようだ。

4 資格を取るための勉強をしたいと考えている。この専門学校の通信教育コースなら大学に通いながらでも自由な時間に勉強ができるだろう。(①a にもかかわらず　　b もしくは　　c さりとて)、通学コースは夜も開校されているから、大学の授業が終わった後で行くことも可能だ。(②a それはさておき　　b それに反して　　c が)、夜アルバイトをすることを考えると、やっぱり通信講座の方がいいだろうか。(③a もしくは　　b そうはいっても　　c いってみれば)、勉強を始めたら忙しくてアルバイトどころではないかもしれない。

練習2 下の □ から適当なものを選び、_____ の上に書きなさい。

その反面　　いってみれば　　すなわち　　おまけに　　ゆえに

　8世紀に建築されたこの修道院は世界遺産に指定された。世界遺産に指定されれば、文化的に価値あるものとして、修復などの際には金銭的な援助が得られる。①_____、修道院を見るためにこの村を訪れる観光客が増えることも期待される。②_____、その建物の中で日常生活を送っている人たちは、ある権利を奪われている。③_____、建物のどこをどのように改修するかを決める権利が、彼らにはないのだ。電気のスイッチを設置する場所ひとつとっても、表から見えないことが最優先される。④_____、建築当時のままの生活の再現を強いられているのである。

まとめ 次の文章を読んで、文章全体の趣旨(しゅし)を踏(ふ)まえて、 1 から 5 の中に入る最もよい
ものを1・2・3・4から一つ選びなさい。

　庭の片隅(かたすみ)に畳1枚ほどの小さな畑を作って、サラダ用の野菜の種をまいた。やがて芽(め)が出て
葉がつき、まもなく食べごろか、と思っていた矢先(やさき)、虫に食われて葉は穴(あな)だらけ。結局収穫(しゅうかく)
には至(いた)らなかった。気がついてすぐに殺虫剤(さっちゅうざい)を使えばよかったのか。 1 、初めから土の中
に農薬を入れればよかったのか。 2 、人間が食べる野菜に生物を殺す薬を使ったのでは
人間にも不利益(ふりえき)だろう。もう少し様子を見ようと思っているうちに虫にやられた。

　同じ経験を多くの農業従事者(じゅうじしゃ)がしているはずだ。効率(こうりつ)よく収穫を上げようとすれば、化学肥
料(りょう)や農薬を使うことになる。 3 、好んでそうしているわけではない。人間に不利益な生
物を退治(たいじ)することが、生物の多様性(たようせい)の保持(ほじ)に反(はん)することだということは当の農業従事者が一番
よく知っている。 4 、そうせざるを得ないというこのジレンマ。

　食は生きるための基本であり、食料の生産と販売は経済活動の土台(どだい)でもある。日本は食料自(じ)
給率(きゅうりつ)の向上(こうじょう)を課題(かだい)としている。 5 、効率的な食糧増産(しょくりょうぞうさん)への努力は不可欠(ふかけつ)である。その一
方で、生物多様性条約(じょうやく)の締約国(ていやくこく)として環境(かんきょう)への負荷(ふか)を減らすこととの両立(りょうりつ)も目指していかなけ
ればなるまい。いってみれば「諸刃(もろは)の剣(つるぎ)」ともいえるこの二つは、政府による主導(しゅどう)は当然なが
ら、草の根的な活動によってこそ解決への光が見出(みいだ)せるのではないだろうか。

1

1　いわば　　　　　　2　おまけに　　　　　3　すなわち　　　　　4　あるいは

2

1　それはさておき　　2　とはいえ　　　　　3　それに反(はん)して　　4　ところが

3

1　しかも　　　　　　2　それなのに　　　　3　さりとて　　　　　4　したがって

4

1　にもかかわらず　　2　だからこそ　　　　3　そればかりか　　　4　そこで

5

1　もしくは　　　　　2　それゆえ　　　　　3　そうはいっても　　4　ただし

10課 省略・繰り返し・言い換え

文章としてのまとまりを持たせるために「省略」がよく行われます。省略とは、文章の流れの中で、何を指しているかはっきりわかっている語を後に続く文では言わないことです。そうすることによって言葉の無駄がなくなり、また、文章としてまとまりが出ます。

また、前の文に出てきた言葉を関連する語で言い換えることがよくあります。これも文章にまとまりを持たせるための一つの手段です。

◇◇

A 省略されやすい場合

1. 前の文に出てきて、後の文で繰り返しになるとき（省略された語が特定できる場合）

   例・<u>少子高齢化</u>が取り上げられるようになって久しい。政策を立てる際にも（<u>少子高齢化</u>を）無視できない。（<u>少子高齢化</u>は）今や時代のキーワードなのである。

2. 前の文と後の文の主題（「〜は」などで表される）が同じとき

   例・<u>この市</u>はバスが住民の主な移動手段である。さらに（<u>この市</u>は）近隣の町や村からのバス路線も充実している。

   ・<u>うちの子</u>はM社に珍しい図鑑を送ってもらった。（<u>うちの子</u>は）自分で注文して楽しみに待っていたようだ。

3. 前の文に出てきた言葉を、「は」で受けるとき：主題化

   例・田中氏は<u>1945年</u>の生まれである。（<u>1945年</u>は）日本で戦争が終結した年である。

B 省略されない場合

1. 注目する行為の主体が前の文とは違うとき

   例・M社が<u>うちの子</u>に珍しい図鑑を送ってくれた。<u>うちの子</u>は飛び上がって喜んだ。

2. すぐ前の文に出てくるのではなく、少し離れたときや、間に複数の言葉があって、どの言葉の省略なのかわかりにくいとき

   例・<u>A社</u>が<u>B社</u>に製品の部品を注文した。<u>B社</u>は（または、<u>A社</u>は）納入期日に間に合うかどうか心配だった。

3. 前の文に出てきた言葉で、後の文で主題になり、省略すると特定がしにくいとき

   例・<u>ここ</u>は「ミラノ」という店である。（<u>ここ</u>は）昨年オープンした<u>イタリアンレストラン</u>である。<u>イタリアンレストラン</u>はこの町に4店あるが、<u>ここ</u>が一番雰囲気がいい。

４．前の文脈で出てきた言葉と同じ言葉だが、指しているものが微妙に違うとき

> 例・事故に遭った人たちへの精神的ケアが改めて行われた。精神的ケアは今までも取り組まれて
> きたが、今回の（ケア）は今までとは別の方法によるものだと言う。
>
> （今までの精神的ケア≠今回の精神的ケア）

５．前の文が主体の動きを表す文で、次に続く文がその主体が何であるかを言う文のとき
（逆の場合は省略できる。）

> 例・山田氏は先週、生物保護のための国際会議に出席して、日本の生物環境についてスピーチを
> 行った。山田氏は日本の生物保護のトップリーダーである。
>
> 【比較】山田氏は日本の生物保護のトップリーダーである。先週、（山田氏は）生物保護のた
> めの国際会議に出席して、日本の生物環境についてスピーチを行った。

６．間にいくつか文が入った後で、話題の中心を示す文が来るとき（省略しない方がわかりやすい。）

> 例・秋の虫が鳴く季節になった。（秋の虫は）夜になると別れを惜しむかのように激しく鳴く。
> オスが鳴いているのか。秋の虫はどのようにして季節を知るのだろう。

C　繰り返し・言い換え

１．前に出てきたのと同じ語、またはその語の一部を繰り返す。

> 例・前橋市は町並みが整理されていて、文化施設も充実している。周囲の山々の景色も美しい。
> 前橋市は県庁所在地として落ち着いた小都市と言えるが、交通がやや不便なのが難点だ。
>
> ・ＴＡＫ研究所は炭酸ガスを有効利用しようというテーマに取り組もうとしている。研究所は
> すでに国の補助金を申請し、全国から協力企業を募っている。

２．前に出てきた語を、関連のある別の言葉（類義語またはその語を含む広い概念の言葉）で言い
換える。

> 例・うちの祖父にグラウンドゴルフに参加しませんかというお誘いが来た。このスポーツはゴル
> フと同じようにボールとクラブを使ってプレーするもので、お年寄りの間に普及しつつある。
>
> ・人類は鳥のように空を飛べないものかと長い間試行錯誤していた。念願がやがて実現した。

練習1 次の文章の下線の言葉を省略できる場合は（　　　）で囲みなさい。

1 昔、この村に不思議な老人が住んでいた。老人は村人から離れて一人で暮らしていた。

2 この論文はデータがあまり新しくないので信頼性に欠ける。また、この論文は引用文献も古い。

3 この問題は渡辺さんではなく、山田さんに聞いたほうがいい。渡辺さんは専門外のことだから
たぶんわからないだろう。

4 先月スウェーデンのストックホルムへ旅行に行った。ストックホルムは古い建物がたくさんあ
り、絵のような町並みだった。いつかもう一度ストックホルムに行きたい。

5 ホールで佐藤氏が新年のあいさつをしている。佐藤氏は先日この病院の理事長に就任したやる
気満々の医師である。

6 不景気のため、退職を余儀なくされる人が増えている。不景気は、何が原因で、いつまで続く
のだろうか。

7 桜といえば、現代の日本ではソメイヨシノという江戸時代に開発された品種が代表格である。
昔から桜は日本にあったのだが、それはヤマザクラという別の種類の桜のことである。

8 もともと秋田県の湖にいた魚が山梨県で見つかった。魚はもちろん泳いでいったわけではない。
秋田県の湖には酸性の温泉水が流れ込むので、卵を移したのである。

練習2 「a 医学」か「b 病気」か「c 看護」を＿＿＿の上に書きなさい。

　医学が未だ進歩せず、①＿＿＿の原因がわからない時代にも薬草などを使った対症療法はあった
し、その他に癒しの術としてさまざまなことが行われていました。（略）

　このような人間の苦しみを和らげる行為として、単純ではあるが看護と呼ばれる行動が、家族
や友人によってなされ、その行為が繰り返し子孫や部落住民にも伝えられてきたものと思われま
す。このような②＿＿＿の行為は、人の苦しみを何とか和らげたいと願う、いとおしみの心から生
じた人間の知恵と経験の産物であります。患者への共感と人をいとおしむ心（compassion）が、一
つの業として技（ぎ）をつくったものと想像されます。これが苦しむ人を世話すること、すなわち
③＿＿＿の技、すなわちアートと呼ばれてよいものです。

　科学らしい④＿＿＿のなかった時代にも、ある人の世話のための心のこもった手当てがまず存在
し、これにしだいに科学的知識と技術とがつけ加わって、⑤＿＿＿の体系がつくられました。した
がって、⑥＿＿＿のもともとのその発端は、素朴な⑦＿＿＿、あるいは素人による、または経験者
に導かれた家庭看護であったといえましょう。

（日野原重明『医のアート、看護のアート』中央法規出版による）

まとめ 次の文章を読んで、文章全体の趣旨を踏まえて、1 から 5 の中に入る最もよい
ものを１・２・３・４から一つ選びなさい。

　父の仕事の関係で、転勤と転校の繰り返しで大きくなった。

　小学校だけで、宇都宮、東京、鹿児島、四国の高松と四回 1 。場数を踏んでいるとはいえ、新しい学校へお目見えにゆく朝は、子供心に気が重かった。

「しっかりご飯を食べてゆけ、空きっ腹だと相手に呑まれるぞ」

　朝の食卓で、大きなご飯茶碗を手に、父が演説をする。

「先に 2 。みんなが頭を下げるのを見渡してから、ゆっくりと頭を下げなさい」

　いじめられるかどうかは、この一瞬で決まるんだぞ、といいながら、朝刊を持った父がご不浄(注)に立ってゆく。祖母は、母を突ついて忍び笑いをしながら、

「お父さん、自分のこといってるよ」

「聞こえますよ、おばあちゃん」

　3-a と一緒で、3-b も新しく支店長として乗り込むのである。

　母に連れられて学校へゆき、渡り廊下を通って教室へ歩いてゆく。母にはスリッパが出されるが、4 靴下のまま廊下を歩く。これがいやだった。

「上ばきを持ってくればよかったな」

　と思いながら、壁にはり出された図画や習字を横目で見て、字がうまいと少しおびえたりして教室に入る。教壇の横に立って先生の紹介を受け、

「礼！」

　という号令で頭を下げあう。

　下げてから 5 を思い出すのだが、これは役に立ったためしがなかった。

(向田邦子『父の詫び状』文藝春秋　刊)

(注) ご不浄：トイレ

1 　1　変化した　　　　　2　変化している　　　3　変えている　　　　4　変わっている

2 　1　お辞儀をしろ　　　2　お辞儀をするな　　3　頭を上げるな　　　4　頭を上げろ

3 　1　a 子供たち／b 父　　　　　　　　　2　a 母／b 父

　　3　a 父／b 子供たち　　　　　　　　　4　a 父／b 母

4 　1　母は　　　　　　　2　自分たちは　　　　3　子どもは　　　　　4　みんなは

5 　1　父のこと　　　　　2　父の演説　　　　　3　祖母の話　　　　　4　祖母のこと

文章としてのまとまりを持たせるために、文体を統一するのが普通です。比較的硬い文章の中で使われる文法形式や語彙は、日常的な会話の中で使われるものとは異なります。また、小説、新聞、論文、メールなど文章の種類によって使われる文体が異なります。

文体＝文章の種類・場面・目的によって異なる表現形式

◇◇◇

A　硬い表現と会話で使う表現

◆比較的硬い文章の中に日常会話で使うくだけた言い方が混じると、文体が統一できません。以下のような文法形式に注意しましょう。

（数字は「第1部」の課）

意味	硬い文章で使う表現	日常会話で使う表現
強調	～にあって（1）	～ても・～のときでも
	～すら（17）	～も・～でも
	～だに（17）	～だけでも
手段	～をもって（11）	～で
関連	～いかんにかかわらず（5）	～に関係なく
理由・目的	～んがため（に）（11）	～ようと思って
	～ゆえ（に）（12）	～から
断定	～でなくてなんだろう（か）（18）	絶対に～だ
評価	～極まる・～極まりない（19）	～といったらない（19）
心情・強制的思い	～てやまない（20）	強く～と思う
	～に堪えない（20）	強く～と思う
	～ずにはすまない（20）	必ず～することになる
	～ずにはおかない（20）	必ず～する
	～を禁じえない（20）	強く～と思う
	～を余儀なくされる（20）	～しなければならなくなる

B 客観的な表現と主観的な表現

◆文章の中でも特に硬い論説文や論文は、主観的な表現を用いず客観的な表現で書かれています。

1. 「わたし」や「思う」を多用しない。

例 ？ わたしは訓練が必要だと思う。

　　○ 訓練が必要だと思われる。　　〜と考えられる・〜と言える・〜と予想される・

　　　　〜のではないだろうかなど

2. 恩恵表現・被害表現・主観的な言い方は使わない。

例 ？ 前回の野外実験は台風に来られて装置が破損してしまった。しかし、今回は1週間も晴天

　　が続いてくれたおかげで、実験に成功した。

　　○ 前回の野外実験は台風により装置が破損した。しかし、今回は1週間晴天が続いたため、

　　実験に成功した。

3. 話者の心情を表す表現は使わない。

　　第1部の☆☆や☆☆☆の課にある表現は主観を含むので、論説文ではあまり使われません。ま
た、☆の課にも主観性を含む言い方があるので注意が必要です。

（数字は「第1部」の課）

意味	論説文などで使う客観的な表現	主観的な表現
時間関係☆	〜とほぼ同時に	〜が早いか (1)
		〜なり (1)
	〜以来	〜てからというもの(は) (1)
関連・無関係☆	〜に関係なく	〜をものともせず(に) (5)
様子☆	〜様子で	〜んばかり(に) (6)
		〜とばかり(に) (6)

その他「〜わけにはいかない・〜にきまっている・驚いたことに・〜かねる」など話者の心情を
表す表現は使わず、できるだけ客観的、中立的な表現を使います。

どちらか適当な方を選びなさい。

1 ＜レポート＞

　　学生同士の入学年度が同じ場合、実年齢差が2歳以内（①a　だったら　　b　であれば）、敬語を使用しない傾向が（②a　わかった　　b　認められた）。（③a　一方　　b　けれど）、実年齢が5歳以上離れた場合、敬語を使用する学生が88％に（④a　のぼった　　b　なってしまった）。5歳という差が世代を分ける基準になっていると（⑤a　思った　　b　思われる）。

2 ＜レポート＞

　　（①a　もう　　b　すでに）到来した高齢社会において、緊急に高齢者の福祉を（②a　充実させなければならない　　b　充実させずにはいられない）。現在行われている医療費の補助や介護制度の確立だけでは充実した福祉政策とは（③a　言えない　　b　言うわけにはいかない）。精神面でのケアやコミュニティーの一員としての社会参加の方法などが（④a　必要でなくてなんだろう　　b　必要だと思われる）。

練習2　以下の会話文をレポート文にします。適当な言葉を＿＿＿＿の上に書きなさい。

＜会話＞

妻：あー、また失敗。なかなかうまくできないなあ。

夫：ま、「失敗は成功のもと」って言うじゃないか。

妻：本当にそうかなあ。わたし、失敗してばっかりだよ。

夫：いや、脳の働きから言ったら、本当らしいよ。脳には前に間違えた方向を選ばないっていう性質があるんだよ。だから、失敗すると、しないときよりももっと覚えやすくなるんだって。そうそう、それと、命の危険を感じるときって、そうじゃないときより脳がよく働くらしいよ。

妻：え？　どういうこと？

夫：えーと、ちょっと寒いときとか、ちょっとお腹がすいてるときって、食べ物をとったり冬に備えたりしなきゃいけないから、動物の本能で脳が働きやすくなるんだって。

＜レポート＞

「失敗は成功のもと」①＿＿＿＿＿＿が、これは脳の働きから見ると、正しいことだと言える。脳には前に間違えた方向を選ばないという性質が②＿＿＿＿＿＿、失敗により記憶の定着率が高くなるのである。③＿＿＿＿＿＿、生命に危険を④＿＿＿＿＿＿、そうでないときに比べ、脳の働きが良くなる。これは、飢えや冬の寒さに備えなければならないため、⑤＿＿＿＿＿＿脳の働きが活性化するからである。

まとめ 次の文章を読んで、文章全体の趣旨を踏まえて、| 1 |から| 5 |の中に入る最もよいものを1・2・3・4から一つ選びなさい。

　近年の医師不足にはさまざまな原因があると言われる。一つには、医師過剰が予想されて医学部の定員が減ったことがあるだろう。また、医療事故で訴えられるリスクが高く、さらに労働環境も厳しいとされる| 1 |、産婦人科医や小児科医を志す学生が減っている| 2 |。さらに、人手不足により定時に職場を出られないために、子育て中の女性医師の職場復帰が難しいことも一因とされている。

　そこで、政府は医学部の定員を増やすと同時に、医師不足解消のための対策費を追加することを決定した。これらの施策が医師不足の解消につながるか| 3 |、医師の労働環境や訴訟リスクの問題が解消されないため、医師不足は| 4 |深刻化している。そのため、救急患者を受け入れるためのベッドがない、夜間は専門の医師がいないなどの理由で、救急車が受け入れを断られる例も増えている。こうした状況は、今後極めて深刻になると| 5 |、実効性のある対策が求められている。

| 1 |

1　もので

2　せいで

3　ものだから

4　ことから

| 2 |

1　ことを挙げよう

2　ことが挙げられる

3　ことを挙げてみる

4　ことを挙げるだろう

| 3 |

1　と思われたら

2　と思いきや

3　と期待したら

4　と期待されたが

| 4 |

1　ますます

2　どんどん

3　なかなか

4　とても

| 5 |

1　考えていて

2　考えられているし

3　考えられており

4　考えさせられ

文章をわかりやすくし、さらに文章としてのまとまりを持たせるために、書き手はふつう、文法的な規則のほかに、全体的な話の流れを意識しながら文章を書き進めます。話の進め方には、ある程度典型的なパターンがあります。

◆代表的な話の進め方は次のようなものです。

1. 説明 → 詳しい説明（言い換え／例／具体的なデータ）

   例・動物は水がなければ生きられません。1日でも水を飲まないでいると、とてもつらく感じるはずです。（説明→例）

   ・今や携帯電話は若者にとって必需品である。ある調査によると大学生の99％が携帯電話を持っているという。（説明→具体的なデータ）

2. 説明 → 理由

   例・今日はどうしても学校を休むわけにはいかない。大事な試験があるからだ。

   ・一部の恐竜には鳥のように羽毛が生えていた。体温を保つ役割をしていたのだ。

   （理由を表す表現としては「〜のだ」「〜ため（だ）」「〜から（だ）」などがよく使われる。）

3. 問題提起（自己疑問）→ 答え（主張）

   例・どうして海の色は青いのでしょうか。実は、青色の光線が水中で広がるのに対し、赤色などは海水に吸収されてしまうのです。

   ・切り花を長持ちさせるにはどうすればいいのだろうか。花が枯れる原因は、花瓶の水の中にばい菌が発生するためである。水を換え、殺菌効果の高い物質を水に入れるなどしてこのばい菌の発生を遅らせれば、花も長持ちするのである。

4. 一般論／事実 → 主張

   例・この病気の原因は食生活の乱れだと考えられがちだ。しかし、実はストレスも大きな要因である。

   ・品質が良ければ売り上げが伸びるはずだ。にもかかわらず、これが必ずしも真実とは言えない例も多い。

   （一般論の後には、「〜が」「しかし」などに続けて、「実は」「実際には」などの表現を使って主張が述べられることが多い。）

5. 他の意見を一応認める → 反論・主張
　　たいけん　いちおうみと　　　　　　はんろん　しゅちょう

　例・もちろん地球温暖化の防止は科学的な解決が求められる問題です。しかし現実にはそれととも
　　　もに政治的、経済的な取り組みが欠かせません。
　　　　　　　　　　　　　　　　と　　く　　か

　　　・子供には優しく話すべきだと言われる。確かに一理はある。だが、わたしは相手が子供であ
　　　　　　　　　　　　　　　　　　　　　いちり
　　　ろうと、悪いことをしたら遠慮なく厳しく言うことにしている。
　　　　　　　　　　　　えんりょ　　きび

　　（一応認める表現としては、「確かに」「もちろん」などがよく使われる。）
　　　いちおうみと　　ひょうげん　　　　　　　たし　　　　　　　　　　　　　　つか

6. その他（組み合わせ）
　　　　た　く　あ

　例　他の意見 → 詳しい説明 → 反論（事実→主張）
　　　たいけん　　くわ　せつめい　　はんろん　じじつ　しゅちょう

　例・禁煙できないならば節煙してはどうかと考える人がいる。本数を少なくすればたくさん吸う
　　　　　　　　　　せつえん
　　　よりも健康への害が少ないと考えるのである。しかし、あるクリニックの研究によると、一
　　　日に40本吸う人が10本に減らしても、健康面では大きな改善は見られなかった。やはり
　　　　　　　　　　　　　　　　　　　　　　　　　　かいぜん
　　　きっぱりとやめなければならないのである。

練習1　どちらか適当な方を選びなさい。

1　酒は薬にもなれば毒にもなる。（a　飲み方を間違ってはいけない　　b　飲んではいけない）と
　いうことだ。

2　他人の感情や痛みを自分のこととして実感するのは容易ではない。（a 自分の家族ですら
　b 学校の先生ですら）何を考えているのか完全に理解することはできない。

3　疲れたからといってここでやめるわけにはいかない。（a　締め切りは明日なのだ　　b　やめ
　　　　　　　　　　　　　　　　　　　　　　　　　　し　き
　たいのだ）。

4　おうむや九官鳥などの鳥は人間の言葉を話すことがありますが、なぜでしょうか。鳥は生まれ
　　　　きゅうかんちょう
　た後、親鳥の鳴き声をまねながら鳴き方を覚えるものなので、人間に飼われている鳥はどの鳥
　　　　　　な　ごえ　　　　　　　　　　　　　　　　　　　　　　　　　か
　でも人間のまねをします。中でもまねの上手な鳥が（a　話し方をまねています　　b　おうむ
　たちだというわけです）。

5　人生の壁にぶつかり、そのために自分を変えていくというのは、とても苦しい作業である。し
　かし一方でそれは、（a　壁を乗り越えられるのである　　b　世界を広げるための重要な機会
　　　　　　　　　　　　　　の　こ
　である）。

練習2 適当なものを選びなさい。

1 楽器、外国語、運動……どれも練習しなければ上手にならない。では、練習すればした分だけ必ず上手になると言えるだろうか。（　　　）。上手になるようによく考えられた練習をする必要がある。

 a 確かにそう言える   b 残念だがそうは言えない

 c 実はその反対である   d やはりそのようである

2 異常気象はもはや国内だけの問題としてとらえてはいけない。（　　　）。近年、世界のあちこちで自然災害が起こっているのも異常気象によるものであろう。

 a 世界的な問題である   b 今年の夏も猛暑だった

 c 環境を守るのだ   d 自然災害も問題である

3 わが社の全店での年間利用客数は約1億人である。すべてのお客様が1円多く使えば、年間利益は1億円上がる。そう考えるときに忘れてはならないのは、（　　　）ということだ。そこに経営の厳しさがあるとも言える。

 a 1円というお金には大きな価値がない

 b 1円というお金でも大きな価値を生み出す

 c 1円使う額を減らせば1億円の損失になる

 d 1億円は個人にとってはとてつもなく大きい

4 インターネットや携帯電話は確かに便利だ。こうしたメディアの発達により、これまでなかなか得ることのできなかった多くの情報が得られるようになった。しかし、それに時間を割くことによって、体験しなければ得られない、においや感触などの情報や経験といったものは（　　　）とも言えよう。

 a 必要なくなっているのだ   b 得る機会が減っているのだ

 c 重要度を増しているのだ   d 手軽に得られるようになったのだ

まとめ 次の文章を読んで、文章全体の趣旨を踏まえて、 1 から 5 の中に入る最もよい
ものを1・2・3・4から一つ選びなさい。

　日本のサラリーマンが会社に忠誠心を示すのは、そうやって振る舞うことが日本の社会にお
いて最も適応した行動であるからに他ならない—— 1 、会社に対して忠誠心を示したほ
うが何かとトクをするから、そうしているだけにすぎない。だから、日本人は会社人間になっ
たというわけです。

　戦後長らく続いた終身雇用制度の下では、日本のサラリーマンはアメリカ人のように転職に
よってキャリアアップすることが事実上、不可能だったので、出世しようとするのであれば、
自分が今現在、属している会社での評価を上げることしかありませんでした。

　 2 、いつまでも会社から帰らずに残業していたほうが、会社にアピールできるという
ものだし、休日返上で働いたほうが上司の評価も高くなるというものです。だからこそ、日本
のサラリーマンたちは 3 を選択した——こう考えるのが、最も現実的な解釈だと言える
でしょう。

　江戸時代の武士たちが滅私奉公であったというのも、 4 。「転職」がいくらでもできた
戦国時代とは違って、江戸時代では主君を替えるわけにはいきません。子どもや孫の代までも
同じ殿様に仕えることになるのですから、常日頃から忠義ぶりを示していたほうが得策だった。
　 5 、江戸時代の武士たちはお家大事、殿様大事で働いていたというわけです。

（山岸俊男『日本の「安心」はなぜ、消えたのか』集英社インターナショナルによる）

1 　1　分かりやすく言うならば　　　　　　2　一例をあげれば

　　3　逆の見方をすれば　　　　　　　　　4　確かにそう言えるのだが

2 　1　言い換えれば　　　　　　　　　　　2　そのためには

　　3　なぜかというと　　　　　　　　　　4　そのようなわけで

3 　1　残業をやめること　　　　　　　　　2　キャリアアップをすること

　　3　会社人間であること　　　　　　　　4　転職を考えること

4 　1　実は別の理由があります　　　　　　2　結局は同じ理由です

　　3　事実なのです　　　　　　　　　　　4　事実とは言えないのです

5 　1　つまり　　　　　　2　なぜなら　　　　3　確かに　　　　　　4　だからこそ

模擬試験

問題1　次の文の（　　　　）に入れるのに最もよいものを、1・2・3・4から一つ選びなさい。

1　出世のため（　　　　）どんなことでもするという人たちがいるのだ。

　　1　とあれば　　　　　2　とあって　　　　　3　にすれば　　　　　4　にあって

2　個人的な利害関係で市政を行った前の市長（　　　　）、今度の市長は住民との話し合いを
　　モットーにしている。
しせい

　　1　に並んで　　　　　2　に照らして　　　　3　にひきかえ　　　　4　にもまして

3　彼の立腹の原因が何なの（　　　　）、全く理解できなかった。
りっぷく

　　1　とて　　　　　　　2　とも　　　　　　　3　とか　　　　　　　4　やら

4　学生に人気のこの食堂は、毎日昼時（　　　　）、学生でいっぱいになる。

　　1　ならでは　　　　　2　ともなると　　　　3　をもって　　　　　4　となっては

5　彼が出場していれば、優勝（　　　　）、1勝ぐらいはできただろう。

　　1　いかんにかかわらず　　　　　　　　　2　もさることながら
　　3　とはいかないまでも　　　　　　　　　4　はもとより

6　ミカは周りの子にどんな悪口を（　　　　）、じっと耐えた。
た

　　1　言わせようにも　　　　　　　　　　　2　言われようにも
　　3　言わせようが　　　　　　　　　　　　4　言われようが

7　A「例の件、勇気をもって社長に言ってみたらあっさり受け入れてくれましたよ。」
　　B「そうですか。（　　　　）ですね。」

　　1　言ってみるもの　　　　　　　　　　　2　言ってみたもの
　　3　言ってみるところ　　　　　　　　　　4　言ってみたところ

8　恐れ入りますが、この修理は当店ではお引き受け（　　　　）。

　　1　するべくもありません　　　　　　　　2　するものでもありません
　　3　いたしかねます　　　　　　　　　　　4　しかねないのです

9 他人を（　　　　　）、本当の幸せはやってこないと思う。

　　1　うらやまんばかりのようでは　　　　2　うらやんでばかりいるようでは

　　3　うらやまんばかりだとしても　　　　4　うらやんでばかりいるとしても

10 A「すみません。お皿を落としてしまって……。」

　　B「大丈夫。この皿は割れるべくして（　　　　　）。気にしないで。」
　　　だいじょう ぶ

　　1　割れたんですよ　　　　　　　　　　2　割れていますよ

　　3　割れていませんよ　　　　　　　　　4　割れそうもないですよ

問題2　次の文の　★　に入る最もよいものを、1・2・3・4から一つ選びなさい。

11 それなりの＿＿＿＿ ＿＿＿＿ ★ ＿＿＿＿発言できないのだ。

1　軽々しく　　　　　2　かえって　　　　　3　こそ　　　　　4　知識があれば

12 彼は期待される新人だが、今日の＿＿＿＿ ＿＿＿＿ ★ ＿＿＿＿ようだ。

1　出来ではなかった　2　聴衆の　　　　　3　満足に足る　　　4　演奏は

13 この作品は＿＿＿＿ ＿＿＿＿ ★ ＿＿＿＿ものがない。

1　よくできている　　2　心に響く　　　　3　技術的に　　　　4　とはいえ

14 黙っていれば＿＿＿＿ ＿＿＿＿ ★ ＿＿＿＿ために大騒ぎになった。

1　一言　　　　　　　2　ものを　　　　　3　口に出した　　　4　よかった

15 このショールは＿＿＿＿ ＿＿＿＿ ★ ＿＿＿＿とてもいい。

1　色が　　　　　　　2　材質も　　　　　3　鮮やかで　　　　4　さることながら

問題3　次の文章を読んで、文章全体の趣旨を踏まえて、 16 から 20 の中に入る最もよい
　　　ものを１・２・３・４から一つ選びなさい。

　　顔をめぐって、このような心理学的に興味深い話がある。

　　高校や中学を卒業して以来の久しぶりの同窓会に 16 。あなたは列席者の中に長い間見
ていない友人たちの姿を発見できるだろうか。

　　顔の記憶がどのくらい鮮明に持続するかを調べる実験が、アメリカの心理学者ブラックたち
によって行われている。高校卒業後25年会っていない同級生の最近の顔写真を、昔の写真と
17 を調べたのだ。実験の結果、同級生どうしであれば昔の顔を正確に言い当てられるこ
とがわかった。 18 これが当て推量でないことを確認するため、同級生でなかった人にも、
挑戦してもらった。相手が同級生でないと、写真の照合成績はずっと低かったのである。

　　19 もある。大人になって知り合った友人の、子どもの頃のアルバムを見せてもらう。
見たことのない子ども時代の友人の顔を、言い当てることはできるだろうか。

　　心理学者の真覚は大学生に、幼稚園時代の顔を 20 実験を行った。顔見知りのクラス
メートと見知らぬ学生の、子どもの頃の写真と現在の写真を照合させるのだ。実験の結果は、
ブラックたちの実験と同じであった。クラスメートの子ども時代は簡単に言い当てることができ
きたが、知らない人の子ども時代の顔は当てられなかったのだ。

（山口真美『赤ちゃんは顔をよむ』紀伊國屋書店による）

16
1　出席したとする　　　　　　　　　　　　2　出席したときのことだ
3　出席してみよう　　　　　　　　　　　　4　出席したのである
17
1　照合するかどうか　　　　　　　　　　　2　照合できるかどうか
3　どうやって照合するか　　　　　　　　　4　だれが照合できるか
18
1　もしくは　　　　　2　こうして　　　　　3　したがって　　　　4　さらに
19
1　このこと　　　　　2　そのこと　　　　　3　こんなこと　　　　4　そんなこと
20
1　当てられる　　　　2　当てさせてもらう　3　当てさせる　　　　4　当てさせられる

問題1　次の文の（　　　　）に入れるのに最もよいものを、1・2・3・4から一つ選びなさい。

1 理由が（　　　　）、いったん納入された会費は返却いたしかねます。
　のうにゅう　　　　　　　　　　　　　　　へんきゃく
　　1　何であれ　　　　　2　何であり　　　　　3　何であろう　　　　4　何であったか

2 気に入っていた服だからと捨てるに（　　　　）長い間しまっておいたら、かびが生えてしまった。
　　1　はばからず　　　2　忍びず　　　　　3　当たらず　　　　4　過ぎず
　　　　　　　　　　　　しの

3 散歩がてら（　　　　）商店街の店をのぞいて歩いた。
　　　　　　　　　　しょうてんがい
　　1　見るともなしに　　　　　　　　　　2　見るまでもなく
　　3　見んとばかりに　　　　　　　　　　4　見ながらに

4 息子「会社、辞めようと思ってるんだ。」
　父　「え？　せっかく入った会社を辞める？　ばかを（　　　　）ほどがあるよ。」
　　1　言うのは　　　　　2　言うには　　　　　3　言うので　　　　4　言うにも

5 優勝の可能性が（　　　　）、今はただ練習あるのみだ。
　　1　あろうとなかろうと　　　　　　　　2　あるだろうとないだろうと
　　3　あるともないとも　　　　　　　　　4　あるなしにもかかわらず

6 今度の職場までは片道2時間。（　　　　）ものでもないが……。
　　1　通おうと思っても通えない　　　　　2　通おうと思えば通えない
　　3　通おうと思えば通える　　　　　　　4　通おうと思っても通える

7 いかなる説得を（　　　　）、彼の決意は変えられないだろう。
　　1　もっていっても　　　　　　　　　　2　もってすれば
　　3　もってしても　　　　　　　　　　　4　もっていえば

8 この人はわたしの友達なんかではない。知り合いで（　　　　）ない。赤の他人だ。
　　1　しか　　　　　2　すら　　　　　3　こそ　　　　　4　だに

9 わたしの都合で無理を言ってスケジュールの変更を（　　　　）、欠席することはできない。

　1　お願いした手前　　　　　　　　　2　お願いするに至っては

　3　お願いすればこそ　　　　　　　　4　お願いするものなら

10 自治体が少々保育園を増やしたところで、少子化対策には（　　　　）だろう。

　1　ならないものでもない　　　　　　2　なりかねない

　3　ならないはずはない　　　　　　　4　なり得ない

問題２　次の文の　★　に入る最もよいものを、１・２・３・４から一つ選びなさい。

11 その営業マンは客にこれ以上＿＿＿＿　＿＿＿＿　★　＿＿＿＿声を荒くした。

　1　がまんできないと　　　　　　　　2　文句を言われるのは

　3　急に　　　　　　　　　　　　　　4　ばかりに

12 今日のドラマは＿＿＿＿　＿＿＿＿　★　＿＿＿＿内容だった。

　1　目が離せない　　　2　まして　　　3　第１話にも　　　4　先週の

13 有名人が＿＿＿＿　＿＿＿＿　★　＿＿＿＿見物人が大勢空港で待っている。

　1　来日する　　　　2　という　　　3　一目見よう　　　4　とあって

14 家が＿＿＿＿　＿＿＿＿　★　＿＿＿＿の学生もいる。

　1　遅刻してばかり　　2　油断して　　　3　近いで　　　4　近ければ

15 このような場に＿＿＿＿　＿＿＿＿　★　＿＿＿＿堪えません。

　1　ちょうだいし　　　　　　　　　　2　ご招待いただいた上

　3　まさに喜びに　　　　　　　　　　4　過分なお褒めの言葉を

問題3　次の文章を読んで、文章全体の趣旨を踏まえて、　16　から　20　の中に入る最もよい
　　　　ものを1・2・3・4から一つ選びなさい。

　　願いを持つのはいいことだ。しかし、　16　人間は計画を練ったり、努力を積み重ねたり
しなければならない。それでもなお失敗することもある。ところが、それほど努力せずとも、
幸運に恵まれる、ということがあるのも事実である。あるいは逆に、悪運に見舞われるという
こともある。

　　割り切って言うと、人間の能力や努力による面と、人間の力を超えた面の両面が、人間の願
望の充足にかかわってくる。ここでまた極端に割り切った考えをすると、前者には科学技術が
かかわってくるのに対して、後者は宗教の領域がかかわってくると　17　。

　　科学技術が急激に発展してきたために、人間は相当な願望を満足させることができるように
なった。空を飛んだり、真冬にイチゴを食べたり、夏でも涼しい空間をつくったり、かつては
神様か魔法に頼るより仕方がなかったことを、人間は自分の力でやり抜くようになった。神様
は頼んでもそのとおりに　18　怪しいものだが、科学技術は頼りがいがあるというので、近
年はだんだん宗教の旗色が悪くなってきた。

　　しかし、これほど有効な科学技術にも不可能なことはある。まず第一に、それを有効に使う
財力や能力のないときは何の役にも立たない。次に、人の心は科学技術ではどうともならない。
自分の子どもを願いどおりの子にしたり、恋人の心を自分の意のままにしたりはできないし、
そもそも　19-a　の心さえ　19-b　のままにならない。

　　20　、人間の願望には、自分を超えたものや力の存在を信じたい、ということも生じて
くる。しかし、これは厄介なものである。ちょっとやそっと考えたり、調べたりしたくらいで
はなかなかわからない (略)。

(河合隼雄『縦糸横糸』新潮文庫刊)

16

1 その達成ゆえに   2 その達成のためには

3 その願望のためなら   4 その願望ゆえに

17

1 言う   2 言える

3 言われる   4 言っている

18

1 してくれるか   2 してあげるか

3 させてもらうか   4 させてあげるか

19

1 a 人／b 人   2 a 人／b 自分

3 a 自分／b 自分   4 a 自分／b 人

20

1 そんなわけで   2 そういうことでは

3 そうでなければ   4 そうだとしても

巻　末

実力養成編
じつりょくようせいへん
第1部　文の文法1
だい　ぶ　ぶん　ぶんぽう

1課

1	1. b	2. a	3. c		
2	1. b	2. b	3. c		
3	1. c	2. b	3. c		
4	1. a	2. b	3. b		
5	1. b	2. a	3. c		
6	1. b	2. a	3. c		
1～6	1. a	2. b	3. b	4. c	5. a
	6. a				

2課

1	1. a	2. c	3. b	4. a	5. b
2	1. c	2. a	3. b		
3	1. a	2. b	3. c		
4	1. a	2. b	3. c	4. b	
5	1. c	2. c	3. b		
1～5	1. a	2. a	3. c	4. c	5. b

3課

1	1. c	2. a	3. b		
2	1. a	2. c	3. c		
3	1. b	2. a	3. c		
4	1. a	2. a	3. b		
5	1. b	2. a			
1～5	1. a	2. b	3. a	4. b	5. c

4課

1	1. b	2. c	3. a	4. b	
2	1. b	2. a	3. c		
3	1. a	2. b	3. b	4. a	
4	1. b	2. c	3. a		
1～4	1. b	2. a	3. b	4. c	5. b

問題（1課～4課）

1	1	2	1	3	3	4	2	5	4
6	4	7	3	8	4	9	4	10	3
11	3	12	4	13	2	14	1	15	4

5課

1	1. c	2. c	3. b	4. a	
2	1. a	2. b	3. c	4. a	
3	1. a	2. b	3. c	4. c	
4	1. a	2. b	3. c		
5	1. c	2. a	3. b	4. a	
1～5	1. a	2. b	3. c	4. c	

6課

1	1. b	2. a	3. b	4. c	
2	1. c	2. a	3. b		
3	1. a	2. b	3. b	4. c	5. a
4	1. b	2. c	3. a	4. a	
5	1. a	2. c	3. a	4. c	
1～5	1. a	2. c	3. b	4. c	

7課

1	1. b	2. a	3. c
2	1. c	2. a	3. b
3	1. b	2. a	3. a
1～3	1. c	2. c	3. a

8課

1	1. c	2. b	3. b		
2	1. a	2. c	3. c	4. a	
3	1. c	2. a	3. b	4. a	
4	1. b	2. a	3. c		
5	1. a	2. c	3. c		
1～5	1. a	2. c	3. c	4. b	5. b
	6. a	7. b			

問題（1課～8課）

1	1	2	1	3	2	4	4	5	4
6	2	7	1	8	4	9	4	10	2
11	4	12	1	13	2	14	3	15	1

9課

1	1. b	2. c	3. c		
2	1. c	2. c	3. b	4. b	
3	1. a	2. b	3. a	4. b	5. b
4	1. a	2. c	3. a		
5	1. b	2. c	3. a	4. b	
1~5	1. c	2. a	3. b	4. c	5. a

10課

1	1. b	2. b	3. c	4. a	5. b
2	1. c	2. c	3. a	4. c	
3	1. a	2. c	3. c	4. a	
4	1. b	2. a	3. c	4. a	
5	1. c	2. b	3. b	4. c	
1~5	1. a	2. a	3. c		

11課

1	1. b	2. a	3. a	4. b
2	1. a	2. c	3. a	
3	1. b	2. a	3. b	
1~3	1. c	2. a	3. c	

12課

1	1. b	2. c	3. c	4. a	5. c
2	1. c	2. b	3. a	4. b	
3	1. a	2. b	3. a	4. c	
4	1. b	2. c	3. a		
5	1. c				
1~5	1. a	2. a	3. c	4. b	5. c

問題(1課~12課)

1	3	2	3	3	2	4	1	5	1
6	2	7	3	8	4	9	2	10	3
11	2	12	1	13	4	14	1	15	4

13課

1	1. c	2. a	3. c		
2	1. b	2. a	3. a	4. a	5. b
3	1. b	2. a	3. b	4. c	5. c
4	1. a	2. b	3. a		
5	1. a	2. b	3. c		
6	1. a	2. a			
1~6	1. a	2. c	3. b	4. c	

14課

1	1. c	2. a	3. b	4. a	
2	1. c	2. a	3. b	4. b	
3	1. a	2. a	3. c		
4	1. c	2. a	3. b		
5	1. a	2. b	3. b		
1~5	1. a	2. b	3. c	4. b	5. c

15課

1	1. b	2. b	3. c	4. a
2	1. a	2. b	3. a	
3	1. c	2. b	3. a	4. b
1~3	1. c	2. a	3. c	4. b

16課

1	1. a	2. c	3. a	4. a
2	1. b	2. c		
3	1. a	2. b	3. c	
4	1. c	2. b	3. b	4. a
1~4	1. b	2. c	3. a	

問題(1課~16課)

1	4	2	1	3	2	4	1	5	4
6	2	7	1	8	2	9	1	10	4
11	2	12	2	13	1	14	3	15	3

17課

1	1. a	2. c	3. b	4. a	
2	1. c	2. c	3. b	4. a	
3	1. a	2. b			
4	1. a	2. b	3. c		
5	1. b	2. c			
6	1. c	2. c			
1~6	1. a	2. b	3. b	4. b	5. a
	6. c				

18課

1	1. b	2. a	3. c		
2	1. b	2. a	3. c	4. c	
3	1. a	2. a	3. c		
4	1. c	2. a	3. b		
5	1. a	2. a	3. c		
1~5	1. a	2. b	3. b	4. c	5. c

19課

1	1. c	2. a	3. c		
2	1. b	2. a	3. b		
3	1. a	2. c	3. a	4. c	
4	1. c	2. c	3. c	4. a	
5	1. c	2. a	3. a	4. c	
6	1. a	2. c	3. a		
1~6	1. a	2. c	3. a	4. c	5. c

20課

1	1. c	2. c	3. b		
2	1. a	2. b	3. c		
3	1. c	2. b	3. c		
4	1. a	2. c	3. b	4. a	
5	1. c	2. b			
6	1. c	2. b	3. a		
1~6	1. b	2. c	3. b	4. c	5. a
	6. c				

問題（1課～20課）

1	2	2	4	3	3	4	2	5	4
6	3	7	2	8	3	9	3	10	1
11	4	12	2	13	4	14	1	15	1

A

練習1

A　1. （に）即した　　2. （を）おして
　　3. （に）かまけて　4. （を）経て
　　5. （を）かねて　　6. （に）即して
　　7. （を）かねた　　8. （に）かかわる

B　1. （に）ひきかえ　2. （に）照らして

3. （に）かこつけて　4. （を）踏まえて
5. （に）ひかえて　　6. （に）まつわる
7. （に）ひかえた

練習2　A　①c　②b　③f　④g　⑤d
　　　　　　⑥e　⑦a
　　　　B　①b　②a　③e　④c　⑤d

B

練習1　1. （に）当たらない　2. （の）至りです
3. （に）至って　　　4. はばからない
5. （に）至っては　　6. かなわない
7. （に）忍びない　　8. （に）恥じない
9. （を）禁じ得ない　10. （に）至る

練習2　①e　②a　③d　④b　⑤c

C

練習1　①c　②a　③b　④g　⑤d
　　　　⑥e　⑦f

練習2　1. つらかろう
2. しよう・すまい／するまい／しまい
3. 許す　　　　　4. せ
5. とどまら　　　6. 負ける
7. 与える　　　　8. 言わ
9. せ
10. 打ち明けよう・打ち明けまい／打ち明けるまい

D

練習1　1. b　2. b　3. a　4. b　5. d
6. c　7. c　8. d　9. c　10. a

E

練習1　1. 捨てるなりほかの人にあげるなり
2. あったらあったで
3. 泣くに泣けない
4. 浮きつ沈みつ
5. 遅かれ早かれ
6. 景色の素晴らしさといい人々の優しさといい

練習2　1. a　2. b　3. c　4. d　5. c

F

練習1 1. a　　2. b　　3. c　　4. b　　5. b

練習2

A　1. にて　　　　　2. やら

　　3. をもって　　　4. だに

　　5. こそ

B　1. より　　　　　2. すら

　　3. にて　　　　　4. にして

　　5. とて

G

練習1 1. a　　2. b　　3. b　　4. b　　5. a

　　　6. a　　7. a　　8. b　　9. b　　10. a

　　　11. b　　12. a　　13. a　　14. b

第2部　文の文法2

1課

1	4	2	2	3	3	4	4	5	3
6	1	7	4	8	1	9	3	10	4
11	1	12	3

2課

1	3	2	1	3	3	4	2	5	4
6	1	7	3	8	3	9	2	10	4
11	3	12	4

3課

1	4	2	4	3	2	4	2	5	1
6	4	7	2	8	4	9	1	10	1
11	4	12	4

第3部　文章の文法

1課

練習1 ①b　　②b　　③b　　④b　　⑤a

　　　⑥a　　⑦a　　⑧b　　⑨b　　⑩b

　　　⑪b　　⑫b

練習2

1.　①約束する　　　②思った

　　③選んでいれ　　④なかった

　　⑤できなかった　⑥済ませていた

2.　①流行する　　　②行く

　　③するべきだった

　　④行っていたら

3.　①いじめられる　②いじめられた

　　③助かった

　　④ならなかった／なっていなかった

　　⑤検討している　⑥出ていない

まとめ | 1 | 2 | 2 | 4 | 3 | 2 | 4 | 3 |
　　　 | 5 | 1 |

2課

練習1 1.①a　　②b　　③b

　　　2.①a　　②b　　③a

　　　3.①a　　②b　　③b

　　　4.①b　　②a　　③a

まとめ | 1 | 1 | 2 | 2 | 3 | 4 | 4 | 3 |
　　　 | 5 | 1 |

3課

練習1 1.①b　　②a　　③b　　④a

　　　2.①a　　②b　　③b

　　　3.①a　　②b　　③b　　④a

　　　4.①b　　②a　　③b　　④a

　　　5.①a　　②b　　③a　　④a　　⑤a

　　　6.①a　　②a　　③a　　④a　　⑤a

　　　　⑥b

　　　7.①a　　②b　　③a　　④b　　⑤a

　　　　⑥a

まとめ | 1 | 2 | 2 | 1 | 3 | 3 | 4 | 4 |
　　　 | 5 | 1 |

4課

練習1　1－a. b　　1－b. a
　　　　2－a. a　　2－b. b
　　　　3－a. a　　3－b. b
　　　　4－a. a　　4－b. b

練習2　1.①a　②b　③a　④a
　　　　2.①a　②a　③a　④b
　　　　3.①b　②b
　　　　4.①a　②a　③b
　　　　5.①a　②a　③b　④b

まとめ　1　3　2　1　3　1　4　4
　　　　5　2

5課

練習1
1.①引かれ(て)　②咲かせて
　　③買って　　　④食われ(て)
2.①迫って　　　②話す
　　③曇らせ(て)　④心配させられる
　　⑤言った
3.①打たれ　　　②取らせ
　　③守る　　　　④取られ
　　⑤取られる　　⑥考えさせられる

練習2
1.①に　　　　　　②追われ(て)
　　③に　　　　　　④揺られ(て)
　　⑤を／は　　　　⑥忘れ(て)
　　⑦に　　　　　　⑧させられ(て)
　　⑨報われた
2.①を　　　　　　②させる
　　③雇う　　　　　④雇用される
　　⑤が　　　　　　⑥交わされる
　　⑦働かされた　　⑧が
　　⑨働かない／働かなかった
　　⑩を　　　　　　⑪辞めさせる
3.①連載された／連載されていた
　　②捨てられた／捨てられていた
　　③に　　　　　　④飼われる
　　⑤観察する／観察した

⑥を　　　　　　　⑦批判した
⑧を　　　　　　　⑨感じさせる
⑩を　　　　　　　⑪思わせる
⑫評価され(て)

まとめ　1　4　2　3　3　4　4　2
　　　　5　3

6課

練習1　1. c　2. c　3. c　4. a　5. c
　　　　6. c　7. b　8. c　9. b　10. a

練習2
1.　①もらえる　　　②くれ
　　③あげて
2.　①くれる　　　　②もらえなく
　　③あげる
3.　①くれる／もらえる
　　②くれる　　　　③もらう
4.　①くれる　　　　②もらう
　　③もらう

まとめ　1　2　2　4　3　1　4　3
　　　　5　1

7課

練習1　1. b　2. b　3. a　4.①a　②b
　　　　5. a　6. b　7. b　8. a

練習2　①a　②b　③a　④b　⑤b

まとめ　1　2　2　2　3　1　4　3
　　　　5　2

8課

練習1　1. は　2.①は　②は　3. は　4. が
　　　　5. が

練習2　1.①が　②は　③が　④が　⑤が
　　　　2.①が　②が　③が　④が　⑤は
　　　　　⑥が　⑦が
　　　　3.①が　②が　③が　④が　⑤は
　　　　4.①が　②が　③は　④が　⑤が
　　　　　⑥は　⑦は　⑧が

まとめ　1　1　2　2　3　1　4　3
　　　　5　1

9課

練習1　1. ①a　　②a

2. ①b　　②c

3. ①a　　②b　　③a

4. ①b　　②c　　③b

練習2　①おまけに　　　　②その反面

③すなわち　　　　④いってみれば

まとめ　1　4　　2　2　　3　3　　4　1

5　2

10課

練習1　1.（老人は）　　2.（この論文は）

3. 省略できない

4.（ストックホルムは）（ストックホルムに）

5. 省略できない　　6. 省略できない

7. 省略できない

8.（魚は）・省略できない

練習2　①b　　②c　　③c　　④a　　⑤a

⑥a　　⑦c

まとめ　1　4　　2　2　　3　1　　4　3

5　2

11課

練習1　1. ①b　　②b　　③a　　④a　　⑤b

2. ①b　　②a　　③a　　④b

練習2　①と言われる　　②あるため

③また　　　　　　④感じるときは

⑤動物の本能によって／
動物の本能により

まとめ　1　4　　2　2　　3　4　　4　1

5　3

12課

練習1　1. a　　2. a　　3. a　　4. b　　5. b

練習2　1. b　　2. a　　3. c　　4. b

まとめ　1　1　　2　2　　3　3　　4　2

5　4

模擬試験

第1回

問題1　1　1　　2　3　　3　4　　4　2

5　3　　6　4　　7　1　　8　3

9　2　　10　1

問題2　11　2　　12　3　　13　4　　14　1

15　1

問題3　16　1　　17　2　　18　4　　19　3

20　3

第2回

問題1　1　1　　2　2　　3　1　　4　4

5　1　　6　2　　7　3　　8　2

9　1　　10　4

問題2　11　4　　12　2　　13　3　　14　2

15　1

問題3　16　2　　17　2　　18　1　　19　3

20　1

1課 時間関係
じ かんかんけい

〔複習〕　・一打開玄關的門，小狗立刻跑了出來。

　　　　・才剛覺得天色突然變暗，天空就立刻落下了斗大的雨滴。

　　　　・搬來這個城鎮之後，我每天都花 20 分鐘步行到車站。

1　～が早いか
はや

→一～之後，緊接著就發生了後面的事情。

①出發前往國外旅行的當天，山田先生一抵達機場，就立刻跑進了便利商店。

②我家的孩子從學校回家後，總是把書包一丟，立刻跑出去玩。

③今天早上，睡過頭的先生將早餐塞進嘴巴後，立刻出了玄關。

④引發話題的那本書一放上店面，立刻就銷售一空了。

2　～や・～や否や
いな

→～和之後的事情幾乎同時發生。

①我看了那個人一眼，立刻察覺他是我 30 年前分手的戀人。

②孩子們非常喜歡炸雞塊，只要一端上餐桌立刻一掃而空。

③選戰一開始，四周立刻傳來熱鬧喧騰的聲響。

④這個疾病的新療法一公開，立刻就接到了全國各地醫院的諮詢。

3　～なり

→接續～的動作，立刻做下一個行動。

①他喝了一口咖啡，就立刻吐了出來。

②科長一進房立刻大聲怒吼。

③田中先生一掛掉手機，就立刻把我叫了過去。

4　～そばから

→即使做～，還是立刻出現與此抗衡的變動，而且反覆出現好幾次。

①即使每天回信，還是立刻會有新郵件寄到。

②這篇文章的漢字很多，讀起來很辛苦。剛查完一個字又會出現新的漢字。

③一到月底，付完帳之後立刻又會出現其他帳單。

5　～てからというもの(は)

→～之後發生了某種變化，其後一直維持相同狀態。

①自從女兒上大學離開家之後，家裡就變得很冷清。

②孩子誕生之後，我上街都會一直注意小孩子的玩具。

③來到日本之後，我每天都很想念國內的家人。

6　～にあって

→正因為～這種特殊情況才會發生某事、即使是～這種特殊情況也會發生某事。

①駱駝生長在乾燥的環境，才會藉由將營養儲存在駝峰裡來維持生命。

②明治時代初期，日本正處於開發中階段，所以大家都生氣蓬勃地生活著。

③即使在最近不景氣的環境下，這間公司的產品銷量依舊沒有減少。

2課 範囲の始まり・限度
はんい　はじ　げんど

〔複習〕　・一到春天，櫻花和其他各種花朵都會開花。

　　　　・我想盡我所能為隊伍做任何事。

　　　　・今年之內我會辭掉這份工作。

1 〜を皮切りに（して）・〜を皮切りとして
かわ き　　　　　　　　　　　　　かわ き

→從〜開始陸續做某些事。

①這位作家以敘述自己父親的小說為開端，陸續發表了幾部引發熱潮的作品。

②我們的樂團預定以下個月 3 號的東京公演為開端，舉辦全國巡迴公演。

③以 K 銀行和 M 銀行的合併為開端，這幾年陸續出現了許多企業合併、統合的現象。

2 〜に至るまで
いた

→某事的範圍甚至到了〜這種令人意外的情況。

①我們學校對服裝的規定很嚴，制服的穿法當然不用說，甚至連髮型和裙子的長度也會被學校提醒。

②這次旅遊的行程表很詳盡。從起床時間甚至到飛機上的用餐開始時間都有註明。

③父親的興趣是做菜。他似乎堅持食材必須由自家生產，甚至連味噌、豆腐都會親手製作。

3 〜を限りに
かぎ

→宣布到〜為止，結束持續進行至今的事情。

①本年度之後，這個講座將不再招募參加者。

②今天之後我一定會戒菸！

③我和你就此斷絕親子關係。以後我們毫無瓜葛。

4 〜をもって

→宣布到〜為止，結束某項儀式或持續進行至今的事情。

①第 35 屆畢業證書頒授典禮就此結束。

②以 2 月 20 日作為受理報名表的最後期限。請記得不要遲交。

③本店在 9 月的最後一天結束營業。感謝各位長期以來的惠顧。

5 〜といったところだ

→最高程度也只有〜，不怎麼高。

①本地即使夏天也不太熱。最熱的日子也頂多 26、7 度而已。

②這個山地健行會每個月都會到山上健行，但每次的參加者頂多都只有 6、7 人而已。

③即使放假也幾乎不遠行。大概頂多到溫泉地留宿 1 晚而已。

限定・非限定・付加
げんてい　ひげんてい　ふか

〔複習〕　・只有 70 歲以上的人可以免費入場。

　　　　　・從這份商品清單來看，這項產品目前已經停止販售了。

　　　　　・他因為壓力太大，別說是心理上，連身體也變得不健康了。

　　　　　・廣子小姐待人真誠，而且經常關心他人。

1 　　～をおいて

　　→除了～之外，沒有其他人或事物能獲得同等評價。

①目前除了他以外，沒有人能染出這麼棒的色調。

②如果要在日本舉辦世界性的和平會議，除了廣島或長崎以外再沒有其他更理想的地點了。

③每年夏天我都會來到這間飯店。除了這裡以外再也沒有其他地方能讓我放鬆心情了。

2 　　～ならでは

　　→只有～能呈現這種令人讚嘆的事物。

①不愧是歌舞伎演員一之助先生才能展現的演技。當中蘊含著一種令人著迷的真實感。

②要不要試著搭一次遊艇呢？這是只有在夏威夷才能體驗的娛樂喔。

③這個布製的袋子帶有一種溫暖的感覺。我想這是手工製品特有的觸感。

④只有開業 100 年的老店才能做出這種美味！即使老闆換人，美味也絲毫不減。

3 　　～にとどまらず

　　→無法控制在～的範圍內，影響更廣泛。

①大眾媒體傳播的資訊目前已不局限在一個國家之中，傳播範圍擴及全世界。

②颱風對農作物的影響不僅止於颱風侵襲後，其影響會持續一整年。

③一個人開朗的個性，不只會影響現場氣氛，還能為周遭人們的身心帶來活力。

4 　　～はおろか～

　　→～當然不用說，連程度不同的其他事項也一樣。

①別說是花時間的料理，就連日常中的簡單料理做起來也很麻煩。

②零售店的經營情況艱困。別說是鎮上的專賣店，連知名百貨公司也相繼倒閉。

③我的花粉症很嚴重，別說在外面，就連在家裡也無法脫下口罩。

5 　　～もさることながら～

　　→～也是如此，此外還要追加其他更想強調的事情。

①這位作家的作品除了具有敏銳的感性之外，其精挑細選的語彙及文章的鋪陳更是令人讚嘆。

②除了人品好之外，他更以靈活的頭腦吸引了周圍不少人的支持。

③除了年輕人對政治漠不關心的情況之外，我感覺社會整體對政治的無力感也逐漸擴展。

４課 **例示**
れいじ

〔複習〕　・派對後的房間到處散落著啤酒瓶和零食空盒等東西。

・他的想法應該說是太認真還是太不諳事理，總之都不切實際。

・無論是動物還是植物，為了留存後代所採取的行動都十分令人欽佩。

---

1 ～なり…なり

→～也行……也行，所以做(選)其中某一項。

①午休時間只有 40 分鐘，所以最好買點飯糰或三明治之類的趕快吃掉。

②能做到的事情我會幫忙。請和我或我哥哥說一聲。

③不懂詞語含義時不要放著不管，試著查查字典或查查網路如何？

④這條魚是我釣的。用烤的或煮的弄來吃吃吧。

---

2 ～であれ…であれ・～であろうと…であろうと

→無論是～還是……都無所謂，同種類的事物都一樣。

①無論是地震還是火災，在緊急狀況下應該很少有人能保持冷靜吧。

②無論是文學還是音樂，任何藝術創作都需要才能。光憑努力是沒有用的。

③我認為無論是戒菸還是戒酒，都需要周遭人們的幫助。

④不管是啤酒還是紅酒都是酒。開車前絕對不能喝。

---

3 ～といい…といい

→無論從～還是……判斷都是相同狀態。

①這部電影無論從精美的影像還是動人的音樂評斷，都是最棒的作品。

②無論是中島先生還是松本先生，我們科裡的人說話都很幽默。

③這隻蟲無論是顏色還是形狀，都和樹葉一模一樣。

---

4 ～といわず…といわず

→無論是～還是……都毫無區別，全部、到處、一直都一樣。

①在沙灘玩耍過的孩子們，別說是手腳，全身都沾滿沙粒。

②因為在室內養狗，所以別說走廊和房內，全家都散落著狗毛。

③業務員島田先生無論平日還是週末都無暇休息，在公司外跑業務。

5課 関連・無関係
かんれん　む　かんけい

〔複習〕　・我會根據當天的身體狀況來變更散步路線。

　　　　・根據預算構思派對的餐點。

　　　　・明天無論天氣狀況如何，我都會在外面做實驗。

　　　　・那些人不在意旁人也在聽，自顧自地說著經理的壞話。

---

1 ～いかんだ

→根據～的情況不同，讓事態產生變化、事情所有決定。

①世界大賽能否在這個國家舉行，取決於國民是否願意協助。

②筆試通過了。據說會以明天的面試結果來決定是否錄取。

③根據報名人數，或許必須取消此旅遊團也說不定。

④根據支持率的情況，目前的政權可能也無法長期持續下去吧。

<table>
<tr><td>2</td><td>〜いかんにかかわらず・〜いかんによらず・〜いかんを問わず</td></tr>
</table>

→某事的成立與〜無關、不造成影響。

①不管詢問內容為何，一概不回應關於個人資料方面的問題。

②不管明天比賽結果如何，我們都確定無法獲得優勝了。

③本公司不管學歷、年齡、過去業績如何，起薪一律相同。

<table>
<tr><td>3</td><td>〜をものともせず（に）</td></tr>
</table>

→一般來說都會被〜的障礙所挫，但卻能跨越此障礙採取行動。

①他不在意身體上的障礙，精力十足地活動著。

②母親很堅強。她不畏懼癌症宣告，一直到臨終前都開朗地生活。

③隊員們不顧危險，持續搜尋行蹤不明的人。

<table>
<tr><td>4</td><td>〜をよそに</td></tr>
</table>

→好像〜和自己毫無關係似地，毫不在意地行動。

①小孩無視於家人的擔心，從出院當天就和朋友出外玩耍。

②無視於居民們的抗議活動，水壩興建計畫持續進行。

③他無視於周圍人們的不安，再度出發前往戰場取材。

<table>
<tr><td>5</td><td>〜ならいざしらず</td></tr>
</table>

→〜可能是如此，但這次是完全不同的狀況，所以結果也完全不同。

①便宜的飯店尚情有可原，一流飯店的服務竟然如此差勁，真令人無法原諒。

②祖父母的時代還沒話說，現代根本很少人會使用「布手巾」。

③爬喜馬拉雅山的話還沒話說，只是去這附近的山需要這麼齊全的裝備嗎？

④如果是難以治療的病就算了，這只是很常見的病，所以不需要這麼擔心。

6課 様子
ようす

〔複習〕 ・他似乎受了傷，拖著腳在走路。

・今天感覺有點感冒，所以我想早點回家。

<table>
<tr><td>1</td><td>〜んばかりだ</td></tr>
</table>

→好像即將做〜的狀態。

①他用力點頭，好像在說「交給我吧」。

②就像要將頭黏上榻榻米般地道了歉，但父親還是沒原諒我。

③演奏結束時，會場響起了如雷的掌聲。

④我收到了滿滿一籃，好像快滿出來的櫻桃。

| 2 | ～とばかり(に) |

→實際上沒發出聲音，但卻表現出好像在說～的態度、行動。

①買了蛋糕回家後，大家聚集在餐桌旁，好像在說「我們等很久了」。

②小孩好像在說「我走不動了」，當場直接蹲了下去。

③舉辦了針對開發計畫的意見交流會。居民們好像逮住機會似地說出了各種意見。

| 3 | ～ともなく・～ともなしに |

A→在沒意識到要做～的情況下做了某動作。

①隨意看著電視時，無意中看到朋友出現在電視上，嚇了我一跳。

②早上起床後，腦子一片空白地稍微發了一下呆。

③隨意聽著汽車收音機的音樂後，開始變得昏昏欲睡。

B→無法明確肯定是～。

④不知從何處傳來感覺很美味的咖哩香味。

⑤不知從誰開始用小熊這個綽號來叫熊田先生。

⑥不知從何時開始，我變得非常喜歡莫札特的音樂。

| 4 | ～ながらに(して) |

→～之後維持此狀態不變。

①這個孩子天生具有卓越的音感。

②拜網路所賜，現在就算在家裡也能和全世界的人交流。

③這附近還保留著過去農村的氛圍。

④那位女性含淚敘述自己與母親的死別。

| 5 | ～きらいがある |

→具有～這種不好的傾向、性質、習慣。

①他習慣以悲觀的想法看待任何事物。

②我們經理總是不認同和自己不同的想法。

③松本先生一旦說出口，就聽不進其他人的意見。個性上有點專斷獨行。

7課　付隨行動
ふずいこうどう

〔複習〕　・去超市買東西，順便去了一趟洗衣店。

| 1 | ～がてら |

→做～，順便利用這個機會做某事。

①散步時順便去買點麵包回來。

②觀賞煙火後，請順便來我家一趟。

③送朋友去車站，順便去還了 DVD。

2	～かたがた

→抱持著～這個其他目的來做某事。

①我打算到經理家道謝順便打聲招呼。

②我想趁著報告事情順便拜訪您……。

③抱著順便參觀學習的目的，拜訪了祖父居住的老人中心。

3	～かたわら

→一邊從事正職～，一邊進行著其他活動。

①他在從事教職之餘，也同時進行著小說的創作。

②我在公司工作，同時也在教小孩子踢足球。

③母親除了家庭主婦的工作之外，也擔任日語教學志工。

8課 逆接
ぎゃくせつ

〔複習〕　・儘管已是年末，卻還有這麼多人前來參加，真是非常感激。

　　　　　・雖然買了高價的健身器材，卻不常使用。

　　　　　・祖父雖然年事已高，但每天還是活力十足地工作著。

1	～ところを

→在～的時候、在發生～的事情時，卻還給人添麻煩而感到過意不去。

①在必須立刻報告的情況下卻還遲到，真是非常抱歉。

②不好意思，在您急忙的時候打擾您。可否請教一個問題？

③應該由我方前去提出請託，卻讓對方先來拜訪，真是過意不去。

2	～ものを

→如果～順利實現的話就好了，但事實並非如此。

①明明只要安靜休養就能治癒，但田中先生卻馬上開始工作，才會讓病情再度惡化。

②明明只要行事更謹慎一點就不會被誤解，但他的強勢作風總會招人誤解。

③明明可以置身事外，他卻對著總經理大聲抱怨。因為這樣才被公司炒了魷魚。

④只要跟我說一聲我就會幫忙的，但卻……。

3	～とはいえ

→～或許是事實，但即使這樣情況還是一樣。

①雖然正在減肥，但完全不碰他人招待的佳餚，我認為是很失禮的行為。

②雖然說距離期限還有一段時間，但最好快點完成。

③雖然已是 12 月，但依然感覺不到年末的氣氛。

④雖然當時情況非我所願，但還是給你帶來了困擾。

4	～といえども

→～雖然是事實、即使是事實、即使是處於～立場的人，實際上還是和一般人所想像的情況不同。

①即使是未成年者，在公共場所也不能為所欲為。

②就算情況再艱困，犯罪也是不可饒恕的。

③雖然人類無力阻止自然災害發生，但還是必須強化動員全國的因應措施。

④在這種不景氣的環境下，就算是經營之神，應該也很難讓這間公司起死回生吧。

⑤就算再怎麼有錢，也買不起這幅名畫。

5　〜と思いきや

→雖然認為〜，但實際上並非如此。

①考試題目很簡單，所以我以為我會拿滿分，但卻因為忘記寫名字而得到了0分。

②因為那個政黨在選舉中獲得壓倒性的勝利，我以為政權會長久持續，但後來支持率卻突然下跌，連1年都沒撐過。

③道路工程終於結束，我以為今後應該能恢復寧靜，但卻又開始進行其他工程。

9課　条件

〔複習〕　・如果能回到孩提時代，你想做什麼？

　　　　　・如果不看實物，就無法決定是否要買下。

　　　　　・哎呀，要是可以重來一次的話真想重來。

1　〜とあれば

→如果是〜這種特殊條件，應該就會做某事、應該會是某狀態。

①如果是為了小孩著想，我任何事都會忍耐。

②如果要在小島上獨自生活，應該會有很多事無法隨心所欲吧。

③如果為了住院而需要錢的話，就必須設法湊錢。

2　〜たら最後・〜たが最後

→〜之後，必定會演變為不好的結果。

①哥哥是個愛喝酒的人，一旦開始喝酒就會喝到爛醉如泥。

②我的女兒只要一坐在電腦前，即使叫她她也不會回應。

③只要讓他帶著錢，錢就會不知道花到哪裡去了。

3　〜ようでは

→在〜這種不好的狀態下，應該會演變為不好的結果吧。

①過分在意小失誤，是無法在這間公司繼續工作下去的。

②哎呀，我太健忘了，真傷腦筋。如果這麼快就忘得一乾二淨，還真擔心今後的生活啊。

③報告書上出現這麼多錯誤的話，我無法放心交代工作。

4　〜なしに(は)・〜なしでは・〜なくして(は)

→如果沒有〜的話，某事就不會成立。

①若不能確保資金的話，任何計畫都無法實行。

②談論那時的事情我無法不流淚。

③祖母已屆高齡，不仰賴周遭人們的幫助就無法生活。

④不充分討論的話，應該無法解決水壩興建上的問題吧。

⑤沒有老師的指導，我就無法考上大學。

5	～くらいなら

→與其讓事情演變到～這種不理想的狀況，倒不如那樣還比較好。

①與其搭乘客滿的公車，倒不如走 20 分鐘到車站。

②你要丟棄那件衣服嗎？若要丟掉的話請送給我吧。讓我來穿。

③與其這樣中途放棄，倒不如一開始就別做。

10課 逆接条件
ぎゃくせつじょうけん

〔複習〕　・就算當時加入了棒球社，應該也無法跟上嚴苛的練習吧。

　　　　・就算再怎麼忙，回電子郵件這種程度的事情應該也有空做吧。

　　　　・即使是國會議員，做了壞事的話，一樣會在報紙上報出名字。

1	～（よ）うと（も）・～（よ）うが

→即使～也毫無關係、毫無影響。

①即使發生大地震，這棟大樓應該還是很安全。

②無論對總經理說什麼，他都還是依照自己的做法一意孤行。

③不管目標有多遠，我都不會放棄夢想。

④就算再怎麼困難，我都想努力奮鬥，創造沒有戰爭的世界。

⑤無論是多麼有名的政治家，在家庭裡也只是個普通的家長而已。

2	～（よ）うと～まいと・～（よ）うが～まいが

→無論做不做～都毫無關係、毫無影響。

①田中老師不管學生們能不能理解，只是一直說著難懂的話題。

②不管有沒有下雨，足球練習都不會休息。

③不管及格機率高不高，現在能做的也只有努力了。

3	～であれ・～であろうと

→就算～也毫無關係、毫無影響。

①即使是暴風雨的夜晚，只要是為了工作，我還是會出門。

②無論是握有多大權力的人，終究難逃一死。

③無論理由為何，都不允許擅自缺席。

④如果是為了和你見面，就算上刀山下火海我都無所謂。

4	～たところで

→即使試著～、即使演變為～的狀態，都沒有任何意義、都沒用。

①事到如今，就算趕到現場，會議也應該結束了。

②即使再怎麼說明，都無法讓對方理解我的心情吧。

③即使在跳蚤市場賣光所有物品，也賺不了多少錢。

④我想再怎麼道歉都無法讓我和她之間的關係回復到原本的狀態。

---

5 ～ば～で・～なら～で・～たら～たで

→即使情況是～，也不會如同想像中那麼好、那麼糟。

①雖然房子大比較好，但大歸大，打掃起來應該會很辛苦吧。

②退休前每天都忙得不可開交，非常辛苦，但一旦閒下來，煩惱也會越來越多。

③沒食材就沒食材，就做個簡單的料理打發吧。

④搬家前很忙，但搬家之後又會多出許多必須處理的事。

11課 目的・手段
もくてき　しゅだん

〔複習〕　・首相為了參加八大工業國高峰會，今天早上 10 點從日本出發了。

　　　　　・現今，資訊藉由各種通訊方式進行傳播。

---

1 ～べく

→打算～而進行某行為。

①他為了成為足球選手，每天都進行嚴苛的練習。

②為了購買新型機器，總經理正在進行各項調查。

③為了開發看護機器人，我們今天也會繼續進行實驗。

---

2 ～んがため（に）

→抱持著～這個目的進行某行為。

①她為了實現當上歌手的夢想而前往東京。

②獅子啃食斑馬的樣子看起來很殘忍，但獅子是為了生存下去才會這麼做的。

③為了獲得自己的利益而作出的發言，是無法打動人心的。

---

3 ～をもって

→以～為手段進行某行為。

①今天的徵才考試結果，之後會以書面方式通知大家。

②要用什麼標準評斷人的價值是一大難題。

③只要運用最新的醫療技術，應該就能讓人類的壽命更加延長吧。

12課 原因・理由
げんいん　りゆう

〔複習〕　・因為每天持續加班，所以身體非常疲憊。

　　　　　・既然買了高價的書籍，就必須善加利用。

　　　　　・因為電子信箱寫錯了 1 個字，所以沒收到重要的聯絡。

---

1 ～ばこそ

→正因為是～才變成如此、因為～才會這麼做。

①正因為身心健康，才能挑戰大規模的工作。首先要注意健康。

②正因為愛著你才會和你分開。請你體諒我的心情。

③正因為現在吃苦，往後才能得到真正的喜悅。

2　～とあって

→因為是～這種特殊狀況，其結果當然也是特別的。

①因為是久違的晴朗連假，遊樂景點到處都是人潮。

②因為那位女演員第一次當上電影主角，所以看起來非常緊張。

③因為報紙上報導了店老闆的畫，所以光顧這家店的每位客人都跑去觀賞裝飾在店裡的畫。

3　～ではあるまいし

→如果是～或許可能發生那種事，但因為目前並非～。

①又不是小孩子，用不著因為想睡或肚子餓就擺出那種不高興的表情。

②又不是小狗或小貓，用不著對上面的人言聽計從。

③又不是第一次參加面試，為什麼這次會這麼緊張呢？

④又不是你的錯，用不著這麼自責。

4　～手前
てまえ

→意識到～這種立場、這個人物，所以不這麼做就會讓評價降低、沒面子。

①因為已經答應在5月底之前解決問題，所以無論如何都必須努力。

②因為常常請對方幫忙，所以這次必須換我主動伸出援手不可。

③在孩子們的面前，父親若以這種爛醉如泥的樣子回家成何體統。

④在鄰居的面前，我不想被通知警察已經來到家裡的消息。

5　～ゆえ（に）

→因為～（理由）

①因為不習慣做這件事才會笨手笨腳的，請您見諒。

②因為光說一些理想，對方或許會覺得我不切實際也說不定。

③因為沒能獲得國民的信任，所以必須重新檢討新政策的內容。

13課　可能・不可能・禁止
かのう　　ふかのう　　きんし

〔複習〕　・這是目前想得到最好的方法了。

・因為不知道聯絡方式，所以沒辦法通知對方。

・不能在這裡釣魚。

1　～にかたくない

→思考該情況後，即使不親眼目擊，也不難～、也能～。

①只要看了完成後的作品，就不難想像他至今有多麼努力。

②不難察覺她失去愛人的悲痛有多深。

③考量各方面的事情後，就不難理解作出這次決定的總經理內心是什麼樣的心情。

2	～に～ない・～(よ)うにも～ない

　→雖然想～，但卻因為某些原因而無法進行。

①收下了許多蔬菜卻吃不完。想丟也沒辦法丟，真傷腦筋。

②被孩子弄髒了重要文件，內心真是欲哭無淚。

③她沒說一聲就辭掉了工作。或許有什麼難言之隱吧。

④因為不知道聯絡方式，即使想聯絡也聯絡不了。

⑤當時孩子想要玩具，但因為沒錢，即使想買給他也辦不到。

3	～て(は)いられない

　→在時間、精神上沒有餘裕，無法維持～的狀態。

①一旦決定要做就無法繼續悠閒下去。現在立刻開始準備吧。

②被人如此惡言相向，我也無法繼續保持沉默了。

③不能再這樣只是抱怨和流淚了。必須想想解決方法不可。

4	～べくもない

　→在該情況下，當然無法～。

①那幅畫是仿冒品這種事情，像我這種外行人怎麼可能會知道。

②照目前情況看來，這個男人就是犯人，這是不容否定的事實。

③面對將棋資歷 30 年的高手，我這個初學者不可能勝過對方。

5	～べからず・～べからざる

　→不准～。不可以做～。

①【工地的告示單】危險。禁止進入。

②明明立著「此處禁止釣魚」的告示牌，卻還是有幾個人正在垂釣。

③警察引發了這次的事件，對市民而言，這是不可饒恕的事情。

④對經營者來說，決策力是不可或缺的能力。

6	～まじき

　→從該立場、從道德上的考量來說不能～。

①那位部會首長作出了不符合政治家身分的發言，因而被迫下台。

②這是為人父母者不可犯下的罪行。

③我對自己珍惜的人說出了不該說的話。

14課 話題・評価の基準
わだい　ひょうか　きじゅん

〔複習〕　・中村先生工作速度非常快，任何人都會大吃一驚。

　　　　・以５歲小孩來說，那孩子過度了解人情世故了。

　　　　・廣子小姐不愧是前任模特兒，走路姿態十分優美。

---

1 ～ときたら

→～不好。

①最近的年輕人根本不懂詞彙的用法。

②說起我父親,什麼事都叫母親做,真是沒出息。

③隔壁養的小狗整天只會叫,實在是吵得令人受不了。

④說起那家店的料理,雖然價錢很貴,但卻一點也不好吃。

---

2 ～ともなると・～ともなれば

→只要程度、立場提升至～,就會變為那種狀態。

①小孩也是,就算小時候很聽話,一旦升上國中,就開始不聽父母的話了。

②新進員工的時期,光是處理自己的事就分身乏術了,不過一旦當上經理,就必須思考培育下屬的事情。

③人類到了 50 歲,就會開始思考關於父母的看護及自己的老年生活等事情。

④這個城鎮平時很安靜,一到慶典的日子,就會因為許多觀光客到訪而熱鬧非凡。

---

3 ～ともあろう

→雖然是具有卓越能力或重大責任的～,卻做出不符合身分的事情。

①身為國會議員,竟然說出歧視的言論,真令人難以置信。

②身為大學校長,怎麼可以說出這麼不負責任的話呢?

③山田先生這麼有能力的人竟然會犯下這種簡單的失誤。究竟發生什麼事了?

④身為學會的會長,應該確實掌握最新的研究主題。

---

4 ～たるもの(は)

→處於負有～這種責任的立場、優越的立場的人適合如此。

①身為經營者,就必須具有關於一般法律和年金制度的相關知識。

②身為社會人士,懂得如何與人寒暄和守時等行為,是理所當然的事情。

③身為一位紳士,必須兼具強悍及溫柔。

---

5 ～なりに

→在～的範圍之內竭盡全力。

①那個孩子也盡了身為小孩的最大努力來擔心父母、關心父母。

②我盡全力想重新提振商店的經營狀況,但因時運不佳,無法順利進展。

③他運用淺薄的經驗,盡最大努力工作著。

④即使不擅長寫字,只要盡全力認真地寫,就能將心情傳達給看的人。

⑤就算有一點傷痕,只要是這位工藝家製造的盤子,就一定有某種程度的價值。

15課 比較対照
ひ かくたいしょう

〔複習〕　・我家是母親愛喝酒,相對於此,父親則是完全不會喝酒。

　　　　　・父親與其說是不喝酒,倒不如說是不會喝酒。

1　〜にひきかえ

→和〜截然不同、和〜相反，那件事物比較好、比較差。

①主角在艱困的時代中依舊努力不懈地生活，相對於他，現在的我竟是如此沒出息。

②和愛整潔的姊姊相反，妹妹總是將房間弄得亂七八糟。真令人傷腦筋。

③和先前幾天的壞天氣不同，運動會當天是晴朗舒適的好天氣，真是慶幸。

④田中先生住的公寓大廈房間又新又寬敞。相對於此，我家又舊又窄，離車站也遠。

2　〜にもまして

→和一般情況、過去情況相比，其他情況、目前情況的程度比較嚴重。

①去年是酷暑，連續幾天氣溫都超過 33 度，而今年又比去年還熱。

②自己的工作還無所謂，我更擔心父親的病情。

③原本就不太擅長記憶，而最近幾天健忘症又比以前嚴重。

④結婚典禮當天的她，比任何時候都美。

3　〜ないまでも

→不至於到〜的程度，但屬於稍微低一階的程度。

①雖然不能成為職業演員，但我打算持續參與舞台劇表演。

②我們兩夫妻雖然無法進行國外旅行等奢侈的活動，但生活上不虞匱乏。

③明天是健行的日子。不一定要放晴，但至少希望不要下雨。

④不至於是每個星期，但至少 1 個月想吃 1 次外食。

16課　結末・最終の状態
けつまつ　さいしゅう　じょうたい

〔複習〕　・仔細思考，最後決定回國。

　　　　・因為太忙，最終還是沒看那齣連續劇。

　　　　・哥哥 5 年前離家出走，之後一次也沒回來過。

1　〜に至って・〜に至っても
いた　　　　いた

→事態進展到〜的程度後終於變為某狀態、即使事態進展到〜的程度也無法變為某狀態。

①一直到有人死亡，國家才終於驚覺疾病感染範圍擴大的嚴重性。

②一直到撲殺了 20 萬頭生病的牛，大眾媒體才開始報導經濟上的混亂局勢。

③即使出現了嚴重的症狀，他依然不肯去醫院。

④即使重要資訊流傳到網路上，還是有人無法理解這件事有多嚴重。

2　〜に至っては
いた

→在〜這種極端的例子中，是呈現某狀態。

①百貨公司相繼倒閉。像是 A 百貨公司就已經倒了三家分店。

②每年這個地區都會遭受洪水侵襲。長崎縣在今年甚至已經是第 3 次遭受災害了。

③我不擅長數理方面的科目。在物理方面甚至完全無法理解。

3　〜始末だ
（しまつ）

→經過不好的狀態，最後導致〜這種不好的結果。

①侄子整天玩樂，不認真工作，最後甚至還辭掉了工作。

②田中先生喝酒後大聲聊天，最後甚至哭了出來。

③哥哥說要還錢，所以把家裡的東西拿去變賣，最後甚至還把父親的手錶賣掉了。

4　〜っぱなしだ

→持續著非一般狀態的〜。

①昨天開著電燈就睡著了。

②向朋友借書借了半年還沒還。

③因為是站一整天的工作，所以腳會感覺疲倦。

④明明對方也有錯，卻只有我被罵得完全回不了嘴。

17課　強調
（きょうちょう）

〔複習〕　・這個人才是我內心期盼的人。

　　　　　・沒有任何一個人察覺這個矛盾點。

　　　　　・今天非常疲倦，連看電視的精神都沒有。

1　〜たりとも…ない

→連1〜都不……。完全不……。

①我連1天都沒有忘記過你。

②比賽中時時刻刻都不能鬆懈。

③希望這部分的設計連1公釐的誤差都沒有。

④任何人都不准進入這個神聖的地方。

2　〜すら

→連〜這種極端的例子也是如此，所以其他事物當然也是如此。

①對於他的謊言，我不只感到憤怒，更感到悲傷。

②公車在雨天等日子偶爾會誤點。有時甚至要等30分鐘。

③我連從事自己喜歡而選擇的工作也變得毫無自信了。

④這個故障連專家都很難修好，身為外行人的我更是毫無辦法。

3　〜だに

→就算只是〜也是那種狀況，所以實際情況更為極端、（以「〜だに…ない」的形式）完全不……。

①那個疾病蔓延後會造成100萬人死亡，這些情形光想像就覺得恐怖。

②我竟然會成為歌手站上舞台，這種事我連作夢都沒想到。

③即使聽到那件消息，她的表情依舊沒變，連些微的顫動都沒有。

---

4 ～にして

→和～這種高層級、特殊條件相符、不相符。

①結婚後就想生個孩子，一直到婚後第8年終於懷孕了。

②就算是職業工匠也會失敗。即使你無法順利完成，應該也是情有可原吧。

③這首樂曲是只有貝多芬這種天才才能創作出的作品。

④哎呀，真是有其父必有其子。父子倆都非常會吃。

---

5 ～あっての

→正因為有～，某事才會成立。

①結婚要有對象才結得成，所以如果沒對象就沒辦法了。

②有海才會有漁業，所以我們不能汙染海洋。

③有讀者，雜誌才能生存，因此我想提供我認為讀者想看的內容。

---

6 ～からある・～からする・～からの

→～或～以上的數字、數量。

①這塊重達2噸以上的岩石，真不知道古代人如何搬運它。

②10萬日圓以上的衣服，她完全沒看價錢就買了好幾件。

③那場示威遊行據說有10萬以上的人參與。

18課 主張・斷定
しゅちょう　だんてい

〔複習〕・辦不到的話就應該明確地說出來。

　　　　・我的作品受到大家認可了。果然付出努力就能獲得回報。

　　　　・這項計畫之所以能成功，都是團隊合作努力的成果。

---

1 ～までもない

→程度輕微，即使不～也足夠，所以沒必要特地～。

①這種程度的雨還不需要撐傘。

②不用確認大家也應該知道，明天的集合地點是車站前廣場。

③訂好的飯店一出車站就看到了，根本連找都不用找。

④不用說大家也知道，對學生來說最重要的就是念書。

---

2 ～までだ・～までのことだ

A→如果沒有其他方法的話就願意做～。

①如果當天無法完成所有的工作，就只好第二天繼續做。

②如果沒有任何人來幫忙，我就只好自己試著做做看。

③如果我方的理由無法獲得對方認同，就只好中止這項計畫。

B→強調自己做出的行為只是～而已，沒有更深的含義。

④感謝你的稱讚，但我只是做了我應該做的事而已。

⑤前幾天的郵件，我只是有點在意你的發言才多寫了一句，沒有其他用意。

⑥最有貢獻的當然還是中村先生。我只是從旁協助而已。

| 3 | ～ばそれまでだ |

→如果演變為～，一切都功虧一簣，此後完全無計可施。

①人類一旦死了就什麼都結束了。趁活著的時候做自己想做的事情吧。

②無論在練習時多麼厲害，正式上場時如果無法順利進行也沒用。

③無論禮堂建得多麼高級，不能充分利用的話也沒用。

④如果你說是喜好問題我也沒辦法反駁，但我實在不怎麼喜歡這間餐廳的裝潢。

| 4 | ～には当たらない |

→並不是什麼大不了的事，所以不適合做～。

①聽說山田先生通勤要花1個半小時的時間，但無須對此感到驚訝。這在日本並不稀奇。

②對於這次的大賽成績我們不用太過悲觀。在這之後還有很多機會。

③我認為無須譴責他的發言。從他的立場看來，那麼說是理所當然的。

④我們無須稱讚那間飯店的服務。以飯店來說，那種程度的服務品質是應該的。

| 5 | ～でなくてなんだろう(か) |

→無法認為是～以外的事物。

①我每天都樂於工作。若不是天生適合吃這行飯的話是什麼呢？

②樂曲只聽過一次就能完美地演奏出來，他不是天才是什麼呢？

③在這種地方建設道路，不是浪費稅金是什麼呢？

19課 評価・感想
ひょう か　かんそう

〔複習〕　・他嚴屬的態度正是愛情的體現。

　　　　　・雖然我只是一介小市民，但還是對首相這次的發言感到憤怒。

　　　　　・誠實的人吃虧。這就是所謂的不公平。

| 1 | ～に足る |
た

→某物、某事足以～。

①我希望下任首相是個足以稱為國民代表的人物。

②那個從網路獲取的資訊，我不認是為個值得信賴的資訊。

③誰離不離婚這種新聞一點都不重要。

| 2 | ～に堪える／～に堪えない |
た　　　　　　　た

→有～的價值／在艱難的狀態下無法忍受～、不值得做～。

①優良的兒學文學也值得大人欣賞。

②那個主張證據還太少，經不起深入討論。

③人們說的壞話令人聽不下去。

④這種緋聞報導不值得一讀。

3 ～といったらない

→～到無法以言語形容。

①那傢伙個性非常散漫。常弄丟東西，時間觀念又差……。

②那間餐廳的料理非常好吃。我至今仍難以忘懷。

③從富士山山頂看到的景色非常令人讚嘆……。我希望哪天能再去一次。

4 ～かぎりだ

→非常、無與倫比的～。

①最近朋友們似乎都很忙，沒有一個人和我聯絡，我感覺非常寂寞。

②聽說這附近發生了搶案。真是令人恐懼萬分。

③這一帶城鎮的模樣改變了許多，已經失去了過去的風貌，真是遺憾之至。

5 ～極まる・～極まりない

→事物的狀態～到極限程度。

①作出了這種不合理的判決，真令人遺憾至極。

②他說他想逃離極為枯燥的日常生活，於是一個人出發去旅行。

③終於獲得首次優勝的那位選手，在專訪中感動萬分地流下淚。

④那個人對於不喜歡的人完全不予回應，這種態度真是無禮至極。

⑤失去工作，再加上養育小孩要花錢，我的生活實在是困苦至極。

6 ～とは

→～很嚴重、很驚人、很厲害。

①竟然有小孩子不知道鳥是 2 隻腳，真令我吃驚。

②這份卓越的報告竟然只花 1 天的時間就完成了，真是了不起。

③因為聽說前面有瀑布才走了這麼長的路程，怎麼能在這裡放棄呢……。

20 課 心情・強制的思い

〔複習〕　・我不禁擔心起小孩的情況。

　　　　　・聽了他有趣的經歷，我不禁笑了出來。

　　　　　・這麼痛的話就不得不去醫院了。

1 ～てやまない

→～這種強烈的情緒一直持續著。

①這張照片中拍攝的正是我深愛的故鄉的風景。

②衷心祝福各位畢業生能過得幸福。

③父母總是期盼著孩子將來的發展。

～に堪えない

→～這種情感強烈到無法抑制。

①這麼多人百忙之中抽空前來參加，真是不勝感激。

②對於田中能獲頒這個獎項，身為朋友的我真是欣喜若狂。

③要是事前能好好確認，或許就不會發生這種事故了，我對此感到非常後悔。

3 ～ないではすまない・～ずにはすまない

→考量到現場狀況或社會一般常識，一定免不了要～。

①如果傷了他人的心，就必須道歉。

②偷偷拿走家裡的錢，被父母知道的話肯定免不了挨罵。

③如果在公寓養狗，即使打算偷偷地養，最後肯定還是會被鄰居發現。

④這樣的經營狀況再持續下去，最後一定免不了要向人借錢。

4 ～ないではおかない・～ずにはおかない

→不～的話無法容忍、一定自然而然會～。

①我一定要讓他招供，說之前那些話是謊言。

②從警察署長的話中，我感覺到他非逮捕犯人不可的決心。

③會長的發言讓我們不由得感到不安。

④那首樂曲能撼動聽眾的心。

5 ～を禁じ得ない

→面臨某情勢，無法抑制～這種情感湧現。

①實際目睹血淋淋的戰爭傷痕，我不禁流下眼淚。

②聽了犯人的供詞，對於那自私的犯罪動機，我不禁湧起了憤怒之情。

③看到過去那麼前途光明的他過著荒誕的生活，我不由得驚訝萬分。

6 ～を余儀なくされる／～を余儀なくさせる

→因為某原因而不得不～／某事被迫變為～的狀況。

①中川選手年紀尚輕，卻因為多次反覆受傷而不得不引退。

②在他因為生病不得不住院的期間，創作了這部小說。

③企業相繼倒閉造成失業人口增加。

④各國的壓力促成了貿易自由化。

著者
友松悦子
福島佐知
中村かおり

本書原名―「新完全マスター文法　日本語能力試験 N1」

満点文法 N1

2012 年（民 101）4 月 1 日 第 1 版 第 1 刷 發行
2020 年（民 109）2 月 1 日 第 1 版 第 5 刷 發行

定價 新台幣：360 元整

著　　者　　友松悦子・福島佐知・中村かおり
授　　權　　スリーエーネットワーク
發 行 人　　林 駿 煌
發 行 所　　大新書局
地　　址　　台北市大安區 (106) 瑞安街 256 巷 16 號
電　　話　　(02)2707-3232・2707-3838・2755-2468
傳　　真　　(02)2701-1633・郵政劃撥：00173901
法律顧問　　統新法律事務所

香港地區　　香港聯合書刊物流有限公司
地　　址　　香港新界大埔汀麗路 36 號 中華商務印刷大廈 3 字樓
電　　話　　(852)2150-2100
傳　　真　　(852)2810-4201